ro
ro
ro

Vera war von Natur aus neugierig. Und sie konnte die richtigen Fragen stellen. Das machte sie zu einer ausgezeichneten Reporterin. Zwar warfen einige Bürger des Städtchens ihr vor herumzuschnüffeln, doch das war ihr egal. Eine gute Reporterin, davon war sie überzeugt, musste sich für alles interessieren und es wagen, die Fragen zu stellen, die andere mieden …

Juneau Black ist das Pseudonym der Autorinnen und Buchhändlerinnen Jocelyn Koehler und Sharon Nagel. Als ihr Chef ihnen vor einigen Jahren in der Buchhandlung von Milwaukee am Lake Michigan einen Korb voller Fingerpuppen überreichte, die sie auspreisen sollten, steckten sie sich die Puppen auf die Hände und erfanden Namen … und ihre Geschichten … und wenig später kam dazu ein Mord. «Shady Hollow» wurde ihr gemeinsames Debüt, das sofort viele Fans gewann. Heute arbeitet Sharon Nagel als Bibliothekarin, und Jocelyn Koehler ist Schriftstellerin in Philadelphia.

Die Autorin und Diplomübersetzerin **Barbara Ostrop** arbeitet seit 1993 als literarische Übersetzerin aus dem Englischen, Französischen und Niederländischen und zählt Liebes- und Familienromane, Spannung, Historisches und Jugendromane sowie Fantasy zu ihren Schwerpunkten. Im Zuge ihrer Tätigkeit hat sie mittlerweile über hundert Bücher ins Deutsche übertragen.

JUNEAU BLACK

Mord in Shady Hollow

EIN WALDTIER-KRIMI

Aus dem Englischen von Barbara Ostrop

Rowohlt Taschenbuch Verlag

Die Originalausgabe erschien 2022 unter dem Titel
«Shady Hollow. A Shady Hollow Mystery»
im Verlag Vintage Books/Penguin Random House,
LLC, New York.

Deutsche Erstausgabe
Veröffentlicht im Rowohlt Taschenbuch Verlag,
Hamburg, Juli 2024

Redaktion Nadia Al Kureischi
Karten Shady Hollow und Umgebung Perry De La Vega

Covergestaltung zero-media.net, München
Coverabbildung FinePic®, München
Satz aus der Brill Roman
bei Pinkuin Satz und Datentechnik, Berlin
Druck und Bindung GGP Media GmbH, Pößneck
ISBN 978-3-499-01356-0

Anmerkung der Autorin

Mord in Shady Hollow ist eine Geschichte über Waldtiere, und von Zeit zu Zeit wird der nachdenkliche Leser vielleicht innehalten und sich fragen, *wie* genau es sein kann, dass Füchse und Kaninchen in diesem Städtchen im selben Gebäude wohnen, oder wie es kommt, dass eine Maus und ein Elch sich auf Augenhöhe miteinander unterhalten. Der geneigte Leser möge bedenken, dass er es hier mit einem fiktiven Werk zu tun hat. Jedwede Ähnlichkeit der Protagonisten mit realen Lebewesen, seien sie lebendig oder grausam ermordet, ist wirklich nur rein zufällig. Wer sich genötigt sieht, diese Frage zu klären, bevor er die Geschichte weiterliest, könnte sich die Handelnden einfach als Menschen mit besonders tierischen Charakterzügen vorstellen – in anderen Worten, Menschen wie Sie und ich.

Und mit dieser Orientierungshilfe heiße ich Sie in Shady Hollow willkommen.

Shady Hollow

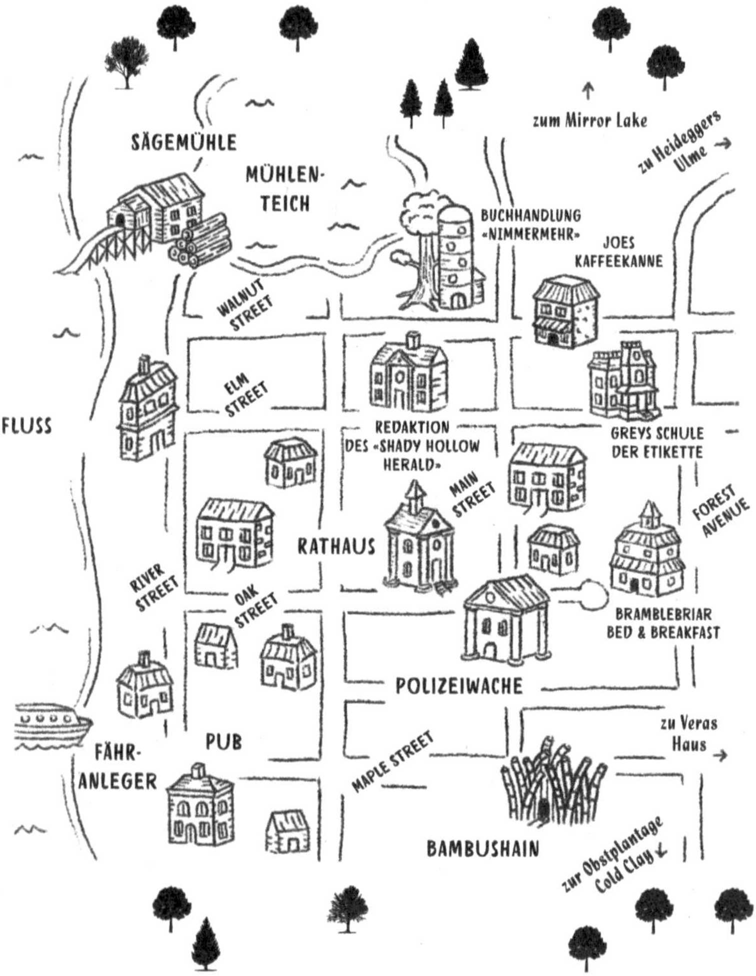

… und seine Umgebung

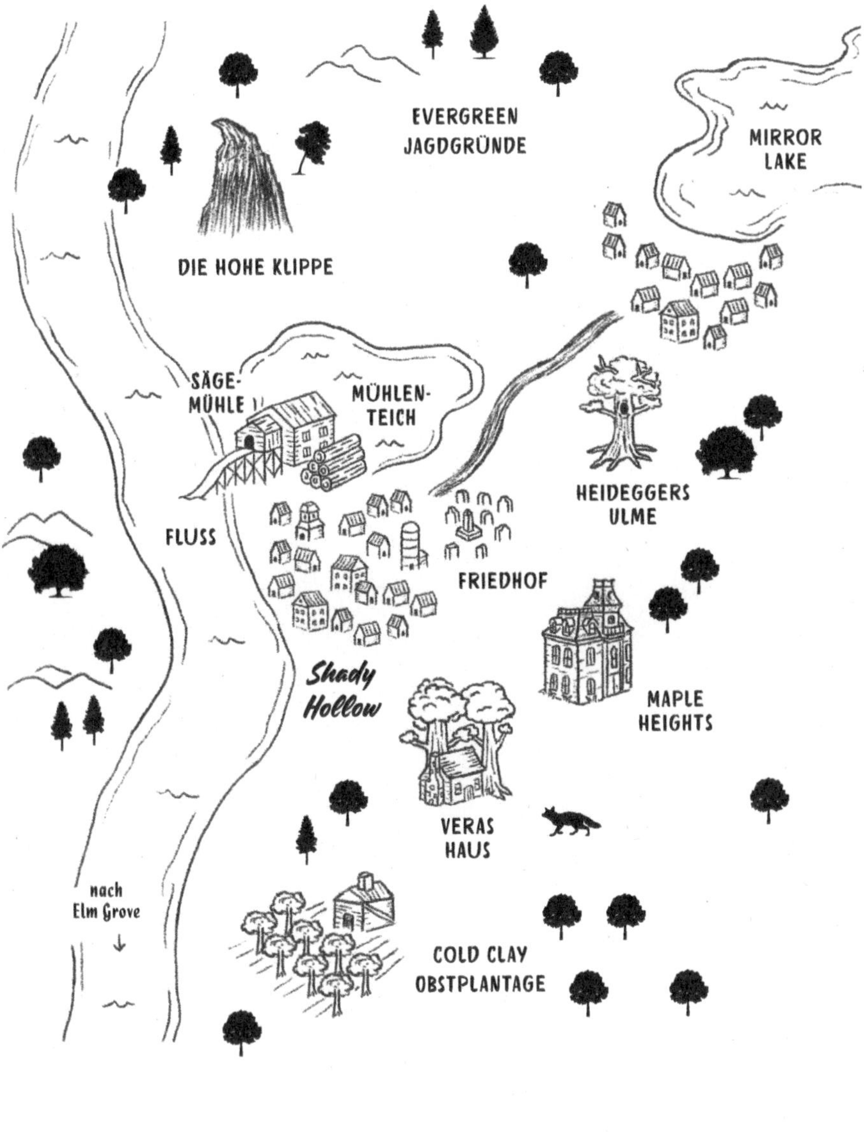

Die Mitwirkenden

GLADYS HONEYSUCKLE: Als umtriebige Klatschbase Nummer eins des Städtchens gibt es nichts, was Gladys nicht weiß. Sie war es, die die Leiche gefunden und Alarm geschlagen hat. Aber vielleicht wusste sie ja schon, wo sie suchen musste.

OTTO SUMPF: Der mürrische, unfreundliche Kröterich von Shady Hollow. Kaum jemand scheint ihn zu mögen. Die interessantere Frage ist jedoch: Wer hasst ihn?

VERA VIXEN: Diese gewiefte Fuchsreporterin hat einen Riecher für Ärger und den Drang, die Wahrheit herauszufinden. Kann sie in diesem Fall irgendjemandem trauen?

SW STEIN: Als stets auf seiner Zigarre herumkauender Herausgeber des *Shady Hollow Herald* liebt das Stinktier («Alles schwarz auf weiß!») gute Schlagzeilen. Aber würde es dafür auch morden?

LENORE LEE: Eine nachtschwarze Rabendame, die den Bücherladen des Städtchens führt, Buchhandlung *Nim-*

mermehr, und eine Vorliebe für Krimis hat. Wenn irgendjemand eine Expertin für Mord ist, dann Lenore.

JOE: Dieser warmherzige Gigant von einem Elch führt das Café, in dem sich alle treffen. Wenn Klatsch im Umlauf ist, hat Joe davon gehört. Vielleicht hat er zu viel gehört.

CHIEF THEODORE MEADE: Bären sind ausgezeichnete Ordnungshüter: groß, stark und kampflustig. Doch Chief Meade zeigt ungewöhnlich wenig Interesse daran, ein Verbrechen aufzuklären, wenn er stattdessen angeln gehen könnte. Ist das verdächtig?

DEPUTY ORVILLE BRAUN: Dieser große Braunbär ist der arbeitsamere Teil der Polizei von Shady Hollow. Er hält sich streng an die Buchstaben des Gesetzes. Doch sein Alphabet hat große Lücken.

RUBY EWING: Niemand ist freundlicher oder großmütiger als sie. Doch als schwarzes Schaf ist auch Ruby mit Skandalen belastet …

REGINALD VON BEAVERPELT: Dieser reiche Industrielle hat in Shady Hollow mehr oder weniger das Sagen, seine eigene Familie aber nicht im Griff – es gibt Ehestreit mit seiner Frau und Krach mit seinen Töchtern. Und steht seine Sägemühle finanziell wirklich auf so sicherem Fundament, wie es scheint?

HOWARD CHITTERS: Der schüchterne Buchhalter der Sägemühle erträgt klaglos Reginalds hochfahrende Art und gelegentliche Beschimpfungen. Aber weiß er vielleicht mehr über die Finanzen der Sägemühle als alle anderen?

ANASTASIA UND ESMERALDA VON BEAVERPELT: Die Töchter der reichsten Familie des Städtchens vergnügen sich gern mit Shopping und Klatsch und Tratsch, solange die Familiengeheimnisse unter der Decke bleiben.

EDITH VON BEAVERPELT: Gerüchten zufolge ist die Schickeria-Dame Edith die wahre Macht hinter dem Nageholz-Thron. Verschaff dir die Kontrolle über den Geldbeutel, und alle hören dir zu …

LEFTY: Als Kleinkrimineller des Städtchens lebt der maskierte Waschbär im zwielichtigsten Teil von Shady Hollow. Aber gewiss würde er sich nicht dafür hergeben, die Verbrechen eines anderen zu decken – es sei denn, es lohnt sich.

AMBROSIUS HEIDEGGER: Professor der Philosophie und ganz allgemein der Alleswisser. Der Eulenmann ist das klügste Tier im Wald und sorgt dafür, dass das allen stets bewusst ist. Aber ist er vielleicht klüger, als gut für ihn ist?

SUN LI: Er führt den *Bambushain* und serviert unwiderstehliche vegetarische Gerichte. Doch seine Vergangenheit ist geheimnisvoll und seine Identität erregt Argwohn.

Warum hat der Panda die weite Reise nach Shady Hollow gemacht, um hier sein Restaurant zu eröffnen? Wovor ist er auf der Flucht … oder wonach sucht er?

Prolog

Hoch im Norden, weit weg von allem, was Sie kennen und wovon Sie träumen, liegt ein kleines Städtchen namens Shady Hollow. In den Wäldern gibt es viele Siedlungen, weit entfernt von den Großstädten und dem hektischen Treiben der Welt. Shady Hollow ist eine dieser Gemeinden, in denen Waldtiere aller Arten und jedes Charakters, von der winzigen Maus bis zum mächtigen Elch, in einer gedeihlichen und überwiegend friedlichen Gemeinschaft zusammenleben.

Sie fragen sich, wie ein solcher Ort aussehen mag? Zunächst einmal schlängelt sich ein schöner Fluss durch das Städtchen. In den Sommermonaten sprudelt er fröhlich dahin und mäßigt sich im Herbst zu einem würdevolleren Tempo. Im Winter friert er zu, und die Einwohner von Shady Hollow feiern Schlittschuh-Partys und bauen am Ufer Schneefiguren. Selbst die Tiere, die zum Winterschlaf neigen, können der Verlockung solch eisiger Vergnügungen nicht widerstehen! Und im Frühling kehrt der Fluss rauschend zum Leben zurück, und geschwollen von Schneeschmelze und Frühlingsregen tritt er beinahe über die Ufer.

Der Fluss rauscht an der Sägemühle, dem kleinen Hafen und dem Städtchen vorbei. Doch an einer Stelle füllt er einen Mühlenteich und schafft einen stillen Ort, an dem man Ruhe finden kann – vorausgesetzt natürlich, man gerät nicht Otto Sumpf in die Quere. Otto, ein grantiger Kröterich, lebt an der sumpfigsten Stelle des Teichs allein in einer Erdhütte, um die herum hohes Gras und Rohrkolben wuchern. Er bewacht das Ufer, als würde er dafür bezahlt, und ist stolz darauf, über jedes Thema Streit anfangen zu können.

Einer seiner liebsten Zankäpfel ragt auf der anderen Seite des Teichs auf. Die Sägemühle der von Beaverpelts. Sie ist in vieler Hinsicht das Herz der Stadt. Ihr schweres hölzernes Mühlrad dreht sich Tag und Nacht, und immer hängt eine Wolke von Sägemehl in der Luft und erfüllt sie mit dem Geruch von Emsigkeit und Fortschritt. Vom Morgengrauen bis zur Abenddämmerung erklingen die Rufe der Arbeiter. Als größtes Unternehmen im Ort sichert sie vielen Tieren Lohn und Brot … nicht nur Bibern, Bisamratten und Waldmurmeltieren, wie man es erwarten sollte, sondern auch Mäusen, Kaninchen, Spatzen und dem einen oder andern Nerz. Selbst die ungebärdigen Wasserratten, die das Holz flussabwärts flößen, sind sich des Einflusses, den die Sägemühle in der Gegend hat, wohl bewusst. Und über allem thront Reginald von Beaverpelt – und zwar buchstäblich, da sein Büro hoch oben im Uhrenturm der Sägefabrik liegt. Er behält das Unternehmen scharf im Auge und sorgt dafür, dass alles reibungslos funktioniert. Shady Hollows Gedeihen hängt an der Sägemühle – selbst wenn gewisse Kröteriche über den Lärm und das Sägemehl meckern.

Es gibt selbstverständlich noch andere Betriebe in Shady Hollow. Der Eisenwarenladen, das Lebensmittelgeschäft und der Blumenladen säumen die Ostseite der Main Street. Die Polizeiwache, das Rathaus und die Bank stehen auf der Westseite. Biegt man um die Ecke, gelangt man zur Walnut Street und findet dort die Buchhandlung *Nimmermehr* vor, ein Paradies für Bibliophile mit und ohne Streifen oder Flecken. Romane, Krimis, Geschichte oder Lyrik – alles hat hier sein eigenes Regal. Weitere kleine Geschäfte (Schneiderei, Kurzwarenladen und Apotheke) schmiegen sich an zwei Nebenstraßen, die Oak Street und die Maple Street, und die Einwohner haben stets alle Hände voll zu tun.

Aber Shady Hollow hat mehr als nur Arbeit zu bieten. Ob man nun die River Street oder Main Street entlangschlendert oder die Maple Street, Elm Street, Walnut Street oder Oak Street hinaufgeht, schließlich landet man doch an der Kreuzung von Main Street und Walnut Street, wo das gesellige Herz der Stadt schlägt. Sie denken, das hängt mit einem großen Gebäude, einer Anlage zusammen? Vielleicht einer Kirche? Einer Versammlungshalle? Einem Baumhaus, das Jahrhunderte überdauert hat? Nein, nein und nein. Das gesellige Zentrum der Stadt ist ein Café. Es schmiegt sich geduckt und bescheiden unter einen Schirm von mächtigen Platanen. Drinnen stehen freundliche Holztische mit einer glänzenden Oberfläche, so abgenutzt sind sie vom fleißigen Gebrauch, und der Duft von Kaffee und süßen Obstpies (die Spezialität des Hauses) ist bis in die Wände eingedrungen. Das ist *Joes Kaffeekanne*, so benannt nach dem Wirt, einem Elch, der eine Fresse wie eine Kaffeekanne hat, und der bescheidene Joe würde das als Erster bestätigen. Er dürfte wohl niemals einen Schönheitswettbewerb gewinnen, an Beachtung hat es ihm jedoch nie gefehlt, und alle sind sich einig, dass er weiß, wie man einen guten Kaffee kocht. Die meisten Tiere beginnen ihren Tag oder ihre Nacht bei Joe, je nachdem. Und wenn es Nachrichten im Ort gibt – er kennt sie.

Aber glauben Sie nicht, dass Shady Hollow nicht auch über ein offizielleres Nachrichtenorgan verfügt. Die illustre Redaktion des *Shady Hollow Herald* liegt nur eine Straße weiter an der Elm Street. Beim Kaffee kann man die neuesten Schlagzeilen des lebhaften Waldstädtchens in der Morgenausgabe überfliegen.

Die heutige Schlagzeile verkündet zum Beispiel, wer die Gewinnerin des Rechtschreibebienen-Wettbewerbs ist. Ashley Chitters (Maus, acht Jahre) trägt nun stolz die glänzende bienenförmige Medaille am langen Band um den Hals. Das ist bereits das dritte Jahr in Folge, in dem sie gewinnt, dieses Mal hat sie das Wort w-i-d-e-r-s-p-e-n-s-t-i-g unter großem Beifall und ohne jedes Zögern buchstabiert. Ihr Rivale, ein Hermelin, der ironischerweise tatsächlich etwas widerspenstig ist, hat es bei dem Begriff «larmoyant» mit einem «j» versucht – das war sein Pech. Neben dem Artikel über die Königin der Rechtschreibebienen steht im *Herald* ein Rezept für Pfirsichpastete, das von den Kaninchen der Cold-Clay-Obstgärten stammt. Von der beigefügten Illustration läuft einem das Wasser im Mund zusammen.

So sehen die Nachrichten in Shady Hollow aus.

Natürlich geschehen noch andere Dinge. Es gibt Liebe und Hass, Verrat und Betrug. Es gibt Loyalität und Enttäuschung, Heldenmut und Schurkenhaftigkeit, alles im kleinen Maßstab. Und all das geschieht normalerweise im privaten Bereich oder hinter geschlossenen Türen oder unterirdisch in Schutzhöhlen oder zwischen den Zweigen, die das Städtchen so wunderbar beschirmen. Man bemerkt so etwas nicht in der Öffentlichkeit der friedlichen Welt von Shady Hollow.

Doch das wird sich sehr bald ändern.

KAPITEL 1

Es war ein schöner Morgen Ende August, die Sonne lugte gerade erst hinter den fernen Bergen hervor und verströmte ihr goldenes Licht über den Wald. Gladys Honeysuckle, seit jeher eine Frühaufsteherin, war bereits auf den Flügeln und hatte schon mehr als die Hälfte ihres täglichen Flugs zum Städtchen zurückgelegt. Sie war ein Kolibri, und ihre leuchtend grünen Flügel waren immer in Bewegung und schwirrten mit einer Geschwindigkeit von hundertfünfzig Stundenkilometern auf und ab. Mit ihrer Zunge schien es ähnlich bestellt. Denn Gladys hatte einen gewissen Ruf als Klatschbase der Stadt. Praktischerweise arbeitete sie für den *Herald*, die einzige Zeitung Shady Hollows, und hatte dort eine regelmäßige Kolumne über Events und Ereignisse in dem Städtchen. Vielleicht war das kein besonders glanzvoller Job, doch er passte zu ihren Talenten. SW Stein, der Herausgeber des *Herald*, hatte Gladys netterweise einen kleinen Schreibtisch in der Redaktion zur Verfügung gestellt, was sie zur ersten Klatschspaltenkolumnistin machte, die wie eine richtige Reporterin behandelt wurde. Von dieser Aufwertung gestärkt, plusterte Gladys ihre rot befiederte Brust auf und legte großen Wert darauf, jeden Tag in der Redaktion zu erscheinen. SW Stein mochte es, wenn seine Reporter vor Ort waren, so konnte er sie mit seinen scharfen Stinktieraugen im Blick behalten.

Gladys war Witwe, ihre Kinder waren erwachsen und ausgeflogen. Zu Hause war buchstäblich ein leeres Nest zurückgeblieben, und sie freute sich auf ihre tägliche Arbeit. Außerdem war sie entschlossen zu beweisen, wie wichtig sie für die Zeitung war, nur um bloß nicht irgendwann ihren Job zu verlieren.

An diesem bestimmten Morgen verließ sie wie jeden Tag ihr kleines Strohnest-Cottage, das außerhalb der Stadt hoch oben in einer Esche lag, und flog zur Arbeit ins Zentrum des Städtchens. Als sie über die stillen Wege spähte, die teilweise unter einem Blätterdach verborgen lagen, fiel ihr auf, dass fast noch niemand unterwegs war. Sie erblickte nur Joe, der über den Nordweg zottelte, trotz seiner riesigen Hufe mit erstaunlich leisen Schritten. Der Elch war von Natur aus kein Frühaufsteher – zumindest nicht im Vergleich zu den Vögeln der Stadt. Doch er würde niemals zulassen, dass ein früher Gast vor der Tür warten müsste. Und so stand er vor der Morgendämmerung auf, um sein Café rechtzeitig zu öffnen und frischen Kaffee bereitzuhaben. Er schien den ganzen Tag zu arbeiten, ohne sich je zu beklagen, obgleich er von seinem Sohn Joe Junior abgesehen niemanden auf der Welt hatte. Die Bedienung und das Küchenpersonal kamen und gingen ... Joe dagegen blieb hinter seinem Tresen.

Gladys dachte nicht weiter über den Wirt nach, während sie über den Wald flog. Sie hatte ihre eigenen Sorgen, vielen Dank auch. Während sie über den höchsten Wipfeln dahinschoss, schwirrte ihr Kopf von Gedanken an ihre Jüngste, Heather, die vor Kurzem zu ihrem neuen Mann gezogen war. Sicher, beide waren erwachsen, aber eine Mutter hatte das Recht, sich um ihre Kinder Sorgen zu machen, und Gladys war keine Ausnahme. Natürlich behauptete ihr Küken, es sei glücklich. Das junge Ehepaar lebte in seiner eigenen Welt, einen Tagesflug entfernt. Aber konnte man es wirklich wissen?

Nein, fand Gladys, die sich außen vor fühlte. So etwas passierte ihr selten, und entsprechend nervös war sie. Außen vor zu sein hasste sie wie die Pest. Sie zitterte bei der Vorstellung, ihr könnte eine Klatschgeschichte entgehen.

Gedankenverloren kreiste Gladys zweimal über dem Mühlenteich, wo ein Aufwind sie trug. So auf dem Wind dahingleitend, ließ sie ihren Blick schweifen und schaute auf die Wasserfläche hinunter, die noch nicht vom Sonnenlicht berührt wurde. Was sie erspähte, machte sie stutzig, sie erkannte nicht, was es war, aber es irritierte sie, schien dort nicht hinzugehören. Was konnte das sein? Ein Sack? Ein abgebrochener Ast, der im Teich schwamm? Sie flog tiefer, von ihrer natürlichen Neugierde angestachelt.

Das Objekt trieb auf der glatten Wasserfläche, und im blassen Frühmorgenlicht wirkte es verwirrend formlos. Es rührte und regte sich nicht, doch was da von der sanften Strömung in die Mitte des Teichs getragen worden war, war kein Pflanzenknäuel oder loser Balken.

Der Kolibridame wurde es eiskalt ums Herz. Diese Gestalt kam ihr schrecklich bekannt vor. Mit heftig schwirrenden Flügeln flog Gladys noch tiefer hinab und schwebte nun unmittelbar über der Leiche einer Kröte, die mit dem Bauch nach oben im Wasser trieb. Nicht irgendeiner Kröte. Es war Otto Sumpf.

Der Kröterich war schon seit vielen Jahren Bewohner des Teichs von Shady Hollow und bekannt für seine grantige, mürrische Art. Doch einige Bürger waren überzeugt, unter dieser Fassade verberge sich – doch, ja – ein netter Kerl. Für diesen Hinweis wäre er ihnen allerdings nicht dankbar gewesen.

Jetzt hatte es den Anschein, dass er tot war. Seine bleichen Beine standen starr ab, und triebe er nicht mit dem Bauch nach oben und wäre so schrecklich reglos, könnte man meinen, er befände sich mitten im Sprung.

Erschüttert registrierte Gladys diese ersten Fakten, während sie den armen Kröterich aus einem Blickwinkel betrachtete, der nur einem Vogel möglich war. Verstört, wie sie war, brauchte sie noch etwas Zeit, um die erschütternde Tatsache von Ottos Ableben wirklich in sich aufzunehmen.

Tot! Der arme Otto war tot! Und sie selbst, Gladys Honeysuckle, war diejenige, die ihn gefunden hatte! Nun endlich blickte sie sich nervös nach möglichen Anwesenden um. Sie hatte eine Leiche entdeckt, und sie musste irgendjemandem davon berichten. Ihr winziges Kolibriherz vibrierte von so schnellen Schlägen, dass sie fürchtete, in Ohnmacht zu fallen. Sie hatte wichtige Nachrichten, die ganz Shady Hollow interessieren würden. Sie *musste* jemanden informieren. Nein, sie musste *alle* informieren!

Ein kleines Stimmchen in ihrem Kopf rief ihr in Erinnerung, dass sie zuerst und am dringlichsten die Polizei benachrichtigen musste. *Das stimmt,* sagte sie sich mit einem gewichtigen Nicken. Die Beamten mussten in Kenntnis gesetzt werden. Ihre Hilfe würde sie anfordern, sobald sie in der Redaktion war und sich ein wenig beruhigt hatte. Sie hatte Otto zwar nicht besonders gemocht, doch er war ein Mitbürger ... oder jedenfalls gewesen. Es ist sehr verstörend, auf dem Weg zur Arbeit die Leiche eines Einwohners der Stadt zu finden.

Irgendwie schaffte es die erschütterte Gladys, ihr Ziel zu erreichen, und landete vor der Zeitungsredaktion. Sie eilte hinein und hoffte, dass noch niemand außer ihr da war. Doch sobald sie das Gebäude betrat, roch sie die bittere Note von schlecht gebrautem Redaktionskaffee. Sie wusste genau, wer wohl schon wieder vor ihr am Schreibtisch saß – die Füchsin.

KAPITEL 2

Vera Vixen war eine der Reporterinnen des *Herald.* Sie gehörte zu den wenigen Mitarbeiterinnen, die tatsächlich in der Redaktion zu leben schienen, und sie befolgte seit jeher die journalistische Tradition, ihren Wachmacher stark, schwarz und siedend heiß zu trinken. Ihr ging es um die Wirkung, nicht um den Genuss. Die flinke Füchsin schien von dem Zeug zu leben. Praktisch alle anderen tranken ihren Kaffee bei Joe, also nur bei Joe, während Vera sich sowohl am Redaktionskaffee als auch an Joes Angebot gütlich tat, denn ihre Persönlichkeit verlangte eine kontinuierliche Zufuhr des starken schwarzen Getränks.

Vera hoffte immer auf einen großen Knüller, und der heutige Tag war keine Ausnahme. Ihre spitzen Ohren zuckten, als sie Gladys hereinschwirren hörte, und sie machte sich auf einen wortreichen Bericht über den neuesten Klatsch gefasst. Doch Gladys huschte an ihren Schreibtisch, ohne ein Wort zu sagen, und das war so ungewöhnlich, dass die Füchsin aufstand und zu dem kleinen Kolibri schnürte.

«Guten Morgen», sagte Vera mit einem Lächeln.

Gladys nickte knapp, hielt den Blick aber abgewendet.

Vera war nicht von ungefähr eine erstklassige Investigativjournalistin, und sie bemerkte den keuchenden Atem des kleinen Vogels.

«Was ist los, Gladys?», fragte sie. «Du wirkst verstört. Ist etwas passiert?»

Gladys brach in Tränen aus. Etwas zu verbergen, war wider ihre Natur. Diese kleine Frage genügte, und sie vergaß ihren Entschluss und plapperte los.

Beim hysterischen Bericht des Kolibris wurden Veras rötliche Augen munter, ihre schwarze Nase zuckte. Ein Toter? In Shady Hollow? Vera war – wie Gladys – von Natur aus neugierig. Und sie konnte die richtigen Fragen stellen. Das machte sie zu einer ausgezeichneten Reporterin. Zwar warfen einige Bürger des Städtchens ihr vor herumzuschnüffeln, doch das war ihr egal. Eine gute Reporterin, davon war sie überzeugt, musste sich für alles interessieren und es wagen, die Fragen zu stellen, die andere mieden.

Nachdem Vera der noch immer weinenden Gladys die wichtigsten Fakten durch gutes Zureden abgeschwatzt hatte, brachte sie der Kolibridame ein Glas von deren geliebtem Zuckerwasser und einen Stapel saubere Papiertaschentücher, versicherte ihr, die Polizei zu verständigen, und überließ sie ihren Tränen. Veras Gedanken dagegen arbeiteten fieberhaft. Wenn Gladys die Leiche gerade erst entdeckt hatte, war sie vielleicht sonst noch nicht gesehen worden. Wenn Vera sich beeilte, könnte sie rechtzeitig zum Fundort gelangen und alle Einzelheiten festhalten. Der Tod Ottos würde die Nachrichten dominieren, und sei es, weil jeder in der Stadt irgendwann einmal Bekanntschaft mit dem Geschimpfe des Kröterichs gemacht hatte.

Im Gegensatz zu Gladys fühlte sich Vera keineswegs durch ihr Gewissen genötigt, zuerst zur Polizei zu gehen. Der Polizeichef von Shady Hollow war Theodore Meade, ein Braunbär und langsam von Körper und Verstand. Mit Kleinigkeiten wie Ladendiebstahl oder Beschwerden wegen Lärms hatte er keine Probleme, aber viel weiter reichten seine Fähigkeiten nicht. Vera würde die Ordnungshüter bereitwillig über Otto Sumpfs Ableben informieren, doch erst einmal wollte sie den Schauplatz selbst inspizieren. Sie hängte sich die Kamera um und machte sich zum Aufbruch bereit.

Auf dem Weg nach draußen schaute sie noch einmal nach Gladys. Der kleine Vogel schluchzte noch immer und wischte sich die Augen. Sobald Gladys die Fassung zurückgewonnen hätte, würde sie jedem, der vorbeiging, ihr Herz ausschütten. Vera hatte nur ein kleines Zeitfenster, bevor die ganze Stadt zum Teich pilgerte, um die Leiche des armen Otto zu sehen.

Sie eilte aus der Redaktion.

Zum Glück war es noch immer sehr früh, und nur wenige Tiere waren unterwegs, darunter einige Arbeiter, die zur Sägemühle am anderen Ufer des Teichs gingen. Das Rad drehte sich stetig und zeichnete Wasserringe auf die ansonsten spiegelglatte Wasserfläche.

Vera schritt energisch voran, die Kamera an einem Riemen über der Schulter. Sie spähte auf den Teich. Purpurroter Blutweiderich wuchs in dichten Büscheln am Ufer, und dahinter gediehen kleine grüne Algen. Die Szene war trügerisch friedlich. Außer Otto Sumpf war keiner da. Er trieb im Wasser. Mit dem Gesicht nach oben. Genau wie Gladys es beschrieben hatte.

Vera beugte sich vor und schoss rasch ein paar Fotos der Leiche. Der Uferboden war weich und feucht. Aus Respekt vor Otto bemühte sie sich, nicht auf die vorhandenen Pfotenspuren zu treten. Pfotenspuren – nicht die Spuren eines Kröterichs ... Irgendetwas regte sich in ihr, und sie machte schnell von den Pfotenabdrücken ebenfalls ein paar Fotos, auch wenn sie sich nicht sicher war, ob sie zu identifizieren wären. Mit zuckender Nase schnürte sie zwischen Unkrautbüscheln herum. Halb zwischen den schlammigen Stängeln des Röhrichts verborgen, entdeckte sie eine leere Flasche, die zu schön glänzte, um Abfall zu sein. Es sah aus, als hätte jemand sie ins Wasser werfen wollen, doch dann hatte sie sich im Schilf verfangen. Vera ließ sie unberührt und schoss ein weiteres Foto.

Vom unheimlichen Schemen der toten Kröte angezogen, warf sie einen genaueren Blick auf die im Wasser treibende Leiche. Sie war zu weit vom Ufer entfernt, daher konnte Vera keine Einzelheiten erkennen, ohne Boot würde man den Leichnam nicht an Land holen können. Beim Gedanken, den toten Otto an Land zu schleppen, überlief Vera ein Schauder. Mehr als ein paar Worte hatte sie nie mit ihm gewechselt, aber tot? Das konnte sie sich definitiv nicht vorstellen. Hatte er einen Herzanfall erlitten? War es das Alter? Es kam ihr so vor, als hätte Otto schon ewig gelebt. Aber ein Unfall konnte schließlich jeden ereilen. Vielleicht hatte er sich gestern Nacht betrunken, hatte im Dunkeln das Ufer nicht erkannt, war ins Wasser gefallen und ertrunken.

«Aber wer hat je davon gehört, dass eine Amphibie ertrinkt?», murmelte sie in sich hinein. «Hätte Otto in irgendwas ertrinken sollen, dann in einer Flasche Hochprozentigem.»

Vera wurde die Zeit knapp. Die Sonne war inzwischen über die Baumwipfel gestiegen, und rund um sie her begann das tägliche Leben mit seinen typischen Geräuschen. Sie schaute sich noch einmal kurz am Teich um und beschloss, dass es nun Zeit wurde, die Polizei zu rufen. Chief Meade würde sich ein Boot besorgen und Otto wenigstens an Land holen.

Bevor sie sich auf den Weg zur Polizeiwache machte, schlüpfte Vera in die Redaktion des *Herald* und legte ihre Kamera beiläufig in ihre Schreibtischschublade. Sie wollte noch kurz nach Gladys schauen.

Schon lange bevor sie in die Ecke kam, wo Gladys ihren Platz hatte, hörte sie sie plappern. Sie blieb stehen und lauschte.

«Eiskalt ist es mir den Rücken runtergelaufen, und dann habe ich den armen Otto dort treiben sehen ... oh, schon als ich heute Morgen aufgewacht bin, hab ich gewusst, dass es ein schlechter Tag werden würde!» Gladys jammerte weiß Gott wem etwas vor. Sie schien sich von ihrem Schreck erholt zu haben. Vera bemerkte, dass sie ihre Erzählung inzwischen aufgehübscht hatte und Vorahnungen andeutete, mit denen sie sich bei ihrem ersten Bericht nicht aufgehalten hatte. Die Füchsin schüttelte den Kopf und machte kehrt, um rasch zur Polizeiwache zu gehen, bevor irgendjemand ihr die Zeit stahl.

Auf der Wache war es ruhig, doch die Tür stand weit offen, und so trat Vera ohne Anklopfen ein. Es war keineswegs überraschend, dass Chief Meade noch nicht im Büro war, und so berichtete Vera Orville Braun, seinem Deputy, alles, was sie gesehen hatte. Wie sein Chef war er ein großer Bär, jedoch von der braunen Sorte und wesentlich intelligenter.

Er erklärte Vera, er werde sofort zum Teich aufbrechen, um zu ermitteln und die Leiche für die Beerdigung zu bergen. Er wusste, dass der Chief frühestens in ein paar Stunden eintreffen würde, selbst angesichts eines Leichenfunds. Im Gegensatz zu ihm begann Orville seinen Tag in der Polizeiwache gern früh und in relativem Frieden, lange bevor sein Chef auf der Wache erschien. Das gestattete ihm, die Probleme zu lösen, die sich bei der Polizeiarbeit von Shady Hollow Tag für Tag stellten. Wenn er allein in der Wache war, konnte er sich auch gelegentlich größeren Träumen hingeben, in denen er selbst, Orville, der Polizeichef war, einen nagelneuen Hut und eine glänzende Dienstmarke trug und sich mit seiner Arbeit den Respekt und die Bewunderung der ganzen Stadt verdiente.

Vielleicht würde sich sein Engagement jetzt endlich einmal auszahlen. Er könnte sich noch vor dem Mittagessen mit der traurigen Tatsache von Otto Sumpfs Tod befassen, und diese Rotfüchsin von Reporterin würde in ihrem Artikel schildern, wie kompetent und gelassen er die Aufgabe bewältigt hatte. Ja, das klang wirklich gut.

Mit einem Ruck gelangte er zurück in die Realität und ermahnte Vera, niemandem von ihrer Entdeckung zu erzählen, bevor er sich um die Sache gekümmert hatte.

«Dafür ist es leider zu spät. Gladys Honeysuckle hat die Leiche gefunden und mir davon berichtet», stellte Vera klar.

Der Bär verdrehte die Augen. So viel zum Thema Mund halten. Deputy Orville versah sich mit seiner üblichen Ausrüstung – seinem Hut, einem Strick für Handfesseln und einer finsteren Miene – und begab sich mit Vera zum Teich. Sie bat ihn nicht ausdrücklich darum, ihn begleiten zu dürfen, und Orville war noch ein wenig schläfrig. So oder so hatte er keinen Grund, die Füchsin auf Abstand zu halten. Er kannte Veras Ruf als Reporterin. Sie wäre ohnehin bald zur Stelle gewesen.

«Ich werde ein Boot beschlagnahmen müssen», knurrte er unterwegs. «Der Chief hat das Polizeiboot zum Angeln mitgenommen.»

«Was hofft er zu finden?», fragte sie neugierig.

«Fische, nehme ich an.» Orville sah die Füchsin verständnislos an. «Was sonst?»

Vera warf dem Braunbären einen misstrauischen Blick zu. «Er ist im wortwörtlichen Sinn angeln?»

«Gibt es auch noch einen anderen?»

Sie zog die Augen zusammen und seufzte. «Na, egal. Ich weiß, dass Sie in Shady Hollow nur selten einen Gerichtssaal von innen sehen.»

«Stimmt.» Orville zeigte beim Grinsen seine riesigen Zähne. «Die meisten Tiere gestehen sofort.»

«Das kann ich mir denken», gab Vera leise zurück. Orville konnte sehr einschüchternd sein, wenn er wollte.

Beim Gehen schaute er aufs Ufer. «Also muss ich jetzt ein anderes Boot finden.»

«In der Sägemühle liegen immer ein paar bereit», informierte ihn Vera. «Für den Fall, dass Holz von einem Lastkahn rutscht.»

«Damit sollte es gehen», brummte er.

Sie gelangten zu der Stelle, an der Vera zuvor fotografiert hatte. Sie wollte dort bleiben und Wache halten, während Orville sich ein Boot besorgte. Sie sah dem großen Bären nach, der zur Sägemühle davoneilte und mit zunehmender Entfernung immer kleiner wurde.

Sie wartete. Und nach einer Viertelstunde entdeckte sie ein Boot, das sich von der Sägemühle her langsam Ottos treibender Leiche näherte. Einige Tiere hatten inzwischen bemerkt, dass etwas Ungewöhnliches vor sich ging, und versammelten sich am Ufer.

Als Orville bei der Leiche anlangte, stieß er einen bestürzten Ruf aus, und einen erregenden Moment lang glaubte Vera, Otto atme vielleicht noch. Doch der Bär bewegte sich kein bisschen schneller, was vermuten ließ, dass es keinen Anlass zur Eile gab. Orville befestigte Otto mit einem Seil am Boot und ruderte auf die Uferstelle zu, an der Vera stand.

Ein paar Ruderschläge vor dem Anlegen sprang Orville laut platschend aus dem Boot und zog es auf den

Schlamm am Teichrand. Er sah die Menge an Schaulustigen, die sich inzwischen versammelt hatten, und brüllte: «Zurück! Alle zurücktreten! Platz machen. Zeigen Sie ein wenig Respekt!»

Eingeschüchtert vom Anblick des erzürnten Braunbären wichen sie ein Stück zurück … alle mit Ausnahme Veras. Sie hatte begriffen, dass irgendetwas nicht stimmte.

«Soll ich Ihnen helfen, ihn aus dem Boot zu tragen?», fragte sie.

«Nicht nötig.» Orville watete zu dem Toten und hob ihn hoch, als wäre er ein Welpe. Ohne jedes Anzeichen von Unbehagen trug er die Leiche zum Ufer und legte sie behutsam mit dem Gesicht nach unten auf dem kühlen, matschigen Boden ab. Ein Zittern lief durch den riesigen Bären, nicht vor Ekel oder gar Kälte, sondern vor Zorn.

Warum, das erkannte Vera, als sie einen genaueren Blick auf die Leiche werfen konnte: Nicht nur lag Otto völlig reglos da, sie bemerkte auch ein dunkles Blutrinnsal, das den Rücken des Toten hinabrann. Am verstörendsten aber war das Messer, das aus dem Körper des Kröterichs herausragte.

Zutiefst aufgewühlt trat Vera ein Stück zur Seite.

In Shady Hollow gab es fast keine Verbrechen, und soweit sie wusste, hatte es dort *noch nie* einen Mord gegeben. Otto mochte ein knurriger Kerl gewesen sein, aber er war ein Mitbürger und hatte viele Jahre am Mühlenteich gelebt.

«Wer kann das gewesen sein?», flüsterte sie.

Orville richtete sich zu seiner ganzen Größe auf und

schüttelte sich das Wasser aus dem Pelz. «Das weiß ich nicht, aber ich werde es *mit Sicherheit* herausfinden.»

Falls der Deputy daran dachte, dass nicht er der Chief war, sondern Meade, schien er sich nicht darum zu scheren. Noch bevor der Chief sich auch nur bequemt hätte, die Angelausrüstung gegen seine Polizeimütze zu tauschen, könnte Orville Beweise sammeln, Fotos schießen und das Bestattungsinstitut *Frieden* in der Yew Street kontaktieren, damit sie Ottos Leiche abholten. Orville mochte seinen Beruf und wusste, dass er seine Sache gut machte. Es störte ihn, immer die Hauptarbeit erledigen zu müssen, während sein Chef dafür die Anerkennung bekam, doch es wäre ihm kleinlich vorgekommen, sich deswegen zu beschweren. Schließlich war es den meisten Tieren vollkommen gleichgültig gewesen, welcher der beiden Bären zum Beispiel den Fall der gestohlenen Eisskulptur gelöst hatte.

Jetzt jedoch empfand er es anders. Kleinkriminalität gehörte zum Leben, doch Mord war eine Beleidigung für jede zivilisierte Gesellschaft. Otto war vielleicht nicht der angenehmste Mitbürger gewesen, doch niemand hatte ein solches Ende verdient. Trotz der betrüblichen Lage verspürte Orville eine fast angenehme Erregung in der Magengrube, denn hatte er sich nicht genau aus diesem Grund für seinen Beruf entschieden? Es war zu spät, um Otto zu beschützen, doch Orville konnte wenigstens dafür sorgen, dass ihm Gerechtigkeit widerfuhr.

Vera ihrerseits wusste ebenfalls, dass diese Entdeckung alles verändern würde. Sie überließ Orville seiner Arbeit und eilte zur Redaktion zurück. Ausnahmsweise einmal hatte sie Gladys mit einem Knüller ausgestochen, auch wenn es sich hierbei um eine Tragödie handelte.

Doch vielleicht könnte die ihr auch eine Chance bieten.

KAPITEL 3

Während Orville die Leiche unter den Augen der entsetzt schweigenden Menge an Land brachte und Gladys sich mit dem Verbreiten ihrer nun schon veralteten Nachricht die Kehle wund redete, verlief das Leben in *Joes Kaffeekanne* noch immer wunderbar normal.

Joe ging seiner üblichen Morgenroutine nach. Er genoss seine liebste Stunde am Tag – die Zeit, in der er sich auf den Ansturm zum Frühstück vorbereitete. Er kochte Kaffee und bestückte die Theke mit einem Sortiment an Muffins und Scones. Er hatte sie am Vorabend gebacken, und jetzt waren sie abgekühlt und dufteten lecker. Er füllte die Serviettenspender auf und wischte die Tische sauber, bis sie quietschten. Joe war sehr stolz darauf, dass sein Café immer proper war. Wann immer er einen Moment Zeit hatte, fuhr er mit einem Lappen über die Theke, und nun schob er die Muffins so zurecht, dass die mit den Apfelstückchen vorn standen. Bis zum Mittagessen wären sie bestimmt alle an die Maus oder den Vogel gebracht.

Joe seufzte – und Elche sind zu sehr lauten Seufzern fähig, das können Sie mir glauben. So hatte er sich sein Leben eigentlich nicht vorgestellt, als Café-Betreiber in einem kleinen Städtchen und alleinerziehender Vater eines Sohnes. Doch das Café war nun einmal das, was er jetzt besaß, und meistens war er dankbar dafür. An manchen Tagen dachte er nicht einmal mehr an seine Frau und grübelte nicht darüber nach, warum sie ihn verlassen hatte. Meistens war er zufrieden, wenn auch nicht glücklich, und er machte alles so gut, wie es einem Elch möglich war. In Shady Hollow war er recht beliebt, und alle hielten ihn für einen guten Kerl, obgleich er nie irgendein Interesse an einer der alleinstehenden Damen gezeigt hatte, denen er Kaffee servierte.

Ein hastiges Klopfen an der Tür riss ihn aus seinen Gedanken. Ein schneller Blick auf die Uhr sagte ihm, dass es fast sechs war. Es wurde Zeit, dass er den Laden aufmachte! Er schloss die Tür auf und drehte das Schild auf *Geöffnet*.

«Herein, herein!», rief er dem Eichhörnchen zu, das vor der Tür gewartet hatte. «Der Kaffee kommt gleich!» Joe lächelte breit. Er würde heute nicht bei seiner Vergangenheit verweilen. Das ging niemals gut aus.

Das Eichhörnchen war nur der erste Gast von vielen. Wenig später huschte ein Mäusemann herein.

«Hallo, Joe! Einfach nur das Übliche!», bat er mit einem Zucken seiner Schnurrhaare.

Er gehörte zu Joes Stammgästen. Howard Chitters war der Hauptbuchhalter des Sägemühlenbesitzers Reginald von Beaverpelt. Howard war immer in Eile, weil er immer ein klein wenig Verspätung hatte. Jeden Morgen schaute er im Café vorbei, um eine Auswahl an Gebäck mitzunehmen, denn alle wussten, dass Joe der beste Bäcker der Stadt war, und für Mr. von Beaverpelt war nur das Beste gut genug.

Reginald von Beaverpelt war natürlich viel zu bedeutend und hatte viel zu viel zu tun, als dass er sich sein Frühstück selbst holte. Dafür hatte er ja Howard. Obgleich als Buchhalter eingestellt, wurde der Mäusemann oft genug herumkommandiert, musste alle möglichen abwegigen Aufgaben und alles andere als glanzvolle Aufträge erledigen. Viele Tiere hätten sich eine solche Behandlung nicht gefallen lassen, doch Howard war sein Arbeitsplatz sehr wichtig, da er daheim viele hungrige Mäulchen zu stopfen hatte. Er und seine wunderbare Frau Amelia Chitters – das Licht seines bescheidenen Lebens – hatten bereits fünf Würfe kleiner Mäuschen großgezogen, und wenn man ihm für die Erinnerung einen Moment Zeit ließ, konnte er die genaue Zahl seiner Kinder benennen. Um seiner Familie willen machte Howard täglich viele Überstunden und ertrug all die Beschimpfungen des Mr. von Beaverpelt. Tatsächlich bedeutete der jüngste Wurf von drei Kleinen, dass Howard seinen Job noch dringender brauchte als je zuvor.

Zum Glück wurde er einigermaßen gut bezahlt und war ein sehr guter Buchhalter, der seine Berechnungen immer vier Mal überprüfte. Er mochte seine Arbeit. Außerdem konnte er so seinem Zuhause entkommen, das oft von schmutzigen Windeln und Bechern voll sauer gewordener Milch überquoll, während sich auf dem Teppich Stapel von Holzspielzeug türmten. Howard liebte seine Familie und war gern Vater, aber sein Büro in der Sägemühle, das eine Tür besaß, die er hinter sich zumachen konnte, mochte er ebenfalls sehr. Dort störte ihn keiner, abgesehen von seinem Chef, den man oft aus gut zwei Meilen Entfernung nach ihm brüllen hören konnte. Howard schaute nervös auf die Uhr, während Joe das Bestellte einpackte.

«Danke, Joe! Setze es bitte auf die Rechnung der Sägemühle!»

Unter seiner Last schwankend, verließ der winzige Mäusemann das Café «Oh!», quietschte er, als er beinahe mit jemandem zusammenstieß, der ihm von draußen entgegenkam. «Entschuldigen Sie bitte ganz aufrichtig!»

«Hallooooo, Joe», rief die Stimme, die zu dem Tier gehörte, dem der Mäusemann beim Hinausgehen auswich: Professor Ambrosius Heidegger, ein weiterer frühmorgendlicher Stammgast in *Joes Kaffeekanne*. Er hatte Howard fast zu Tode erschreckt – das unerwartete Auftauchen einer Eule erfüllt eine Maus gewöhnlich mit gewissem Unbehagen, selbst in der zivilisierten Welt von Shady Hollow. Heidegger hielt sich allerdings an streng vegetarische Kost, da er viel über deren gesundheitliche Vorzüge gelesen hatte. Er gab Abendkurse für die älteren Schüler von Shady Hollow und unterrichtete sie in Philosophie, denn er hielt sich für einen recht bedeutenden Gelehrten. Nun wollte er sich wie immer ein Brötchen mit süßem Karamellguss besorgen, sein Betthupferl, da der Eulenmann noch immer gern die Nacht zum Tage machte.

«Oh, und ich nehme einen dieser leckeren Kümmelkuchen für heute Abend», fügte er hinzu. «Wenn ich aufwache, habe ich viel Arbeit vor mir!»

Er musste gut für sein leibliches Wohl sorgen, denn heute Abend würde er hoch oben in seiner Ulme vor der Stadt in seinem Arbeitszimmer mit den Bücherwänden sitzen und die ersten Tests dieses Schuljahres benoten. Das erforderte sehr viel Geduld, da er die meisten seiner Schüler für Dummköpfe hielt. Ob dem nun so war oder nicht, immerhin hatten sie das Glück, beim großen Professor Heidegger zu lernen! Er bedankte sich bei Joe und steckte ein großzügiges Trinkgeld in das Glas, das auf dem Tresen vor der Registrierkasse stand.

Den ganzen frühen Vormittag hatte Joe alle Hände voll zu tun. Es lag eine Erregung in der Luft, die nicht ausschließlich auf das Konto des schönen, spätsommerlich warmen Wetters ging. Die Gäste redeten untereinander. Joe vernahm den Namen von Deputy Orville und hörte, neugierig wie er war, genauer hin. Doch bevor er sich aus dem, was er aufschnappte, etwas zusammenreimen konnte, wurde er von einem neuen Gast unterbrochen.

«Guten Morgen, Joe!» Die schnoddrige Stimme gehörte Lenore Lee. Sie war die Rabendame, die die sehr beliebte Buchhandlung *Nimmermehr* führte. Joe las eher selten, doch Lenore war eine Stammkundin und hatte einen wachen Verstand. Sie schaute jeden Morgen auf einen Kaffee und einen Walnuss-Scone herein und ging dann in ihren Laden, um die Buchführung zu machen, bevor sie ihr Geschäft öffnete.

Joe schenkte ihr Kaffee ein und legte den üblichen

Scone in eine Tüte. Lenore bestellte nie etwas anderes, und es gefiel ihr, wenn Joe alles fertig machte, sobald er sie hereinkommen sah.

«Lenore», brummte er leise. «Irgendwas liegt in der Luft.» Normalerweise gab er Unkenntnis nicht gern zu, aber Lenore war ein Sonderfall.

Sie nickte und verweilte an der Theke, um einen Klecks Honig in ihren Kaffee zu rühren. «Ich habe unten am Teich einen Auflauf von Schaulustigen gesehen. Vielleicht ist ein Tier ertrunken.»

«Wirklich? Das ist ja schrecklich.»

«Na ja, ich weiß auch nicht, was passiert ist», gab sie zu. Auch Lenore hasste es, eine Wissenslücke einzugestehen, doch Joe war ein Spezialfall. «Ich wollte mich nicht zu den Schaulustigen gesellen. Aber mir schien, ich hätte Vera in der Menge gesehen, und falls sie irgendetwas weiß, wird sie es mit Sicherheit weitergeben.» Lenore und Vera waren gute Freundinnen, denn beider forschendes Naturell und die Liebe zum geschriebenen Wort verbanden sie miteinander. «Mit Sicherheit wirst du lange vor mir Bescheid wissen.»

«Hoffentlich ist nichts Schlimmes passiert», sagte Joe, obwohl er genau das befürchtete. Irgendwo in seinem tiefsten Inneren spürte er eine Art von Besorgnis. «Ich kann es dir nicht erklären, aber irgendetwas gefällt mir nicht. Hier wird sich bald etwas ändern.»

Die Rabenfrau sah ihn mit ihren schwarz glänzenden Augen an. «Eine Veränderung in Shady Hollow? Das dürfte etwas ziemlich Drastisches erfordern.» Sie nahm die Tüte mit ihrem Frühstück. «Eines wird sich jedenfalls nicht ändern, nämlich dass ich rechtzeitig zur Arbeit komme. Pass auf dich auf, Joe.»

Sie überquerte die Straße und öffnete die schwere, dunkle Eichenholztür des Ladens zur genau gleichen Zeit wie immer. Lenore Lee hatte sehr genaue Vorstellungen von allem und ließ keine Schlamperei zu. Das spiegelte sich im Erfolg ihres Buchladens wider, des einzigen in Shady Hollow (und tatsächlich auch meilenweit darüber hinaus).

Traditionell waren Waldtiere keine besonders eifrigen Leser, doch das hatte sich geändert, als Lenore in Shady Hollow eine Buchhandlung eröffnete. «Nimmermehr», sagte sie während der Eröffnungszeremonie beim Durchschneiden des Bandes, «muss die Stadt ohne erstklassige Unterhaltung auskommen.» Ihre Vision hatte sich als weise erwiesen.

Ihr gemütlicher kleiner Laden, ein umgebautes ehemaliges Getreidesilo, war sehr einladend. Jedes Geschoss war einem eigenen Genre gewidmet, und alle Wände waren von Regalreihen voller Bücher gesäumt. In der Mitte war der Laden bis zum Dach hin offen, sodass jedes Stockwerk eigentlich eine Galerie war, von der aus man auf eintretende Kunden hinabschauen konnte. Dieser Grundriss bot zudem den praktischen Vorteil, dass Lenore in Sekundenschnelle in jedes Stockwerk fliegen konnte. In den Ecken standen bequeme Sessel mit Leselampen, wo man es sich mit einem Krimi oder dem neuesten Thriller bequem machen konnte. Die Buchhandlung lag sehr günstig schräg gegenüber von *Joes Kaffeekanne* in der Walnut Street, und die Kunden legten gern einmal eine Lesepause ein, um einen Happen zu essen. Ein harmonisches Verhältnis der Läden und Betriebe des Städtchens untereinander war wichtig. Lenore sah sich in ihrem kleinen Reich um, aber in Gedanken war sie bei den Nachrichten, von denen Joe gesprochen hatte. Hoffentlich würde Vera bald vorbeikommen.

KAPITEL 4

Zur gleichen Zeit saß Vera Vixen an ihrem Schreibtisch in der Redaktion. Nach dem Abschied von Orville hatte sie schnell gehandelt, war in die Dunkelkammer unter dem Hauptgebäude geeilt und hatte den Film in ihrer Kamera entwickelt. Jetzt untersuchte sie die gestochen scharfen Schwarz-Weiß-Fotos des Tatorts. Orville war sehr wütend gewesen, als er Otto ans Ufer gebracht hatte, und sie war überzeugt, dass der Bär sein Bestes geben würde, um den Mörder zu finden. Sie vertraute jedoch seinen guten Absichten mehr als seinen tatsächlichen Fähigkeiten.

Vera war sich sogar ziemlich sicher, dass sie die bei Weitem erfahrenste Ermittlerin in dem Städtchen war. In einer Großstadt im Süden hatte sie bereits für das Verbrechensressort geschrieben, bevor sie sich für ein ruhigeres Leben in Shady Hollow entschied. Kaum einer von ihren Mitbürgern wusste über ihre Vergangenheit Bescheid, und Vera hatte die Absicht, es dabei zu belassen. Sie hatte ihre eigenen Geheimnisse und behielt sie lieber für sich.

«Vera!» Der Ruf ertönte aus dem verqualmten Büro am Eingang der Redaktion.

Mit einem Seufzer verdrehte sie die Augen. Sorgfältig schob sie die Fotos unter ihre Ablage. Dann stand sie auf und eilte ins Büro des Herausgebers, wo sich eine Gestalt langsam aus einer Rauchwolke löste.

«Ja, SW?», fragte sie.

SW Stein, ein beleibtes und schon etwas älteres, aber trotz allem energiegeladenes Stinktier sah sie über seinen schweren Eichenholzschreibtisch hinweg scharf an.

«Was höre ich da über einen Mord?» Beim Sprechen drehte Stein seine Zigarre zwischen den Lippen.

«Ich bin dran, SW», versicherte Vera und hustete, als die verqualmte Luft in ihre Lunge drang.

«Gerade habe ich von diesem Sergeant davon erfahren, wie heißt er noch, Orville? Er will eine Meldung in die Zeitung setzen und nicht dafür bezahlen!»

«Er ist Deputy, SW. Und offizielle Meldungen stellen wir der Polizei nun mal nicht in Rechnung», erklärte Vera geduldig.

«Keine Rechnung? Das ist kriminell!», blaffte SW sie an, und in seiner Leidenschaft für Gebühren fiel ihm fast die Zigarre aus dem Mund. «Jedenfalls, diese Sache ist groß. Riesig. Gigantisch. Machen Sie sich an diese Story, Vera. Bis zum Sonnenuntergang möchte ich eine Schlagzeile und eine volle Zeitungsseite Text haben!»

«Ich muss die Fakten erst herausfinden, bevor ich über sie schreiben kann, SW.»

«Dann los, los, los! Alles schwarz auf weiß!», blaffte er.

Vera flüchtete aus dem verqualmten Raum und schnappte sich die Fotos von ihrem Schreibtisch. Selbstverständlich würde sie alles schwarz auf weiß aufs Papier bannen. Ihre Nase zuckte. Sie wusste auch ohne SWs Geschimpfe, dass dies eine Riesenstory war.

Gleich darauf war die Füchsin draußen und schaute in beide Richtungen, bevor sie die Straße überquerte. In Shady Hollow war das eigentlich ungefährlich, hier schritt das Leben gemächlich voran. Doch sie spürte die Stimmung, die in der Luft lag.

Die friedliche Ruhe des täglichen Treibens war gestört. Von ihren üblichen Geschäften abgelenkt, standen die Tiere in den Hauseingängen und redeten miteinander. Da ja nur der grantige Einsiedler Otto Sumpf ermordet worden war, verwanden die Einwohner Shady Hollows den Schock über die Tat schnell und konnten sich nun ganz dem wundervollen Klatsch hingeben, der dem Verbrechen auf dem Fuß folgte.

Vera begab sich auf die schattige Seite der Main Street und ging an der Kreuzung hinüber zu *Joes Kaffeekanne*. Sie trat ein und blickte sich um. Es war voll, ein einziges Gedränge, und alle unterhielten sich besorgt und ergingen sich in Vermutungen. Es war wie ein besonders düsterer Feiertag.

«Vera.» Joe hatte sie gesehen und schenkte ihr den üblichen schwarzen Kaffee ein. «Bitte sehr. Ich denke, du bist an der Geschichte dran.»

«Du hast also davon gehört?» Das war eine dumme Frage. Wenn es in der Stadt Neuigkeiten gab, über die geredet wurde, dann kannte Joe sie.

«Vor einer halben Stunde hat Gladys hereingeschaut,

um ihre Kehle zu ölen. Ihr ist heute die Stimme ein bisschen rau geworden.»

Trotz des düsteren Themas warf Vera Joe ein kurzes Lächeln mit blitzend weißen Zähnen zu. «Deine armen Ohren.»

«Die Sache ist schrecklich, Vera», sagte Joe ernst. «Es ist nicht richtig, dass Otto so etwas angetan wurde.»

«Ist Mord denn jemals richtig?»

Joe stockte und sagte dann sehr langsam: «Es mag Gelegenheiten geben, zu denen er gerechtfertigt ist.» Es war, als spräche er mit sich selbst.

«Wie bitte?» Vera schaute Joe irritiert an.

Schnell schüttelte er den Kopf, und sein ausladendes Geweih streifte die Decke. «Aber Otto hat niemandem ein Haar gekrümmt.»

«Er hat sich in der Stadt mit allen möglichen Tieren gestritten.» Obgleich sie nicht ihr ganzes Leben in Shady Hollow verbracht hatte, kannte Vera genau wie alle anderen den Ruf des Kröterichs.

Joe schüttelte schon wieder den Kopf. «Das ging nie über Worte hinaus. Na ja, er war ein alter Stinkstiefel. Sich mit anderen Tieren zu zanken, war sein kleines Spielchen. Aber er hat nie jemandem damit geschadet. Allenfalls sich selbst, weil er ganz allein am Teich lebte und keiner mit ihm zu tun haben wollte.»

Vera nickte und zückte ihr Notizbuch. «Darf ich dich zitieren?»

Sie bat Joe, ihr mehr über Sumpf zu erzählen, und der Elch kramte einige der Geschichten hervor, die über den mürrischen Einsiedler am Teich in Umlauf waren. Sumpf stammte anscheinend aus einem Ort hoch oben im Norden, wo die langen, eiskalten und dunklen Winter manche Tiere für die Hälfte des Jahres tief unter die Erde zwangen. Joe vermutete, dass diese Überlebensstrategie für Ottos eigenbrötlerische Gewohnheiten verantwortlich war, die er auch hier, im relativ milden Klima der Wälder um Shady Hollow, beibehalten hatte.

Der Kröterich hatte bei jeder sich bietenden Gelegenheit schwarzen Kaffee heruntergekippt, und deshalb hatte Joe ihn oft gesehen. Doch in den letzten Jahren war Sumpf noch schweigsamer und mehr und mehr zum Einzelgänger geworden. Er hatte sich kaum jemals mit jemandem über Themen von allgemeinem Interesse unterhalten. Selbst der freundliche Joe hatte selten mehr als ein Grunzen aus ihm herausbekommen. Seine längsten Gespräche – falls man sie so nennen konnte – waren die heftigen Zankereien mit jedem, der ihm in die Quere kam.

Joe zufolge hatte sich Sumpf erst am Vortag heftig mit dem bedeutendsten Tier vor Ort gestritten, mit Reginald von Beaverpelt, dem inoffiziellen Bürgermeister des Städtchens. Davor hatte Sumpf mehrere Wochen gegen den Damm der Sägemühle gewettert, weil er seine Seite des Teichs verschmutze. Nachdem von Beaverpelt lange genug provoziert worden war, entschied er sich dazu, seine Würde über Bord zu werfen und sich auf dasselbe Niveau zu begeben. Dabei hatte er einige so deftige Schimpfwörter benutzt, dass Vera sie nicht gedruckt wiedergeben durfte.

«Natürlich behaupte ich nicht, dass der gestrige Streit irgendwas mit Ottos Tod zu tun hat», sagte Joe. «Otto hatte ständig Zank. Gestern ging es auch zwischen ihm und Ruby heiß her. Er hat sie furchtbar aus der Fassung gebracht. Heute Morgen sah sie ein bisschen verstört aus. Sie kam eine Stunde später als üblich und machte den Eindruck, als hätte sie kein Auge zugetan.»

Tatsächlich war Ruby Ewing buchstäblich in *Joes Kaffeekanne* getaumelt. Joe, der in solchen Fällen professionell blieb und keine Fragen stellte, begrüßte sie und kochte ihr einen besonders starken Kaffee. Ruby war, um es frei heraus zu sagen, ein schwarzes Schaf, sowohl im wahrsten als auch im übertragenen Sinne des Wortes, was ihren Ruf anbelangte. Sie amüsierte sich gern, war aber eine gute Arbeitskraft, wenn sie einen Job hatte, was Joe genau wusste, da sie früher einmal als Kellnerin in seinem Café gearbeitet hatte. Ruby wechselte praktisch aus einer Laune heraus immer wieder den Job. Jetzt arbeitete sie in Goody Crows *Haus Abendsonne für betagte Tiere.* Mit seinem üblichen Taktgefühl hatte Joe ihr einfach nur einen schönen Tag gewünscht und sich abgewandt, um die Theke erneut auf Hochglanz zu polieren. Ruby war so schnell aufgebrochen, wie sie gekommen war, und hatte kaum ein Wort gesagt. Vera verkniff sich eine spöttische Bemerkung darüber, dass das schwarze Schaf so wirkte, als täte es ohnehin in den *meisten* Nächten kein Auge zu. Joe war natürlich zu höflich, um diesen Teil von Rubys Leben zu erwähnen.

Vera klappte ihr Notizbuch zu. «Na, ich mach mich mal

besser auf den Weg.» Sie kannte ihr nächstes Ziel bereits und überquerte die Straße.

«Lenore?», rief sie und sah sich in der Buchhandlung um. «Bist du da?»

Ein Flüstern des Gefieders war das einzige Geräusch, das zu hören war, als Lenore von den Dachbalken herabflog. Sie hatte ihr Büro ganz oben, weil sie dort vollkommen ungestört war.

«Hallo», gab sie zurück und landete leichtfüßig neben der Füchsin. «Ich würde ja guten Morgen sagen, aber er kommt mir nicht besonders gut vor.»

«Du weißt also auch schon Bescheid», sagte Vera.

«Inzwischen dürfte das für jeden gelten. Hier sprechen sich Nachrichten schnell herum.»

«Ich schreibe einen Artikel über Sumpfs Tod», erklärte Vera. «Wusstest du, dass es in Shady Hollow zuvor noch nie einen Mord gegeben hat?»

«Also, genau genommen stimmt das nicht.» Lenore schüttelte ihr Gefieder. «Ich habe gerade noch einmal ein paar hiesige Geschichten nachgelesen. Zur Gründungszeit war Shady Hollow ein eher raues Pflaster. Als mein Großvater noch jung war, hat es einen Mord gegeben, genau in der Zeit, in der die Sägemühle erbaut wurde. Auf der Baustelle wurde ein Arbeiter tot aufgefunden. Anfangs hielt man es für einen Unfall, aber dann kam heraus, dass er einen Kollegen dabei ertappt hatte, wie er Geld aus der Lohnkasse stahl. Sie kamen ziemlich schnell dahinter, um wen es sich handelte, doch er entkam, bevor die Polizei ihn schnappen konnte. Ein Wiesel – das sage ich ohne jedes Vorurteil», endete Lenore mit einem bedeutungsvollen Flügelschlag.

«Faszinierend! Das kommt in meinen Artikel.» Vera schrieb eifrig mit.

«Ich hätte allerdings nicht gedacht, dass Otto jemanden so sehr reizen könnte, dass der ihn ersticht», fuhr Lenore nachdenklich fort. «Sicher, er war ein alter Stänkerer, aber gestern auch nicht schlimmer als seit einem Jahrzehnt.»

«Jemand hat es wohl nicht so empfunden», sagte Vera. «Oder hier läuft noch irgendetwas anderes.»

Ihr Gespräch wurde von einem Aufruhr auf der Straße unterbrochen. Aufgeschreckt drehten die beiden Tiere sich um und spähten aus der geöffneten Tür.

Deputy Orville war nicht faul gewesen. Er führte einen Waschbären auf dem Weg zur Main Street ab, die Pfoten hatte er ihm hinter den Rücken gefesselt. Der Waschbär protestierte laut gegen diese Behandlung, doch die grimmige Miene des Bären zeigte, dass Widerspruch zwecklos war.

Lenore krächzte überrascht. «Orville führt Lefty zur Wache ab!»

Vera stürzte aus der Buchhandlung auf die Straße. «Orville!», rief sie. «Verhaften Sie Lefty? Liegen Beschuldigungen gegen ihn vor?»

Lefty erkannte sie sofort als Reporterin des *Herald* und jammerte los. «Das sind Vorurteile, schlicht und ergreifend! Nur weil ich mal hier und da was gedreht habe, halten sie mich für einen Mörder? Das lass ich mir nicht gefallen! Ich klage! Ich verlange Gerechtigkeit!»

«Los, weiter», knurrte der Bär. «Du Aufschneider.»

«Warum nehmen Sie ihn fest?», fragte Vera erneut.

«Das tue ich gar nicht», entgegnete Orville mürrisch. «Ich will ihm auf dem Revier nur ein paar Fragen stellen.»

«Aber warum? Was haben Sie in Erfahrung gebracht?»

«Überlassen Sie das Ermitteln den Profis, Miss Vixen», erklärte der Bär in herablassendem Tonfall. «Machen Sie Ihr Ding und schreiben Sie Ihre kleinen Artikelchen. Ich muss einen Mörder fassen. Die Pfotenabdrücke dieses Tiers wurden am Tatort gefunden!»

Gekränkt trat Vera zurück und sah Orville nach, wie er den Waschbären über die Straße schleifte. Dann zog sie die Augen zusammen. «Ein kleines Artikelchen, ja?» Sie klappte ihr Notizbuch auf. «Dieser arrogante ... Ich sorge dafür, dass Shady Hollow sein *Artikelchen* bekommt ...»

Lenore nahm Vera in die Flügel, führte sie nach drinnen und brachte ein paar Minuten damit zu, die Füchsin zu beruhigen. «Er bildet sich was auf sich ein, aber er *ist* nun einmal der Polizeibär. Er wird bestimmt sein Bestes geben, um den Mörder zu fassen.»

«Aber wird sein Bestes gut genug sein? Er verhört Lefty nur, weil er das ist, was in Shady Hollow einem gewieften Verbrecher am nächsten kommt. Das weiß hier jeder. Aber Lefty ist kein Mörder, selbst wenn seine Pfotenabdrücke ... Lenore!»

«Was ist?», fragte der Vogel, die glänzenden Augen weit geöffnet.

«Ich wollte dir doch was zeigen! Ich habe am Tatort ein paar Fotos geschossen. Orville sagte, dort hätte er Leftys

Pfotenabdrücke gesehen. Schauen wir mal, was dort sonst noch zu finden war. Ich wette, Orville hat etwas übersehen.»

«Die Wette wirst du wohl gewinnen», murmelte Lenore. Die beiden Tiere beugten sich über die Fotos und untersuchten sie genau. «Schöne Aufnahmen, du hast gut fotografiert, die Bilder sind ja gestochen scharf.»

Vera blieb nüchtern. «Er kann natürlich nicht im Wasser erstochen worden sein. Bei einem Angriff wäre er untergetaucht und geflohen. Das heißt also, dass ein Tier ihn am Ufer überwältigt und dann ins Wasser gestoßen hat ... oder ihn hineintaumeln ließ. Siehst du eine Stelle am Ufer, wo ...»

«Hier.» Lenore deutete auf etwas auf dem nächsten Foto. «Diese Spur im Schlamm? Genau hier wurde etwas Massiges in den Teich geschoben, so etwas wie Ottos Körper.»

«Dieser Abdruck dort stammt *wirklich* von einer Waschbärenpfote», fügte Vera hinzu und deutete auf eine andere Stelle auf demselben Foto.

«Aber es gibt dort auch die Spur eines Bibers. Und einen Hufabdruck. Das alles beweist überhaupt nichts und zeigt nur, wie Orville denkt. Alle Tiere benutzen den Pfad. Außer mir», fügte Lenore hinzu und hob einen Flügel. «Und den anderen Vögeln.»

Vera sah das Foto aufmerksam an. «Dort ist gewiss noch mehr zu finden, als wir den Bildern entnehmen können. Wir sollten uns den Schauplatz noch einmal selbst ansehen.»

«Meinst du nicht, dass Orville die Stelle abgesperrt hat?»

«Na und?» Vera steckte das Notizbuch ein. «Mach mal eine Weile den Laden zu. Es wird ohnehin niemand einen Krimi kaufen, bis unser eigener Krimi hier vor Ort gelöst ist.»

«Traurig, aber wahr», stimmte Lenore ihr zu. «Also, geh schon mal los. Wir treffen uns dort.» Sie brauchte zwar ein Weilchen, um ein Schild in die Tür zu hängen und abzusperren, doch schon bald erhob sie sich in die Luft und überholte die Füchsin, die unter ihr entlangrannte.

Als Vera am Teich eintraf, war Lenore bereits da und nahm den Schauplatz in Augenschein. Orville hatte ihn in der Tat mit einem Seil abgesperrt, aber dennoch hatte der Ort genügend Schaulustige angezogen. Überall waren Pfotenspuren, sie zogen sich kreuz und quer über den Boden, sogar innerhalb der Absperrung. Vera seufzte, als sie die Verwüstung sah. Das war also das Beste, was Orville geben konnte?

«Da ist es! Das, was auf dem Foto so geglänzt hat.» Lenore deutete mit dem Flügel auf die Flasche, die Vera schon zuvor gesehen hatte.

«Ja, jemand muss sie ins Schilf geworfen haben. Aber sie ist so weit draußen, dass man schwimmen müsste, um daranzukommen», beklagte sich Vera.

«Oh, keine Sorge!» Lenore flatterte zum Schilf hinüber und packte die Flasche mit dem Schnabel. Wie jeder Rabenvogel hatte sie eine Vorliebe für glänzende Objekte. Sanft ließ sie die Flasche neben der Füchsin niederfallen und glitt dann mit ein paar Flügelschlägen auf den Boden. «Was hat sie wohl zu bedeuten?»

«Vielleicht gar nichts.» Vera nahm die Flasche in die Hand. Das dunkelgrüne Glas erinnerte sie an eine Kräuterlikörflasche, auf dem Etikett waren ein blühender Baum und ein paar Schriftzeichen abgebildet, die Vera nicht kannte.

«Sieht aus wie die Weinflaschen im *Bambushain*», sagte sie und meinte damit das neue Restaurant, das von Shady Hollows jüngstem Zugang, einem Riesenpanda namens Sun Li, geführt wurde. Bei ihm gab es leckere vegetarische Gerichte, die in der Stadt sehr angesagt waren. Aber Vera wusste so gut wie gar nichts über ihn. «Vielleicht liegt die Flasche ja schon lange da. Das Restaurant hat vor mehreren Monaten eröffnet.»

«Das bezweifle ich.» Lenore schüttelte den Kopf. «Sie ist sehr sauber. Es klebt kein Schlamm daran, und das Etikett weist noch keine Spuren von Regen auf und ist unversehrt. Sie kann erst seit ein oder zwei Tagen hier liegen.»

«Denkst du, das ist ein Hinweis oder Indiz?» Veras Respekt vor Lenores scharfem Blick und ihren wohldurchdachten Schlussfolgerungen wuchs.

«Na ja, Otto wurde ja nicht mit einer Flasche erstochen. Aber wir könnten Sun Li fragen, ob er in den letzten Tagen eine Flasche wie diese verkauft hat und an wen.»

«Gute Idee.» Vera steckte die Flasche in ihre Schultertasche. «Im Moment fällt mir nichts weiter auf. Alle sind auf dem Boden herumgetrampelt! Solange Orville Lefty nicht laufen lässt, wissen wir nicht, warum er ihn festhält.»

Die Räbin stimmte ihr zu. «Wir bringen wahrscheinlich mehr heraus, wenn wir mit anderen reden. Lass uns zum *Bambushain* gehen. Es ist sowieso gerade Zeit fürs Mittagessen.»

KAPITEL 5

Das *Bambushain* war ein Restaurant in einem niedrigen Gebäude am östlichen Ende der Maple Street. Das Dach war an den Ecken leicht nach oben gezogen, und das ganze Grundstück war bereits von einem schnell wuchernden Bambuswäldchen zugewachsen, das dem von Sun Li mitgebrachten Samen entsprossen war. Die hohen Stängel gaben dem Ganzen etwas Geheimnisvolles; das Restaurant sah aus, als wäre es durch Magie hierher versetzt und nicht etwa von Bewohnern Shady Hollows errichtet worden.

Die hellgrünen Pflanzen schirmten den Bau auch von der Straße ab, erzeugten eine Atmosphäre von Ruhe und Geborgenheit und vermittelten einem das Gefühl, in eine andere Welt einzutreten. Die Rabendame und die Füchsin marschierten über den schmalen, sich leicht schlängelnden weißen Kiespfad zu der leuchtend rot gestrichenen Tür. Bevor eine von ihnen anklopfen konnte, schwang die Tür langsam auf. Aus dem dunklen Inneren tauchte eine große, schwarz-weiße Gestalt auf.

«Zwei Gäste fürs Mittagessen?», fragte Sun Li.

Vera hatte gehört, dass der geheimnisvolle Panda mehr als zwölf Sprachen und Dialekte beherrschte. Sie hatte allerdings schon vieles über das Tier gehört, und das meiste davon glaubte sie nicht.

Vera warf Lenore einen Blick zu, und die nickte. «Ja, gern, wenn es nicht noch zu früh ist.»

«Da entlang.» Sun Li führte sie durch den Speisesaal mit der niedrigen Decke zu einem sonnigen Fleckchen am Fenster, von dem aus sie den üppig wachsenden Bambus sehen konnten. Der Wirt schenkte heißen Tee in zierliche blaue Tässchen und tappte dann davon, um die Speisekarten zu holen. Sie waren nicht die einzigen Gäste. In einer anderen Ecke saßen zwei Biberfräulein – tatsächlich waren es die künftigen Erbinnen der Von-Beaverpelt-Sägemühle. Sie knabberten bereits an ein paar Rohkost-Stängeln.

Lenore hielt ihre Tasse hoch und beobachtete, wie das zarte Porzellan das Sonnenlicht durchließ. «Hübsch», kommentierte sie. Die Rabendame hatte einen Blick für so etwas. «Wie die es wohl übers Meer geschafft haben, ohne in tausend Scherben zu zerbrechen?»

«Gefallen sie Ihnen? Ein paar Tassen sind tatsächlich zerbrochen, aber zum Glück ist der größte Teil meines Geschirrs wohlbehalten eingetroffen», erklärte Sun Li, als er mit den Speisekarten zurückkehrte, die eigentlich eher Schriftrollenform hatten. «Das heutige Tagesgericht sind Zuckererbsen mit Waldpilzen», fuhr er fort. «Sehr lecker.»

Als Vera das hörte, machte sie sich nicht mehr die Mühe, die Speisekarte zu überfliegen. «Klingt großartig. Und welche Getränke haben Sie außer Tee?», kam sie direkt zur Sache. Sie kramte kurz in ihrer Tasche, holte die

Flasche heraus und zeigte sie ihm. «Haben Sie etwas in der Art?»

Mit gleichmütiger Miene nahm Sun Li die Flasche entgegen und musterte sie. «Natürlich. Dieser Pflaumenwein gehört zu meinem Sortiment.»

«Erinnern Sie sich noch, wer hier zuletzt Wein gekauft und eine solche Flasche mitgenommen hat?»

Der Panda dachte nach. «Ich glaube Miss Ruby. Vielleicht Montag oder Dienstag.»

«Ruby Ewing?»

«Genau. Sie hat hier gearbeitet, als ich bei der Eröffnung des Restaurants zusätzliche Kräfte benötigte. Dabei hat sie den Pflaumenwein für sich entdeckt. Wieso fragen Sie?»

Vera warf Lenore einen Blick zu. Diese nickte ihr ermutigend zu. «Wir haben diese Flasche am Ufer des Mühlenteichs gefunden, ganz in der Nähe von Otto Sumpfs Leiche», räumte Vera ein. «Aber das hat ja vielleicht überhaupt nichts zu bedeuten.»

«Es ist oft schwierig zu erkennen, welche Einzelheiten zum Muster gehören, bis man einen Schritt zurücktritt», sagte Sun Li. Er schien selbst keine Meinung zu der Sache zu haben. «Entschuldigen Sie mich, während ich Ihre Gerichte zubereite.»

«Eine ungewöhnliche Person», sagte Lenore, als er gegangen war. «Ottos Tod scheint ihn nicht besonders zu interessieren.»

Vera schaute auf den Bambuswald hinaus. «Ich weiß nicht, ob er Otto überhaupt kannte. Der Kröterich war mit Sicherheit niemals in Versuchung gewesen, hier zu essen.»

«Schließlich gibt es als Tagesgericht nicht Fliegen und Elritzen», stimmte die Räbin ihr zu.

Beide verstummten, während sie über Sun Lis vorhandene oder eben nicht vorhandene Verbindung zu dem Toten sinnierten. Shady Hollow war ein so kleines Städtchen. Man konnte sich nur schwer vorstellen, dass es Einwohner gab, die einander gar nicht kannten.

Es dauerte nicht lange, und Sun Li brachte zwei dampfende Teller an ihren Tisch.

«Ich hätte Sie das eben schon fragen sollen», sagte Vera. «Haben Sie Otto überhaupt gekannt?»

«Ja, sicher», antwortete Sun Li. «Unmittelbar nach der Eröffnung kam er ein paar Mal hierher. Er mochte das Tagesgericht, allerdings hätte ich mir gewünscht, er hätte seine Reste nicht immer in ein grünes Blatt eingeschlagen, um sie nach draußen zu schmuggeln. Dafür habe ich hübsche kleine Schachteln.»

«Er hat Essen herausgeschmuggelt?», fragte Lenore ungläubig.

Ihr Gastgeber nickte ernst. «Er wollte herausfinden, wie die Sauce gemacht wurde. Aber das ist natürlich ein Familiengeheimnis.» Ohne erkennen zu lassen, ob das vielleicht nur ein Scherz war, verbeugte sich Sun Li leicht und ging.

Verlockende Düfte stiegen von den Tellern auf, und sie machten sich über das Essen her und vergaßen für eine Weile den Mord. Ermittlungen machten eben hungrig.

Doch als sie mit dem köstlichen Mahl fast fertig waren, kam das Gespräch schließlich erneut auf den toten Otto Sumpf und auf mögliche Motive für den Mord.

Während Vera darüber nachdachte, ob es von schlechten Manieren zeugen würde, den Teller abzulecken, warf sie einen Blick auf den anderen besetzten Tisch im Restaurant und bemerkte, dass die Von-Beaverpelt-Töchter ihrerseits zu ihnen schauten. Die beiden saßen ein wenig zu weit entfernt, um hören zu können, worüber Lenore und sie sich unterhielten. Aber Interesse zeigten sie trotzdem. Und sofort fragte sich Vera, *warum* wohl.

Lenore, die die Blicke der beiden jungen Frauen nicht mitbekam, weil sie in die entgegengesetzte Richtung schaute, sinnierte laut darüber nach, wie wahrscheinlich eine Täterschaft Leftys war. Doch Vera versetzte ihr einen sanften Tritt gegens Schienbein und deutete mit dem Kopf zum anderen Tisch. Lenore begriff sofort und begann langatmig über die vielen Kunden ihrer Buchhandlung zu schimpfen, die regelmäßig Stapel von Büchern aus den Regalen zogen, aber sie niemals zurückstellten.

«Denken die wirklich, ich hätte nichts Besseres zu tun?», beschwerte sie sich missmutig.

Vera nickte mitfühlend und warf erneut einen Blick auf den Tisch mit den jungen Biberinnen. Die schienen jedoch das Interesse verloren zu haben. Sie suchten gerade ihre Siebensachen zusammen und machten sich mit einer ganzen Menge an Tüten und Taschen zum Aufbruch bereit. Anscheinend war bei ihnen das frühe Mittagessen auf eine ausgedehnte Shoppingtour gefolgt.

Anastasia und Esmeralda von Beaverpelt waren die einzigen Kinder von Reginald von Beaverpelt und befanden sich unter dem Eindruck, mit ihrem Namen ein Anrecht auf die Anerkennung und Bewunderung der ganzen Stadt zu haben. Sie waren jünger als Lenore, aber vielleicht in Veras Alter. Beide hatten noch keinen einzigen Tag ihres Lebens gearbeitet. Ihr Vater verdiente viel Geld und überhäufte seine Frau und Töchter damit. Sie schienen fast ihre gesamte Zeit entweder mit Shopping oder mit Nachdenken und Reden über Shopping zu verbringen, wenn sie nicht gerade über jedes einzelne der ihnen bekannten Tiere klatschten.

Allgemein vermutete man, von Beaverpelt müsse gehofft haben, dass seine Töchter inzwischen verheiratet oder zumindest von zu Hause ausgezogen wären, doch keine dieser Alternativen zeichnete sich derzeit ab. Beide junge Frauen waren attraktiv (trotz ihrer vorstehenden Schneidezähne). Aber Anastasia und Esmeralda waren eitel und dumm, und das behinderte eine glückliche Zukunft.

Für Vera hatten sie wenig mehr als Verachtung übrig, obwohl sie allgemein als ansprechend galt, wenn auch als ein Tier, das seine Arbeit ein wenig zu ernst nahm. Auch mit Lenore konnten sie nichts anfangen, denn sie lasen keine Bücher und kauften niemals in der Buchhandlung *Nimmermehr* ein. Trotzdem kamen sie auf dem Weg aus dem Restaurant an den Tisch der beiden. Mit ihren vielen Einkaufstüten fegte Esmeralda beinahe die Teekanne vom Tisch. Vera schnappte sie rasch, bevor sie am Boden zerbrach.

«Sollten Sie nicht bei der Arbeit sein, Vera?», fragte Anastasia.

Vera musterte die Schwestern mit einem kühlen Blick.

«Ich arbeite doch», antwortete sie gelassen. «Ich bin an einer Story zum Sumpf-Mord dran.»

Die Schwestern wechselten einen Blick. «Und das hat Sie zum Lunch hierhergeführt?»

«Wohin hätte es mich denn Ihrer Meinung nach führen sollen?»

«Ach, keine Ahnung. Ich bin ja keine Star-Reporterin», fuhr Esmeralda sie an.

«Fällt Ihnen zu dem Mord etwas ein? Haben Sie Otto gut gekannt?», fragte Vera in dem ruhigsten Tonfall, zu dem sie sich durchringen konnte.

«Ob wir Otto gut gekannt haben? Wer hatte denn schon eine Ahnung von ihm?», höhnte Esmeralda. «Der alte Sack hat uns immer angeblafft und uns überflüssige Warzen auf dem Gewebe der Natur genannt! Ich habe ihm gesagt, über Warzen müsse er ja Bescheid wissen! Wer schert sich schon um die alte Kröte?»

Sie schoben aufgebracht ab. Lenore und Vera sahen den Schwestern nach, wie sie das Restaurant verließen.

«Reizend», knurrte Vera und nahm sich wieder ihren Teller vor.

Lenore schüttelte einfach nur den Kopf. «Überflüssige Warzen auf dem Gewebe der Natur! Otto konnte wirklich mit Worten umgehen.»

«Und er wusste immer genau, womit er jemanden treffen konnte», überlegte Vera laut. «Unsere Erbinnen reagieren empfindlich, wenn man sie als überflüssig oder nutzlos bezeichnet.»

«Mag sein, aber wegen so etwas haben sie Otto bestimmt nicht umgebracht!»

Die Nase der Füchsin zuckte leicht. «Wollen wir es hoffen. Wenn wir jedes einzelne Tier in Erwägung ziehen müssten, das von Otto beleidigt worden ist, wäre die ganze Stadt verdächtig.»

Lenore gab einen mitfühlenden Laut von sich. «Wir werden der Sache auf den Grund gehen. Aber du musst jetzt deinen Artikel schreiben, wenn du ihn heute noch abliefern willst.»

Vera nickte. «Und er muss gut werden. Ich bin vielleicht noch keine Star-Reporterin, aber ich weiß, dass wirklich jeder *diese* Ausgabe lesen wird!»

KAPITEL 6

Am Nachmittag gingen die meisten Einwohner Shady Hollows ihren üblichen Geschäften nach, wenn auch ungewöhnlich nervös. Das galt jedoch nicht für Deputy Orville. Durch die Entdeckung der Leiche im Teich war sein normaler Tagesablauf durcheinandergeraten, und natürlich war der Chief mal wieder nirgends zu finden.

Orville wusste, wie er zunächst einmal an den Fall herangehen musste. Er identifizierte die Leiche eindeutig als die von Otto Sumpf, Teichbewohner. Er sammelte Beweismittel, darunter auch eine Probe des Teichwassers. Außerdem hatte er das Beerdigungsunternehmen bestellt, damit es die Leiche nach der Leichenschau abholte. Es musste eine Autopsie durchgeführt werden, der Gerichtsmediziner würde aus einem Nachbarstädtchen kommen, da Shady Hollow selbst keinen beschäftigte. Orville schickte eine Taube mit einer dringenden Botschaft los. Er erwartete den Gerichtsmediziner voller Ungeduld, da seine beiden Gefängniszellen nun belegt waren: In der einen lag die stille Leiche Otto Sumpfs auf der Pritsche (sie roch noch nicht, war diesem unvermeidlichen Moment aber schon gefährlich nahe), und in der anderen befand sich der alles andere als stille Lefty, dessen Talent für Schimpftiraden beinahe an das des Opfers heranreichte.

Ohne Lefty weiter zu beachten, stand Orville vor Ottos Zelle und dachte nach. Er hatte den Verstorbenen nicht besonders gut gekannt, doch dieser bot einen ernüchternden Anblick. Das Leben war sehr kurz und konnte völlig unvermittelt sogar noch kürzer werden.

Gleich darauf kehrte der Bär zu seinem riesigen Schreibtisch zurück, um einen Bericht für seinen Chef zu verfassen. Meade kam nie früh aufs Revier (falls er überhaupt auftauchte), verließ sich aber darauf, dass sein Mitarbeiter ihn über alles informierte, was in der Stadt vor sich ging. Orville freute sich beinahe auf das bestürzte Gesicht, das der Chief machen würde. Keiner von ihnen hatte Erfahrung darin, Mordermittlungen zu führen, doch bei einer Wette würde Orville das Geld auf sich selbst setzen. Er hatte so einiges gelesen und sich in seiner Freizeit Wissen zum polizeilichen Vorgehen und zu Ermittlungstechniken angeeignet. Er war sich ziemlich sicher, dass der Chief keine Ahnung haben würde, was in dieser Lage zu tun war. Und genauso sicher ging er davon aus, dass sein Chef es sich selbst als Verdienst anrechnen würde, wenn der Täter gefasst würde, wer auch immer die Arbeit tatsächlich erledigt hatte.

Das Wichtigste war jetzt erst einmal, den *Anschein* zu erwecken, dass er Fortschritte machte. Daher hatte er Leftys Spur verfolgt und ihn festgesetzt. In Verbindung mit einer Serie von Schmuckstücken, die als verschwunden gemeldet worden waren, hatte er den Waschbären ohnehin suchen müssen. Die Berichte kamen aus einem flussabwärts gelegenen Viertel von Shady Hollow, und dort ging Lefty am liebsten auf die Jagd. Insgeheim bezweifelte Orville, dass der Kleinkriminelle etwas mit dem Mord zu tun hatte. Aber er wollte für Ruhe in der Stadt sorgen.

Wenig später traf der Gerichtsmediziner sich eilig schlängelnd in Shady Hollow ein. Sein Name lautete Solomon Breitkopf, und er war eine Kreuzotter, die beträchtliche Erfahrung in allen Belangen des Todes hatte. Denen, die mit ihm zu tun hatten, flößte er niemals Vertrauen ein (er verbreitete nur Angst und Abscheu), doch seine Arbeit machte er ausgezeichnet. Die meisten Passanten, denen er begegnete, zogen sich eiligst zurück, doch das störte Dr. Breitkopf nicht im Geringsten. Er schlängelte sich über die plötzlich leere Main Street und glitt in die Polizeiwache.

«Ssseien Sssie gegrüssst, Deputy», zischelte er. «Wo isst dasss Opfer?»

Orville deutete mit einer Kopfbewegung auf die Zelle, in der Otto lag. «Gleich hier.»

Der Gerichtsmediziner schlüpfte zwischen den Gitterstäben hindurch und wand sich um die Leiche des Kröterichs.

«Interesssant», sagte er. Seine Zunge schoss immer wieder aus dem Mund, damit roch er Dinge, die sonst keiner auch nur im Traum wahrnehmen könnte.

Orville wandte sich ab, trotz seines dicken Pelzmantels überlief ihn ein Schauder.

Als Dr. Breitkopf mit der Untersuchung fertig war, traf er Orville vor seinem Schreibtisch an, wo dieser auf- und abmarschierte.

«Nun?», fragte der Bär. «Haben Sie etwas herausgefunden?»

Dr. Breitkopf seufzte. «Also», begann er, «Mr. Sssumpf ist nicht verblutet, issst also nicht an der Ssstichwunde gestorben.»

«Sind Sie sich sicher?», fragte der Bär. Schließlich hatte in Ottos Rücken ein Messer gesteckt. Doch er wartete höflich darauf, dass der Schlangenmann fortfuhr.

«Die Todesssursssache war eine Vergiftung!», verkündete Dr. Breitkopf und machte eine dramatische Pause. «Sssobald ich Gewisssheit habe, welche Art Gift verwendet wurde, gebe ich Ihnen Bessscheid. Ich muss in meinem eigenen Labor ein paar aufwendige Tessstsss durchführen.»

«Danke sssehr, ich meine, danke sehr!» Orville war von dieser Nachricht etwas überrumpelt. Als der Gerichtsmediziner hinausgeglitten war, ging er immer noch im Hauptbüro auf und ab. Das war eine extrem bedeutende neue Erkenntnis. Sollte Otto vergiftet worden sein, hatte er vermutlich im Sterben gelegen – oder war sogar schon tot! –, als er den Messerstich erhielt. Wer könnte so etwas getan haben, und warum?

Orville hatte gehofft, seinen Chef dadurch zu beeindrucken, dass er diesen Fall rasch aufklärte. Doch so würde es offensichtlich nicht kommen. Die Lage wurde komplizierter. Orville verharrte plötzlich, denn ihm fiel ein, dass

Lefty nun schon eine ganze Weile wartete. Er musste diesen zwielichtigen Kerl vernehmen.

Der Waschbär lag lang ausgestreckt auf seiner Pritsche und starrte an die Decke. Als Orville kam, setzte er sich auf und beschwerte sich von Neuem. «Was ist hier los? Wer war dieses unheimliche Reptil? Sie dürfen mich hier nicht einfach so festhalten! Ich möchte mit meinem Anwalt sprechen!»

Orville bekam allmählich Kopfschmerzen und hatte nicht die geringste Lust auf so ein Theater. Er nahm sich einen Stuhl und stellte ihn vor Leftys Zelle.

«Klappe halten!», knurrte er. Überraschenderweise gehorchte Lefty. «Ich möchte alles erfahren, was Sie über Otto Sumpf wissen.»

«Ich weiß überhaupt nichts, ich schwör's.» Lefty stammelte nervös, als er Orvilles wütenden Blick bemerkte. «Ich mag ein Dieb sein, aber ich hab noch nie jemanden umgebracht. Warum hätte ich den Kröterich denn ermorden sollen ... dem geht es noch schlechter als mir. Bei dem gibt es nichts zu stehlen! Sie müssen mir glauben!»

Das kam Orville einleuchtend vor, aber trotzdem war er nicht bereit, den Waschbären jetzt schon laufen zu lassen. «Das ist nicht gerade aufschlussreich. Sie werden die Nacht hier verbringen», sagte er zu Lefty. «Schauen wir mal, ob Ihnen bis morgen früh irgendetwas Nützliches einfällt.»

Nachdem Orville sich vergewissert hatte, dass Leftys Zelle sicher verschlossen war, ging er in *Joes Kaffeekanne* und bestellte zwei Tagesgerichte. Eines für Lefty in seiner

Zelle und ein weiteres für sich selbst, um es an Ort und Stelle hinunterzuschlingen. Er hatte einen extrem langen Arbeitstag hinter sich und freute sich darauf, für ein paar Stunden nach Hause zu gehen. Die Ermittlungen würden ihm vielversprechender vorkommen, wenn er erst eine Mahlzeit im Bauch hätte und ausgeschlafen wäre. Während er sein Abendessen verdrückte (Eichelbrei mit Honig und als Beilage gegrillte Apfelstückchen) überlegte er, dass es schön wäre, wenn er sich mit jemand anderem über den Fall austauschen könnte. Doch lieber würde er ihn allein bearbeiten, als sich mit dem Chief herumzuschlagen. Chief Meade war nicht einmal *dann* richtig da, wenn er körperlich anwesend war.

Als Orville zu Hause ankam, schenkte er sich ein wenig von seinem leckeren Waldholunderlikör ein. Er trank grundsätzlich eher wenig, genoss nach einem langen Arbeitstag aber doch gern einmal ein oder zwei Gläschen. Heute hatte er so lange gearbeitet wie wohl selten zuvor, denn Shady Hollow war normalerweise nicht gerade ein Brennpunkt der Kriminalität.

Orville machte es sich in seinem Schaukelstuhl bequem, genoss seinen Drink und ließ sich die Ereignisse des Tages durch den Kopf gehen. Er hatte sein Glas noch nicht einmal richtig geleert, da fiel ihm der Kopf auf die Brust, und er begann zu schnarchen. So etwas passierte ihm recht häufig, und ein paar Stunden später würde er mit einem Ruck aufwachen, unwirsch und hungrig. Er wusste es zwar noch nicht, doch am nächsten Morgen würde er wirklich Anlass haben, unwirsch zu sein.

Denn während Orville in seinem Sessel schlummerte, arbeitete Vera wie wild in der Redaktion. Draußen war das Städtchen stiller als sonst, und selbst im Wald fehlten der abendliche Vogelgesang und das übliche Gezwitscher. Vera schrieb sich die Finger wund und schaffte es, von SW angetrieben, ihren Artikel nur Minuten vor Redaktionsschluss abzuliefern.

«Denk an die Verkäufe!», sagte das Stinktier mit ungewöhnlich hell glänzenden Augen. «Jeder wird eine Ausgabe haben wollen. Jeder wird sie *brauchen.* Das hier ist die Nachricht des Jahres! Des Jahrzehnts! Hoffentlich kommt es zu einem Gerichtsprozess, der wochenlang dauert!»

Vera verfolgte, wie die Setzer ihren Artikel an der richtigen Stelle einfügten. Als die Druckpresse loslief, gähnte sie herzhaft. «Nun, das war's. Jetzt muss ich erst mal die Augen zumachen. Bis morgen.»

«Früh aus den Federn, Vixen. Sie dürfen nicht lockerlassen und müssen dranbleiben, bis Sie Ihre Beute erlegt haben, ist das klar?»

«Schlechte Wortwahl, aber alles klar, SW.»

KAPITEL 7

Erschöpft wankte Vera nach Hause und ließ sich auf ihr weiches Bett fallen. Sie vergaß die Welt, bis ihr ein heller Sonnenstrahl in die Augen stach.

«Zu früh», brummte sie.

«Vera!», rief jemand von draußen. «Vera, bist du auf?»

«Wer möchte das wissen?», knurrte die Füchsin.

«Hier ist Gladys. SW möchte, dass du sofort in die Redaktion kommst! Orville hat deinen Artikel gelesen und ist ausgerastet!»

«Kein Wunder.» Vera stöhnte, aber ihre Ohren zuckten. Trotz ihrer Müdigkeit lächelte die Füchsin. Ihr *kleines Artikelchen* hatte den Bären also provoziert, ja? Genau das war ihre Absicht gewesen.

Gladys schwirrte neben Vera her, als sie ihren Bau verließ und über die Maple Street zur Main Street ging. Die Kolibridame plapperte ohne Punkt und Komma, und Vera nickte einfach nur an den richtigen Stellen. Der Versuch, ein Wort einzuwerfen, wäre ohnehin zwecklos.

Natürlich kannte Gladys nur ein einziges Gesprächsthema. Die Nachricht von Ottos Ermordung war inzwischen bis in die hintersten Winkel des Waldes vorgedrungen, was zu einem guten Teil dem *Shady Hollow Herald* zu verdanken war, der dem Verbrechen eine ganze Seite gewidmet hatte (Verfasserzeile: Unsere Reporterin Vera Vixen).

Als Vera zu *Joes Kaffeekanne* abbog, zeterte Gladys: «Du hast keine Zeit für einen Kaffee! SW hat gesagt, auf direktem Wege.»

«Die *Kaffeekanne* ist kein Umweg, Gladys. Sie ist eine Notwendigkeit.» Vera schwang die Tür auf. Als sie zur Theke ging, richteten sich mehrere Augenpaare auf sie. Verschiedene Gäste blickten über die neueste Ausgabe des *Herald* hinweg.

«Gute Story, Vera», sagte Joe sofort und schenkte ihr die übliche Dosis in einen Becher.

«Haben Sie wirklich Beweismittel gefunden, die der Polizei entgangen waren?», piepste jemand. Die Stimme gehörte einem älteren Mitglied des Chitters-Clans, wahrscheinlich aus dem dritten Wurf. Vera konnte nie die Namen auseinanderhalten.

Ein anderes Tier sagte: «Orville soll vor Wut gekocht haben.»

«Na ja, wenigstens hat ihn das dazu gebracht, die Zeitung zu lesen», merkte Joe trocken an.

Vera nickte ihm dankbar zu, als er ihr den Kaffee reichte, und Gladys scheuchte die kleine Schar von Gästen aus dem Weg, damit Vera schneller in die Redaktion eilen konnte.

In Newsroom herrschte ein furchtbares Gedränge, doch das Stinktier erblickte sie auf der Stelle.

«Was haben Sie sich dabei gedacht, Vixen? Sind Sie verrückt geworden?», brüllte SW an seiner Zigarre vorbei. «Orville hat gedroht, die Redaktion zu schließen!»

«Mit welcher Begründung?», fragte Vera listig. SW nahm die Zeitung zur Hand und zitierte:

Zwar hat die hier schreibende Reporterin vollständiges Vertrauen in die Kompetenz der Polizei von Shady Hollow, fand es aber nicht unangemessen, den Tatort auch selbst zu besichtigen. Dort entdeckte sie ein Objekt, das vielleicht von der Polizei übersehen wurde: eine leere Flasche Pflaumenwein, die möglicherweise vom Täter zurückgelassen worden war. Der Besitzer des Bambushains, Mr. Sun Li, identifizierte die Flasche als einen Artikel, der zum Sortiment seines Restaurants gehört, und erinnerte sich, erst wenige Tage zuvor eine ähnliche Flasche verkauft zu haben. Warum die Polizei es verschmäht hat, in diese Richtung zu ermitteln, ist unbekannt.

Die Zeitung ist für alle zusätzlichen Hinweise dankbar, die Sie, werte Leserinnen und Leser, geben können. Jedes Tier, das uns Informationen bezüglich des Todes von Otto Sumpf mitteilen möchte, schreibe an:

Der Herald, c/o Herausgeber SW Stein

Ihre Anonymität wird gewahrt.

«Sie haben Orville praktisch einen Dummkopf genannt, Vixen.»

Sie winkte ungeduldig ab. «Ich berichte, was ich sehe, SW. Sie haben mir aufgetragen, an der Story dranzubleiben, und das tue ich.»

«Allein heute Morgen habe ich dreißig Briefe an den Herausgeber erhalten!», brüllte SW.

«Ist das gut oder schlecht?»

«Soll das ein Scherz sein? Es ist fantastisch! Die Hälfte der Briefschreiber glaubt, dass Sie recht haben, und die andere Hälfte, dass Sie falschliegen. Andere nennen Sie dreist, und sie *alle* lesen – und kaufen – die Zeitung!»

Sie verdrehte die Augen. «Na ja, schön, dass es Ihnen etwas einbringt. Und wenn Sie mich jetzt bitte entschuldigen würden ...»

«Nicht so schnell, Vixen. Sie müssen sofort zur Polizeiwache gehen und sich bei Orville entschuldigen. Sonst lässt er mir keine Ruhe.»

«Entschuldigen? Ich habe nichts Falsches getan!»

«Los, Vixen. Oder Sie sind die Story los.» Mit einem abschließenden Schnauben drehte SW sich um und machte damit klar, dass das Gespräch beendet war.

Notgedrungen begab Vera sich auf der Stelle zur Wache. Das Steingebäude wurde von den großen Eichen dieses Teils der Main Street beschattet. Sie traf Orville hinter seinem Schreibtisch an, auf dem die aktuelle Ausgabe der Zeitung lag (ziemlich zerknüllt und zerrissen). Chief Meade glänzte weiter durch Abwesenheit. Lefty dagegen war ausgesprochen anwesend; in seiner Arrestzelle hinten im Gang sah und hörte man ihn sofort.

Orville verzog die Augen zu Schlitzen, als er Vera eintreten sah, und plötzlich fragte sie sich, wie klug es gewesen war, einen so unverfrorenen Artikel zu schreiben. Ihr kam das Sprichwort in den Sinn, dass man Bären nicht reizen solle, aber sie konnte sich nicht an den genauen Wortlaut erinnern, nur daran, dass es allgemein als töricht galt.

Der Deputy war ein *sehr* großes Tier, insbesondere wenn er sich – wie jetzt – zu seiner vollen Größe aufrichtete und auf ihre weniger eindrucksvolle Gestalt hinunterschaute. Beim Blick auf seine mächtigen Muskeln musste Vera den Impuls unterdrücken, sofort die Flucht anzutreten.

«Morgen, Orville», sagte sie um ein Lächeln bemüht.

«Miss Vixen», erwiderte er mit leiser, bedrohlich ruhiger Stimme. «Verbessern Sie mich, wenn ich falschliege, aber ich habe Ihnen gestattet, mich zum Tatort zu begleiten. Ich habe Ihnen gestattet zu fotografieren. Ich habe Ihnen gestattet, die Leiche zu sehen. Und als Dank für diese Vorzugsbehandlung haben Sie *das hier* geschrieben.» Mit einer Klaue stieß er auf die Zeitung nieder und spießte die Seite auf.

Veras Nackenhaare sträubten sich. «Alles, was ich geschrieben habe, stimmt!»

«Es war respektlos, und es macht mir die Arbeit schwerer», sagte Orville. «Versuchen Sie so etwas nie wieder, Fuchs, sonst zerquetsche ich Sie mit einem einzigen Prankenhieb.»

Sie trat einen Schritt zurück, duckte sich aber nicht, obwohl sie den Impuls dazu in allen Gliedern spürte. «Sie wollen mich zerquetschen? Dazu müssen Sie mich erst mal erwischen, und ich renne viel schneller als Sie!»

«Das werden wir ja sehen, Vixen. Jedenfalls hatten Sie eine Menge Spaß mit Ihrem kleinen Artikelchen.»

«Eigentlich nicht. SW hat mir den Auftrag gegeben, mich umzuschauen, und das habe ich getan. Ich kann nichts dafür, dass ich etwas gefunden habe, das Ihnen entgangen ist.»

«Sie sind nur eine einfache Reporterin», schimpfte der gekränkte Orville. «Vergessen Sie nicht, dass bei diesem Fall ich der Ermittler bin! Die Stadt bezahlt mich dafür, Verbrechen aufzuklären.»

«Und was ist mit Ihrem Chef?», fragte Vera.

Orville schnaubte. «Sehen Sie ihn hier irgendwo? Nicht einmal ein Mord kann ihn von seinen Angelausflügen weglocken.»

Vera begriff, dass sie hier ansetzen konnte, und wechselte die Strategie. Mit sanfter Stimme sagte sie: «Das muss es wirklich schwer für Sie machen, wenn Sie alles allein erledigen müssen.»

«Keiner begreift, wie viel Arbeit das ist!», stöhnte Orville. «Sicher, Shady Hollow wirkt friedlich. Aber es gibt immer irgendetwas. Ruhestörung oder Eicheln, die durchs Schulfenster geworfen werden. Letzte Woche ist Anastasia von Beaverpelt in einen Felsspalt gefallen, als sie sich dort selbst fotografieren wollte ... Und dann sind da noch die Diebstähle!» Er schaute böse in Leftys Richtung. «Letzte Woche sind fünfundzwanzig Pfund Wildblütenhonig aus dem Gemischtwarenladen verschwunden, und wo finde ich sie wieder? Auf dem Mühlenteich liegen sie unter einer Persenning in einem Ruderboot. Lefty hatte noch keine Zeit, sie flussabwärts zu schaffen.»

Vera klapperte mit den Wimpern. «Meine Güte. Wie sind Sie auf die Beute gestoßen?»

Orville zuckte mit den Schultern. «Tatsächlich war es ein Tipp von Sumpf. Dem entging nicht viel. Kein Wunder, dass Lefty Rache wollte.»

«Ich habe ihn nicht vergiftet!», schrie Lefty aus seiner Zelle.

«Halt die Klappe, Waschbär!», knurrte Orville, doch der Schaden war schon geschehen.

«Moment mal», fragte Vera bestürzt. «*Gift?* Wer sagt das?»

Der Bär sah sie an und entschied dann, dass ein wenig Wahrheit unvermeidlich war. «Dieser schlängelige Gerichtsmediziner aus dem Nachbarbezirk. Er sagte, Otto müsse Gift getrunken haben – oder jemand habe es ihm verabreicht. Den Messerstich hat er erst *nach* seinem Tod erhalten.»

«Otto hat also Gift getrunken. Herrje ... die Weinflasche!» Erst jetzt erkannte Vera die wahre Bedeutung ihres Funds.

Auch Orvilles Augen weiteten sich. «Ich brauche dieses Beweismittel, Fuchs.»

«Ich habe es hier.» Von der Enthüllung erschüttert, dass Gift im Spiel war, angelte Vera die Flasche rasch aus ihrer Tasche.

Orville nahm sie entgegen und hielt sie behutsam

zwischen seinen großen Tatzen. «Gut. Ich schicke sie Dr. Breitkopf, damit er sie sofort untersucht. Falls das Gift in diesem Gefäß war, habe ich eine Spur.»

«Wie tüchtig Sie sind. Sie sollten sich hier als Chief bewerben.» Obendrein klapperte Vera noch einmal mit den Wimpern.

Und Orville richtete sich erneut zu seiner vollen Größe auf. «Das wäre gar nicht schlecht, würde ich sagen.» Dann machte er einen Satz auf Vera zu. «Und falls Sie glauben, dass ich auf eine so durchsichtige Schmeichelei hereinfalle, haben Sie mich unterschätzt!» Seine gefletschten Zähne befanden sich nur eine Handbreit vor Veras Nase.

Ihre Beine zitterten, doch sie blaffte zurück: «Wir werden ja sehen, wer wen unterschätzt, Bär! Ich wette, ich finde den Mörder vor Ihnen!»

Dann gab sie Fersengeld und rannte aus der Polizeiwache.

Orville brüllte vor Wut, folgte ihr aber nicht. Da hatte sie noch mal Glück gehabt. Es gab kein einziges Tier im Wald, das keine Angst hätte, würde es von einem wütenden Bären verfolgt.

Während Vera die Straße entlangschnürte, ging ihr das Gespräch noch einmal durch den Kopf. Ihr wurde klar, dass sie Orville nicht nur zusätzlich provoziert hatte, sondern dass sie auch gar nicht dazu gekommen war, sich bei ihm zu entschuldigen. Hoppla. SW würde an die Decke gehen, wenn er wüsste, dass sie die Begegnung vermasselt hatte.

«So, wie das gelaufen ist, sollte ich Ottos Mörder unbedingt als Erste finden!», brummte sie. «Und Gift! Das verändert die Lage. Jetzt wollen wir doch mal sehen, wo alle in der Nacht, in der Otto gestorben ist, wirklich waren.»

Vera mied die Redaktion erst einmal, weil sie nicht auf SW treffen und zugeben wollte, dass sie seine Anweisung nicht befolgt hatte. Stattdessen begab sie sich auf direktem Wege zur Buchhandlung *Nimmermehr*, um sich mit Lenore über das Wesen von Giftmorden auszutauschen.

Wie sich herausstellte, war Lenore dabei, ihr Wissen über Ermittlungsstrategien aufzufrischen. Mit dem Schnabel in einem Buch saß sie am Schaufenster des Ladens, damit sie zur Stelle wäre, sollte ein Kunde zu dieser frühen Stunde hereinkommen. Sie hatte mehrere Bücher über Verbrechen und Mord aus dem Regal genommen, arbeitete sie durch und machte sich sorgfältige Notizen. Sie war vollkommen in einem der Klassiker versunken, einer Sammlung von Erzählungen über einen von ihr geliebten Detektiv, dessen Methode des Schlussfolgerns streng wissenschaftlichen Grundsätzen folgte. Sie hoffte, dort einige Leitlinien für die Ermittlungen in einem Mordfall zu finden.

Einige wichtige Hinweise hatte sie bereits notiert:

Hauptfehler: eine Theorie entwickeln, bevor man genug Daten hat. Erst Daten sammeln und dann schauen, welche Theorie passt.

Das Unmögliche ausschließen. Was immer üb-rig bleibt (wie unwahrscheinlich auch immer) MUSS DIE WAHRHEIT SEIN.

Der Reichenbach-Wasserfall = ein unguter Urlaubsort.

Gerade hatte sie ihre Schreibfeder niedergelegt, da stürmte Vera herein, die nach ihrem überstürzten Abgang aus Orvilles Polizeiwache noch immer ein wenig außer Atem war.

«Lenore, ich komme gerade von der Polizei. Otto wurde vergiftet!»

Überrascht legte die Rabendame ihr Buch beiseite. «Aber du hast doch selbst gesagt, er sei erstochen worden!», wandte sie ein. «Du hast das Messer gesehen.»

«Ja, aber anscheinend hat er den Stich erst nach seinem Tod erhalten. Orville sagte, der Gerichtsmediziner habe klipp und klar erklärt, Otto sei vergiftet worden.» Vera erschauderte. «Aber er wurde ja *tatsächlich* mit einem Messer im Rücken gefunden. Wer kann Otto genug gehasst haben, um ihn gleich *zwei Mal* zu ermorden?» Es war ein verstörender Gedanke, dass irgendein Tier in Shady Hollow so abartig sein könnte.

«Oder vielleicht hat es auch zwei Mörder gegeben!» Die scharfsinnige Lenore begann sofort, mögliche Szenarien zu entwerfen. Sie hatte über solche Fälle gelesen. Möglicherweise war das Opfer aufgrund des Giftanschlags gestorben. Wenn dann aber ein anderes Tier gedacht hätte, dass Otto nur schlafe, hätte es die Sache mit einem Messer zu Ende gebracht. «Das würde bedeuten, dass zwei verschiedene Tiere Otto in derselben Nacht töten wollten. Er war ein Querulant, aber so etwas kann kein Zufall sein.»

«Vielleicht hat er etwas gesehen, was nicht für seine Augen bestimmt war», schlug Vera vor. In Gedanken kehrte sie zu Orvilles Bemerkung zurück, Otto habe ihn auf Leftys Beutezug aufmerksam gemacht. Was, wenn der Waschbär sich hatte rächen wollen?

Vera hörte sich an, was Lenore über Mordermittlungen zu berichten wusste. Mit einem zustimmenden Nicken studierte sie die sorgfältigen Notizen der Rabendame.

«Als Erstes müssen wir also rekonstruieren, wo alle in dieser Nacht waren. Wir brauchen ein Alibi für jedes Tier in Shady Hollow.»

«Aber vergiss nicht, dass jemand das Alibi bestätigen muss, sonst ist es nichts wert», warf Lenore ein.

Vera begann mit ihrem eigenen Alibi. Sie war daheim in ihrem Bau gewesen und hatte gelesen. «Aber dafür gibt es keinen Zeugen», räumte sie ein.

«Darüber würde ich mir keine Gedanken machen. Ich halte dich nicht für eine Hauptverdächtige.» Dann berichtete Lenore, dass sie sehr lange in der Buchhandlung geblieben war, um eine neue Lieferung einzusortieren, und erst kurz vor Mitternacht nach Hause gegangen war. Auf dem Heimweg war sie Howard Chitters begegnet. «Er hat mich ebenfalls gesehen und mir zugewinkt, aber wir haben uns nicht unterhalten. Er macht oft endlos lange

Überstunden für von Beaverpelt und war wohl auf dem Heimweg.»

«Okay. Ich mach mich auf die Socken und sammele weitere Alibis. Bis später!»

Nach ihrem Aufbruch aus der Buchhandlung machte Vera erneut einen Abstecher zu Joe, sie wollte sich bei einem Kaffee mal umhören. Im Café war es gerade relativ ruhig. Als sie Joe aus reiner Neugierde fragte, wo er in der Nacht von Ottos Ermordung gewesen sei, bedachte er sie mit einem langen Blick.

«Junior und ich sind gleich nach dem Schließen heimgegangen. Wir haben eine Stunde Cribbage gespielt und sind danach früh zu Bett gegangen, weil wir das Café bei Tagesanbruch öffnen.»

Vera glaubte ihm selbstverständlich. Joe war wohl eines der Tiere, die man in der gesamten Stadt nicht übersehen konnte. Herumschleichen gehörte nicht gerade zu den Begabungen eines Elchs.

«Ich versuche nur dahinterzukommen, wer etwas gesehen haben könnte. Anscheinend sind wir eine Stadt von Stubenhockern.»

«Ich verstehe. Frag doch einfach mal Heidegger, ob ihm irgendetwas aufgefallen ist. Er ist schließlich eine Nachteule.»

«Gute Idee!» Gleich war Vera viel munterer. «Wie dumm von mir, dass mir das nicht selbst eingefallen ist.»

«Tja, du wirst bis später warten müssen, wenn er wach ist.»

«Und ich muss sein Redenschwingen ertragen.» Beim

Gedanken an den wichtigtuerischen, weitschweifigen Vogel verzog sie das Gesicht.

«Viel Glück», rief Joe ihr nach, als sie aus der Tür stürmte.

KAPITEL 8

Während die meisten Einwohner Shady Hollows mit Veras aufrührerischem Artikel beschäftigt waren, ereignete sich in der Villa der von Beaverpelts ein Drama anderer Art. Der Hausherr wollte gerade zur Tür hinausgehen, den Kopf voll mit Dingen, die er bei der Arbeit erledigen musste, da überfiel ihn seine Frau.

«Reggie», begann sie. «Ich möchte mit dir reden.»

Er seufzte; fast hätte er es geschafft, von zu Hause zu entkommen, ohne seiner Frau oder seinen Töchtern über den Weg zu laufen. Er liebte seine Familie, aber früh am Morgen brauchte ein Tier nun einmal Ruhe und Frieden, insbesondere wenn es den ganzen Tag hart dafür arbeitete, Shady Hollow zu der großartigen Stadt zu machen, die sie war. Er wollte aus der Tür stürmen und so tun, als hätte er die flötende Stimme nicht gehört, doch er war nicht schnell genug. In seiner Eile fiel ihm die Brieftasche auf den Boden, und Edith holte ihn bei der schweren Eichentür in der Eingangshalle ein. Reginald gab sich geschlagen.

«Was ist los, Schatz?», fragte er beschwichtigend. Sie war auf einen Streit aus. Das spürte er. Es war so unübersehbar wie eine Gewitterwolke am Horizont. Und gleich würde die auf ihn niederregnen. «Können wir nicht heute Abend darüber reden?»

«Nein. Das hier ist *wichtig*, Reggie.» Edith von Beaverpelt hatte nicht viel, womit sie sich tagsüber beschäftigen konnte, und so verbrachte sie einen großen Teil ihrer Zeit damit, sich unnötig über alles Mögliche zu beunruhigen und sich über ihre Familie Sorgen zu machen, obgleich ihre Töchter sehr gut ohne sie zurechtkamen. Die einzigen Probleme, die sie verursachten, waren die riesigen Rechnungen, die am Ende jedes Monats von Geschäften und Gläubigern hereinflatterten. Daher konzentrierte Edith ihre ängstliche Sorge auf ihren armen Mann, der einfach nur zur Arbeit gehen und in Ruhe gelassen werden wollte.

«Ich habe das Gefühl», sagte Edith zänkisch, «dass wir nicht genug Qualitätszeit miteinander verbringen und du meine Bedürfnisse nicht ernst nimmst.»

Für Reginald klang ihr Vorwurf so, als käme er direkt aus einer ihrer Zeitschriften, die sie ständig mit geradezu religiösem Eifer las, während sie Bücher überhaupt nicht mochte (mit der Ausnahme von Kochbüchern, die sie regelmäßig für das Dienstmädchen kaufte). Ihr Vorwurf traf ihn völlig unvorbereitet, und er sah seine Frau nur verständnislos an. «Qualitätszeit?»

«Und Zuwendung», fügte Edith hinzu.

Erneut versuchte er, sie zu beschwichtigen. «Liebling, ich bespreche das später gern mit dir, aber jetzt muss ich zur Mühle. So ein Betrieb läuft nicht von allein, weißt du.» Normalerweise war diese Strategie recht erfolgreich, heute jedoch nicht.

«Oh ja, ständig auf dem Weg zur Arbeit. Du hast es immer so eilig, das Haus zu verlassen. Was steht denn heute auf dem Programm?», fragte sie, dabei wurde ihre Stimme immer lauter und bohrender. «Willst du sie wiedersehen, *sie*?» Das letzte Wort stieß sie explosionsartig hervor, und dann brach sie in lautes Schluchzen aus.

«Wen meinst du?» Reggie machte ein unschuldig-verwirrtes Gesicht.

«Dieses Flittchen», spie Edith mit zusammengezogenen Augen hervor.

«Brenda ist eine gute Sekretärin und ein nettes Mädchen», sagte er schnell. «Wie du genau weißt.»

«Sie habe ich nicht gemeint!»

Reginald hatte genug. «Ich weiß nicht, wovon du redest», schrie er. Dabei wusste er es ganz genau. «Ich muss mich jetzt um den Betrieb kümmern!»

Mit dieser Erklärung hob er seine Brieftasche vom Boden auf, marschierte aus dem Haus und schlug die Tür hinter sich zu. Edith stürzte ins Wohnzimmer, ließ sich schluchzend aufs Ledersofa fallen und wischte sich die Augen mit einem zierlichen Spitzentaschentuch.

Die beiden Von-Beaverpelt-Töchter hatten auf der Treppe gekauert und den Streit ihrer Eltern heimlich mitangehört. Da sie zumindest vorläufig wenig Aussicht auf Romantik in ihrem eigenen Leben hatten, belauschten sie häufig ihre Eltern. Sie lasen dieselben Zeitschriften wie ihre Mutter und erkannten in der Wortwahl daher die Formulierungen der «Ist diese Ehe noch zu retten»-Kolumne der letzten Ausgabe. Esme stand vollständig auf der Seite ihrer Mutter, da sie einen ähnlichen Charakter hatte. Manchmal hatte Stasia unwillkürlich Verständnis für ihren Vater, doch diese Kleinigkeit behielt sie lieber für sich. Ihre Mutter konnte schließlich recht fordernd sein.

Als Reginald aus dem Haus gestürmt war, warteten die beiden noch ein paar Minuten ab und verließen dann die Treppe. Edith ihrerseits stellte das Schluchzen bald ein, nachdem die Tür sich hinter ihrem Mann geschlossen hatte; sie hätte eine großartige Theaterschauspielerin abgegeben. Wie üblich nach einer ehelichen Auseinandersetzung bat sie die Haushälterin, ihr eine Kanne Tee zu machen, und nahm sie mit nach oben. Nach solchen Anlässen verbrachte Edith einen großen Teil des Vormittags in ihrem Schlafzimmer, um sich nervlich zu erholen, wie sie das ausdrückte.

Die jungen Frauen hatten dagegen ganz andere Pläne. Nicht einmal Esmeralda wollte am Bett ihrer Mutter ausharren, mitfühlend nicken und benutzte Papiertaschentücher einsammeln. Viel eher zog es die beiden Schwestern in die Stadt, um den neuesten Klatsch zum Mordfall zu erfahren. Sie hatten Veras Zeitungsartikel mehrmals gelesen.

«Mord ist so aufregend!», flüsterte Stasia.

Sie zogen sich eilig an und schafften es, sich ohne weitere Erklärungen davonzumachen, indem sie ihrer Mutter im Vorbeirennen einen fröhlichen Abschiedsgruß durch die geschlossene Schlafzimmertür zuriefen. Dann flitzten sie die Treppe der Villa hinunter und waren zur Haustür hinaus, bevor Edith sie aufhalten und nach ihren Plänen fragen konnte.

Ihr Ziel war *Joes Kaffeekanne*. Normalerweise verkehrten die Schwestern dort nicht, sie bevorzugten schickere Ausgehziele. Heute machten sie jedoch eine Ausnahme, da sich hier vermutlich Klatsch und Tratsch um den Mordfall konzentrieren würden.

Im Café angekommen, blieben sie verlegen in der Tür stehen und warteten darauf, von einer Hostess an ihren Platz geführt zu werden. Joe, der an der Theke viel zu tun hatte, entdeckte sie erst nach einer kleinen Weile.

«Setzen Sie sich schon mal, meine Damen!», rief er. «Wenn Sie nicht auf eine Kellnerin warten wollen, bestellen Sie einfach an der Theke!»

Anastasia und Esmeralda schlängelten sich zu einem winzigen Tisch in der hinteren Ecke durch. Es war ihnen zwar nicht bewusst, aber sie hatten Glück, dass dieser letzte Tisch überhaupt frei war. In der *Kaffeekanne* war der Teufel los. Praktisch die ganze Stadt hatte sich hier versammelt, um Kaffee zu trinken und die neuesten Nachrichten über den Mord zu hören.

Die Von-Beaverpelt-Schwestern ließen sich an ihrem Tisch nieder und schauten sich verzweifelt nach einer Kellnerin um. Alle um sie her hatten Speisen und Getränke vor sich stehen, aber wie waren sie darangekommen? Schließlich beschloss Stasia, sich zur Theke vorzuwagen, um für Esmes und ihr eigenes leibliches Wohl zu sorgen.

«Du bleibst hier und hältst unsere Plätze besetzt», trug

sie ihrer Schwester auf. «Ich gehe und bestelle etwas zu essen.»

Stasia trat zur Theke und bestellte beim Elch zwei große Gläser Apfelwein und zwei Blaubeer-Muffins. Erfreut stellte sie fest, dass die Bestellung nicht allzu viel kostete und sie genug Geld in der Jackentasche hatte, um die Rechnung zu begleichen (sie war daran gewöhnt, Verkäufern und Kellnern zu sagen, sie sollten alles aufs Kundenkonto setzen, doch vermutlich hatte Joe keine «Kundenkonten»). Sie blieb an der Theke stehen, während Joe die Getränke einschenkte und die Muffins auf einen Teller legte. Esmeralda schnüffelte erst einmal misstrauisch an ihrem Muffin, als ihre Schwester zurückkehrte, schlang ihn dann aber mit Appetit herunter.

Stasia zupfte ein wenig zurückhaltender an ihrem Blaubeerküchlein herum und sah sich interessiert im Café um. Die von Beaverpelts blieben normalerweise für sich, da sie sich über alle erhaben fühlten. Nun betrachtete Stasia jedoch erstaunt das Gedränge der Vielzahl von Tierarten, die die Einwohnerschaft Shady Hollows bildeten. Und als sie das Wort «Mord» hörte, lächelte sie. Sie befanden sich am richtigen Ort.

KAPITEL 9

Vera würde bis zum Sonnenuntergang warten müssen, bis sie Heidegger abfangen und ihm Fragen stellen könnte, und so beschloss sie, andere Tiere zu suchen, die an dem schicksalhaften Abend unterwegs gewesen sein könnten. Sie dachte an das, was Lenore über Howard Chitters berichtet hatte, und schlug den Weg zur Sägemühle ein.

Das Werk beherrschte den Stadtrand von Shady Hollow auf der Seite, wo auch der Teich lag. Dort dröhnte es vom Lärm der Beilhiebe und dem Kreischen der Sägen. Überall roch es nach Sägespänen. Die Baumstämme wurden flussaufwärts von Biber- und Wasserrattenteams geerntet und dann von geschickten Bisamrattenkapitänen flussabwärts geflößt. Auf den treibenden Stämmen bewegten sie sich so leichtfüßig wie andere Tiere an Land. Unmittelbar oberhalb der Mühle staute sich das Holz und verlangsamte die Fließgeschwindigkeit des Wassers.

Ein Teil des Flusses wurde in den Mühlenteich abgeleitet, den Otto sein Zuhause genannt hatte. Wo das Wasser von dort durch den Mühlenkanal lief, drehte sich das große Rad. Es trieb alles in der Mühle an und hielt dadurch letztlich auch die Stadt am Laufen. Dutzende Tiere waren mit Botengängen und Spezialaufgaben beschäftigt und sorgten für einen reibungslosen Betrieb.

Nachdem Vera sich orientiert hatte, begab sie sich zum Hauptbüro. Gewandt sprang sie über kleine Stapel Abfallholz und mied die neugierigen Blicke (und gelegentlichen Pfiffe) der Arbeiter.

«Ist Mr. von Beaverpelt da?», fragte sie die junge Biberdame im Sekretariat.

«Mr. von Beaverpelt ist ein Bi… ein Tier mit vielen Aufgaben», antwortete die Sekretärin von oben herab. «Sie müssen leider einen Termin vereinbaren, wenn Sie mit ihm sprechen wollen.»

«Nun, ich bin Vera Vixen vom *Shady Hollow Herald*. Ich würde dem Firmenvorsitzenden gern einige Fragen stellen.»

«Wie schon gesagt, Sie müssten einen Termin vereinbaren. Er ist gerade beschäftigt.»

«Oh, ich verstehe.» Vera machte ein enttäuschtes Gesicht. «Das ist wirklich schade, da ich meinen Artikel heute noch veröffentlichen muss. Ich hatte gehofft, dass er sich zur möglicherweise bevorstehenden Schließung der Sägemühle äußern würde.» Nachdem sie ihren Pfeil verschossen hatte, lächelte sie freundlich und wartete ab.

Die Sekretärin schnappte nach Luft. «Was sagen Sie? Schließung? Warum sollte die Mühle *schließen*?»

Vera wusste, dass sie jetzt die volle Aufmerksamkeit der jungen Frau hatte. «Nun, sollte Deputy Orville im Fall des ermordeten Mr. Sumpf gezwungen sein, den Teichboden nach Beweismitteln abzusuchen, muss die Sägemühle natürlich für unbestimmte Zeit geschlossen werden. Mr. von Beaverpelt ist sich dieses Risikos gewiss bewusst.»

«Oh!» Die Stimme der Sekretärin bebte. «Er hat nie so etwas gesagt, also, eine Schließung, das geht nicht … Ach herrje. Lassen Sie mich nachschauen …» Sie stand auf und eilte zum Allerheiligsten des Betriebs, ins Büro des Vorsitzenden.

Vera war sehr zufrieden mit ihrem hübschen kleinen Einfall. Der Gedanke, die Fabrik auch nur vorübergehend stillzulegen, hatte die Sekretärin ganz offensichtlich entsetzt. Sollte die Arbeit in der Sägemühle unterbrochen werden, würde das jeden in der Stadt betreffen. Vera war klar, dass der Chef des Werks nur zu einem Interview bereit sein würde, wenn es ihm einen Vorteil versprach. Er würde den Wunsch verspüren, seine Arbeiter und seine Stadt zu beruhigen, damit niemand das Vertrauen in die Sägemühle verlor.

Es dauerte nicht lange, und die Sekretärin kehrte zurück.

«Hier entlang, Miss Vixen», sagte sie mit beunruhigter Miene. Vera folgte der jungen Biberin durch einen Gang. Die Wände waren mit sehr schönen Eichenholzpaneelen verkleidet, und der Boden mit einem Parkett von Kiefern- und Eschenholz ausgelegt, das abwechselnd ein Fischgrätmuster bildete. Sie fragte sich müßig, wie lange die Von-Beaverpelt-Arbeiter wohl gebraucht hatten, um das Parkett zu schneiden, es zu legen und auf Hochglanz zu polieren, nur damit der Vorgesetzte jeden Morgen darüber wegstapfen konnte.

Sie gelangten zur Tür am Ende des Gangs.

«Hier ist Miss Vera Vixen für Sie, Sir», verkündete die Sekretärin atemlos.

«Herein, herein», rief eine schroffe, aber nicht unfreundliche Stimme.

Vera betrat einen Raum, der größer war als ihr gesamter Bau. Er war elegant eingerichtet, überall standen schöne Möbelstücke, doch der zentrale Blickfang war ein mächtiger Schreibtisch in der Mitte des Büros. Dahinter saß ruhig und gelassen der vornehm gekleidete Reginald von Beaverpelt selbst. Er rauchte Pfeife und sah aus wie der Inbegriff eines unbesorgten Firmenleiters. Nur seine Augen verrieten, dass nicht alles in Ordnung war. Sie waren schmal und gerötet, und ihr Blick war recht argwöhnisch.

«Ich freue mich immer, einen Angehörigen der vierten Gewalt zu treffen!», begrüßte er sie. «Sagen Sie, Miss Vixen, wie kann ich Ihnen helfen? Mir bleiben nur wenige Minuten vor meinem nächsten Termin.»

Vera holte Notizbuch und Stift hervor. «Guten Morgen, Sir. Ich schreibe eine Artikelserie über den Tod von Otto Sumpf. Mich interessiert Ihre Reaktion darauf, da der Mord sich ja so nah bei Ihrer Sägemühle ereignet hat.»

«Nun, die Nachricht hat mich natürlich betrübt. Wir hatten vielleicht nicht das beste Verhältnis, aber er war ein Nachbar ... also ja, es ist sehr betrüblich.» Von Beaverpelt wirkte nicht besonders betroffen.

«Sie hatten in der Vergangenheit mehrmals Streit mit ihm», bemerkte Vera sanft, während sie in ihr Notizbuch schrieb.

Er legte die Pfeife krachend auf den Tisch. «Also, was soll das bedeuten? Diese zänkische Kröte hätte sich auch noch mit einem Baumstumpf gestritten! Er sagte, die Mühle würde ihn beim Nachmittagsschläfchen stören! Ich sagte, sein Schläfchen würde meinem Profit schaden!»

«Ich schätze, in Zukunft wird er Ihren Profit nicht mehr gefährden, Sir.»

Von Beaverpelt reagierte noch aufgebrachter. «Was wollen Sie damit andeuten, Vixen?»

«Überhaupt nichts. Es war nur eine Feststellung. Jetzt sagen Sie mir, was würden Sie tun, sollte Deputy Orville sie anweisen, das Wasser im Teich abzulassen, damit er den Teichboden nach Beweismitteln absuchen kann?»

«Das Wasser ablassen?», fragte von Beaverpelt fassungslos. Otto war in diesem Moment vollkommen vergessen. «Dann müsste die Mühle den Betrieb einstellen. Das würde er nicht wagen! Im Übrigen ist Chief Meade derjenige, der bei der Polizei von Shady Hollow das Sagen hat.»

«Ich denke, wir wissen beide, wie erfolgreich *er* diese Ermittlungen führen wird, Sir.»

«Meade versieht sein Amt hervorragend! Er ist ein ausgezeichneter Polizist! Ein guter Bär!»

«Sie müssen wirklich große Stücke auf ihn halten, Sir, wenn man bedenkt, mit welchen Spendensummen sie seine Kandidatur als Polizeichef unterstützt haben.»

«Schau mal einer an …», knurrte er.

Sie legte eilig nach. «Nicht, dass Sie von gründlichen Ermittlungen etwas zu befürchten hätten. Schließlich können Sie in jener Nacht nicht in der Nähe des Teichs gewesen sein. Wo waren Sie übrigens?»

«Das geht Sie nichts an», blaffte er.

«Hatten Sie etwas Interessantes vor?»

«Natürlich nicht! Ich war mit meiner Frau zu Hause.» Er brach unvermittelt ab, als ihm klar wurde, wie seine Aussage wirken könnte.

Vera kam eilig zur nächsten Frage, bevor er seine Bemerkung einschränken konnte. «Zur möglichen Schließung der Sägemühle haben Sie also nichts zu sagen? Nichts Beruhigendes für die Stadt?»

Er stand hinter seinem Schreibtisch auf. «Hören Sie. Diese Mühle ist der Lebensnerv von Shady Hollow! Dutzende von Tieren und ihre Familien hängen davon ab, dass sie regulär arbeitet. Holzfäller, Schreiner, Holzschnitzer und Zimmerleute. Selbst bei Ihrer Zeitung wird Holzbrei für die Papierherstellung verwendet. Keiner kann es sich leisten, dieses Werk stillzulegen.»

«Sehr schön, Sir.» Vera notierte das Zitat brav. «Und wenn Sie mich jetzt bitte entschuldigen würden, ich muss in die Redaktion, um rechtzeitig zur Drucklegung fertig zu sein. Und Sie haben natürlich Ihren nächsten Termin.»

Sie zog sich aus dem Büro zurück, bevor er etwas einwenden konnte, und machte sich auf den Weg nach draußen.

Ein piepsiges Stimmchen hielt sie auf. «Miss Vixen!»

Sie schaute sich um. Die weiße Maus Howard Chitters stand im Eingang ihres engen Büros. Auf das ungeduldige

Handzeichen des Mäuserichs hin trat Vera ein und bemerkte eine Tür in der Seitenwand, die wohl die Verbindung zum Büro Mr. von Beaverpelts darstellte.

Auch Chitters warf einen Blick auf die Tür. «Miss Vixen, ohne es zu wollen, habe ich alles mitangehört ... Stimmt es, dass die Mühle eventuell geschlossen wird?» Seine Schnurrhaare zitterten.

Vera verspürte einen Stich der Reue. Die kleine List, mit der sie sich Zugang zu von Beaverpelts Büro verschafft hatte, hatte unbeabsichtigte Folgen. Chitters, der Buchhalter der Sägemühle, hatte eine große Familie und lebte buchstäblich von der Hand in den Mund. Es würde ihn ruinieren, würde die Mühle eine Zeit lang geschlossen und sein Gehalt bliebe aus.

«Das ist nicht besonders wahrscheinlich», redete sie sich heraus. «Ich an Ihrer Stelle würde mir deswegen keine Sorgen machen.»

«Oh, hoffentlich nicht. Wenn das zu allem anderen noch dazukäme!», stöhnte Chitters. «Alles ist so schwierig, dass ich es kaum mehr bewältigen kann! Jetzt, wo die Preise so stark steigen, kann ich es mir nicht leisten, Arbeitstage zu verlieren.»

«Steckt die Mühle in Schwierigkeiten?», fragte Vera, die mit ihrer Spürnase eine neue Story witterte.

Chitters rang die Pfötchen. «Nein! Zumindest nicht, solange die Produktion beständig läuft. Aber es wurde viel Geld ausgegeben. Zu viel ...» Die kleine Maus kaute auf einem Bleistift herum. «Ich muss ...»

«Ah, da sind Sie ja, Miss Vixen», wurden sie von einer

Stimme unterbrochen. In der Tür stand die Sekretärin und sah beide böse an.

«Danke für Ihre Bestätigung der Aussage von Mr. von Beaverpelt, Mr. Chitters», sagte Vera rasch.

«Auf Wiedersehen, Miss Vixen.» Howard drehte sich eilig zu seinem Schreibtisch um.

«Ich bringe Sie zum Ausgang, Miss Vixen», sagte die Sekretärin mit einem kühlen Blick aus eng zusammengezogenen Augen. Vera folgte ihr brav, die Gedanken in Aufruhr.

Während Esme und Stasia ihren Apfelwein tranken und so gut sie konnten auf die Gespräche ringsum lauschten, bemerkten sie auf der Main Street eine Gestalt, die langsam vorbeiging. Es war der Panda, der sein schlichtes, aber eigenartiges Gewand trug und mit seinem typischen leicht schwankenden Gang Richtung Süden tappte. Die anderen Gäste der *Kaffeekanne* entdeckten ihn ebenfalls und sahen ihm nach. Langsam verstummten alle Gespräche. Als er aus dem Blickfeld verschwunden war, setzten die Unterhaltungen wieder ein, allerdings in gedämpftem Tonfall.

«Also, das ist ein Tier, das ich im Auge behalten würde», sagte ein Streifenhörnchen zu einem anderen. «Ich hab massenhaft Gerüchte über ihn gehört.»

«Aber dieses scharfe Cashew-Gericht, das er serviert, ist enorm lecker», erwiderte sein Gesprächspartner zweifelnd. «Du weißt schon, das Gericht mit den kleinen Maiskolben und der Sauce, von der einem das Wasser im Mund zusammenläuft …»

«Ja, aber was ist *darin*? Das ist die Frage. Zu Hause bekomme ich es einfach nicht hin. Er ist dubios, glaub mir.»

«Er redet nie mit jemandem …», tratschte ein anderer Gast. «Und warum ist er von so weit aus dem Osten nach Shady Hollow gezogen? Er hat hier keine Verwandten, so viel ist sicher.»

«Ich habe gehört, in seinem Heimatland hätte er jemanden im Kampf getötet und fliehen müssen.»

Diese Klatschgeschichte war nicht neu (und definitiv nie bestätigt worden), doch plötzlich sah man sie in einem anderen Licht, und alle, die die Worte hörten, verstummten kurz.

«Selbst wenn es so wäre, weiß ich nicht, warum er etwas gegen Otto gehabt haben sollte», wandte ein vernünftigeres Tier ein.

«Otto hat sich jeden zum Feind gemacht», widersprach ein anderes. «Und wer kann schon wissen, was einen Panda in Rage bringt? Ich habe gehört, er sei Mönch in einer eigenartigen Sekte gewesen, deren Mitglieder tagelang stillsitzen müssen und nie etwas essen.»

«Und ich habe gehört, dass er so manchem mit seinen Speisen einen Bärendienst erwiesen hat!», sagte ein Eichhörnchen.

«Na ja, sind nicht alle seine Dienste Bärendienste?», fragte ein Frettchen verwirrt.

«Ich meinte, dass er gefährlich ist!», erwiderte das

Eichhörnchen empört. «Wer weiß, was er sonst noch anrichten könnte? Ich finde, wir waren besser daran, bevor er aufgetaucht ist!»

Es erhob sich zustimmendes wütendes Gegrummel, doch dem einen oder anderen knurrte auch der Magen beim Gedanken, er würde vielleicht nie wieder die wundervolle Klebereissemmel mit roten Bohnen kosten, die es nur sonntags bei Sun Li gab. Könnte der Panda wirklich ein Mörder sein?

Esme warf Stasia einen bedeutungsvollen Blick zu. «Es braucht nicht viel, um die Leute aufzustacheln, oder?»

Da ihre Schwester und sie Otto nie wirklich gekannt hatten und auch mit Sun Li nie gesprochen hatten, konnten sie nicht viel Eigenes zu den Gesprächen beisteuern. Doch sie waren mit dem Ergebnis ihres kleinen Ausflugs zufrieden. Sie hatten interessante Informationen gesammelt. Und Stasia dachte, dass die Blaubeer-Muffins des Cafés eigentlich sehr lecker gewesen waren.

KAPITEL 10

Als Vera gegangen war, seufzte Reginald von Beaverpelt und rutschte in seinem Bürosessel nach hinten. Es gefiel ihm gar nicht, dass die kleine Füchsin in seiner Mühle herumschnüffelte. Er rief nach seiner Sekretärin und bat sie, ihm einen Kaffee zu bringen. Er musste nachdenken.

Wenige Minuten später ertönte ein schüchternes Klopfen, und Brenda spähte durch einen Spalt in der Tür.

«Herein, herein», sagte von Beaverpelt ungeduldig.

Sie huschte mit einem Kaffeetablett herein, stellte es auf den riesigen Schreibtisch und eilte wieder hinaus.

Reginald sah ihr nach. Sie war jung, etwa im Alter seiner Töchter. Er hätte es gern gesehen, wenn eine von ihnen oder auch beide in der Verwaltung der Mühle mitarbeiteten, um das Geschäft zu erlernen, doch sie hatten sich geweigert. Er hatte sich immer Söhne gewünscht, starke junge Biber, die sein Vermächtnis antraten. Stasia und Esme schienen dagegen nichts anderes im Sinn zu haben, als sein Vermögen zu verplempern. Der Fabrikant schüttelte den Kopf, um diese Gedanken zu vertreiben, und schenkte sich aus der prunkvollen Silberkanne eine stärkende Tasse Kaffee ein. Er trank ihn schwarz, aber mit einem Teelöffel Zucker, um ihn genießbar zu machen. Reginald nahm ein Schlückchen des sengend heißen Getränks und lehnte sich in seinen Stuhl zurück.

Das Gespräch mit der Reporterin ließ ihn mit einem elenden Gefühl zurück. Wenn die Mühle schließen müsste, wäre das eine Katastrophe. Nicht nur würde es die tägliche Produktion unterbrechen, sondern es kämen auch einige unglückliche Entscheidungen ans Tageslicht, die Reggie in einem Moment der Schwäche getroffen hatte.

Als er die zweite Tasse Kaffee trank, fühlte von Beaverpelt sich allmählich wirklich elend, geradezu krank. Was war nur mit ihm los? Das war nicht einfach nur Sorge. Alles verschwamm ihm vor den Augen. Sein Blick fiel auf den Kaffee. Hatte er nicht ein wenig ... eigenartig geschmeckt?

Im Biber stieg Panik auf. Vielleicht war *wirklich* etwas im Argen. Schließlich war in Shady Hollow ein Mörder unterwegs! Er hustete, schaffte es aber noch, nach Brenda zu rufen, bevor er vom Stuhl rutschte und auf dem Boden zusammenbrach.

Brenda kam ins Büro, warf einen kurzen Blick auf den Teppich, wo ihr Chef lag, und schrie los. Bald eilten weitere Tiere herbei, darunter auch Howard Chitters, und sahen ihren Chef so liegen. Jemand – nicht Brenda – besaß die Geistesgegenwart, nach ärztlichem Beistand zu rufen.

Brenda mochte ihren Chef zwar nicht besonders, doch dies war die beste Stelle, die sie je gehabt hatte, und sie wollte sie nicht verlieren. Wenn von Beaverpelt starb, würde die Mühle schließen, und Brenda müsste wieder zu ihrer Mutter ziehen.

Wenige Minuten später vernahm Brenda im Vorzimmer Unruhe, und gleich darauf traten zwei Sanitäter-Eichhörnchen mit einer Tragbahre ins Büro. Sie knieten sich neben Reginald nieder und wälzten ihn darauf. Einer der Sanitäter überprüfte seinen Puls, während der andere Brenda fragte, was vorgefallen sei.

Schluchzend berichtete sie, er habe eine Unterredung mit der Reporterfüchsin gehabt und Brenda anschließend gebeten, ihm einen Kaffee zu bringen. Was dann geschehen sei, wisse sie nicht. «Wird er wieder gesund?», fragte die Sekretärin.

Das grimmig blickende Eichhörnchen versicherte ihr, sie würden alles tun, was in ihrer Macht stünde. Den bewusstlosen Biber zwischen sich auf der Trage eilten die Sanitäter aus dem Büro der Sägemühle zum Krankenhaus.

Da jedes Tier in Shady Hollow Sanitäter-Eichhörnchen automatisch Platz machte, traf der Patient ziemlich rasch im Krankenhaus ein. Es war ein kleines Backsteingebäude beim Fluss, mit großen Fenstern, die den Genesenden einen Blick auf die Natur ermöglichten.

Als die Sanitäter im Krankenhaus ankamen, erfuhren sie jedoch überrascht, dass der Arzt nirgends zu finden war. Nach hektischer Suche stießen sie auf eine Krankenschwester, die ihnen mitteilte, der Arzt sei zu einem Notfall gerufen worden. Zwei Notfälle zur selben Zeit waren in Shady Hollow ein unerhörtes Ereignis. Es konnten Monate vergehen, ohne dass überhaupt einmal irgendetwas geschah.

Einer der Sanitäter blieb bei von Beaverpelt, der zwar atmete, aber immer noch bewusstlos war. Der andere rannte nach draußen.

«Weiß jemand, wohin der Arzt gerufen wurde?», keckerte er. «Oder wo die Polizei gerade ist?»

Ein Passant deutete nach Osten. «Deputy Orville ist eben in den *Bambushain* gegangen!»

Der Sanitäter nickte und rannte mit wehendem Schwanz zum Restaurant.

Zum Glück waren jetzt vor der Mittagszeit keine Gäste im Lokal. Sun Li stand ruhig vor Orville, der eine leere Flasche in der Tatze hielt. Hastig stammelnd berichtete der Sanitäter Orville von dem Problem, doch da setzte sich zu seiner Überraschung der Panda in Bewegung und schnappte sich eine kleine Tasche hinter der Theke.

«Ich kann dem Patienten helfen», sagte er, drehte das *GEÖFFNET*-Schild des Restaurants auf *GESCHLOSSEN* und ging zum Krankenhaus voran. Das Eichhörnchen folgte den Bären verwirrt. Ob der Panda überhaupt etwas bewirken konnte, war unklar, doch es war erleichtert, dass jemand die Verantwortung übernahm.

Sobald er das Krankenhaus betreten und die Situation eingeschätzt hatte, veränderte sich Sun Lis Verhalten komplett. Er äußerte sich knapp und professionell und blaffte Anweisungen, die die Eichhörnchen widerspruchslos ausführten. Sie schoben Reginald in einen Untersuchungsraum, und Sun Li überprüfte seine Vitalzeichen. Keiner hinterfragte die Tatsache, dass ein Koch den Patienten untersuchte. Sun Li erklärte, von Beaverpelt sei wahrscheinlich vergiftet worden und sie müssten das Gift mit so viel Wasser wie möglich verdünnen.

Diese Prozedur wurde durchgeführt, und schließlich war der Patient außer Lebensgefahr. Von Beaverpelt wurde in einen sonnigen Raum gebracht, um sich dort auszuruhen. Er faselte etwas von Kaffee und Edith, doch die Eichhörnchen drückten ihn sanft aufs Bett, und dort brach er erschöpft zusammen.

Orville, der im *Bambushain* den Panda wegen der Flasche befragen wollte, die tatsächlich laut Untersuchungsergebnis Gift enthielt, war nun ziemlich aus dem Konzept gebracht. Falls der Panda auf irgendeine Weise in Ottos Tod verwickelt wäre, warum sollte er dann einem anderen Tier das Leben retten?

«Sie sehen überrascht aus», sagte Sun Li.

«Ich wusste nicht, dass Sie Arzt sind, Mr. Li. Hm, das heißt, Dr. Li», antwortete Orville

«Tatsächlich Dr. Sun. Nehmen Sie es mir nicht übel, aber Sie wissen nur sehr wenig über mich, Deputy.» Sun Li hielt inne. «Wenn Sie mich sonst noch etwas fragen möchten, finden Sie mich im Restaurant. Ich rede gern mit Ihnen, aber jetzt muss ich mich erst einmal um mein Geschäft kümmern.»

Sun Li verbeugte sich schweigend vor den beiden Eichhörnchen und ging ohne ein weiteres Wort davon. Die

Eichhörnchen wechselten einen Blick. Einen echten Arzt erkannten sie auf Anhieb, und sie konnten es gar nicht abwarten, die Neuigkeit zu verbreiten.

Als Sun Li ins Restaurant zurückging, um dort alles für den Ansturm der Mittagsgäste vorzubereiten, waren seine Gedanken in Aufruhr. Nun würde sein Geheimnis zweifellos auffliegen. Die Nachricht, dass er nicht der war, der er zu sein schien, würde schneller die Runde durch die Stadt machen als ein Wintervirus. Er hatte einmal gelobt, nie wieder anderer Tiere Leben in die Pfoten zu nehmen. Doch was hätte er tun sollen?

Sun Lis Vergangenheit stimmte in einigen Punkten mit dem überein, was an Klatsch in der Stadt im Umlauf war, doch es gab auch bedeutende Unterschiede. Früher einmal war er in seinem Land ein hochgeschätzter Arzt gewesen. Doch während einer Routineoperation am Sohn des Premierministers war etwas furchtbar schiefgelaufen, und der Patient war gestorben. Sun Li war für diese Tragödie zu Unrecht bestraft worden und hatte seine Zulassung als Arzt verloren. Daraufhin hatte er sich in ein Kloster in den Bergen zurückgezogen.

Nachdem Sun Li dort einige Jahre schweigend gelebt und gebetet hatte, beschloss er, dass es nun genug war. Er verließ sein Land, um sein Glück unter Tieren zu suchen, die ganz anders waren als er. Kochen hatte ihm seit jeher Spaß gemacht, und die Gerichte, die er aus seiner Heimat mitgebracht hatte, galten in Shady Hollow als köstliche Neuerungen. Er wusste, dass die Leute in der Stadt ihn mit Neugier betrachteten, doch er redete niemals über seine

Vergangenheit. Dieser Teil seines Lebens war vorbei. Sun Li war nun schlicht und ergreifend ein einfacher Koch.

Bis jetzt. Er machte sich in der Küche an die Arbeit und schnitt das Gemüse mit der Geschicklichkeit eines Chefkochs klein – oder vielmehr mit der Präzision eines Chirurgen. Die Karotten-, Erbsen und Maronenschnipsel häuften sich um ihn herum. Etwas sagte dem Panda, dass heute ein ungewöhnlich geschäftiger Tag im *Bambushain* werden würde.

KAPITEL 11

Allmählich kehrte in der Sägemühle wieder Normalität ein. Nachdem ihr Chef ins Krankenhaus transportiert worden war, hörte Brenda auf zu weinen und machte sich an die Arbeit. Als Erstes schickte sie eine Nachricht in die Villa der von Beaverpelts und teilte Edith mit, Reginald sei zusammengebrochen und inzwischen im Krankenhaus. Dann brachte sie eine Botschaft an die Polizeiwache von Shady Hollow auf den Weg und informierte den diensthabenden Beamten, ihr Chef sei unter verdächtigen Umständen erkrankt und sie sollten jemanden schicken, um der Sache nachzugehen. Den Rest des Tages verbrachte sie damit, den Arbeitern zu versichern, dass alles in Ordnung sei und der Betrieb ganz normal weiterlaufen würde. Bei Büroschluss (die Mühle selbst dagegen war beinahe rund um die Uhr im Betrieb) nahm Brenda ihre Handtasche und ging heim. Für heute hatte sie genug Aufregung gehabt.

Kurz nachdem Brenda gegangen war, kam Orville, um den Tatort zu untersuchen. Howard Chitters, der an seinem kleinen Schreibtisch noch immer eifrig schrieb, quietschte erschreckt auf, führte den Polizeibären dann aber ins Chefbüro.

Dort schaute Orville sich kurz um und nahm Proben des Kaffees und des Zuckers, die noch auf dem Tisch standen. Nach allem, was er vorhin im Krankenhaus gesehen hatte, handelte es sich vermutlich auch hier wieder um einen Giftanschlag. Was war nur in der Stadt los?

«Wer bereitet den Kaffee für von Beaverpelt zu?», fragte er.

«Heute hat Brenda ihn gekocht, seine Sekretärin», stieß Chitters hervor.

«Und wo werden die Vorräte aufbewahrt?», wollte der Deputy wissen.

«In der kleinen Küche direkt am Gang.»

«Vermutlich kann jedes Tier da einfach reinmarschieren», knurrte Orville.

«Na ja, Sir, sicher. Wieso sollte man eine Küche bewachen?»

«Großartig. Einfach großartig», grollte Orville. Er wollte noch ins Krankenhaus gehen, um zu schauen, wie es von Beaverpelt ging. Er hoffte aufrichtig, dass der Biber durchkommen würde, sonst hätte Orville gleich noch einen weiteren Mord am Hals. Die beiden Verbrechen mussten miteinander in Verbindung stehen, doch Orville wusste noch nicht so recht, wie. Er musste wirklich etwas Zeit darauf verwenden, sich über Gifte zu informieren. Vielleicht könnte Dr. Breitkopf ihm dabei helfen.

Unterdessen weilte Vera zu Hause, wo sie mehr Ruhe hatte als in der Redaktion, um ihren nächsten Artikel zu verfassen und ihn rechtzeitig vor dem Abend an den Korrektor zu übergeben. Der war ein weißes Kaninchen unbestimmten Alters – allerdings hatte er schon viele Jahre beim *Herald* gearbeitet, als Vera dort begann. Ganz in Eile nahm er ihre handschriftlichen Seiten, setzte sich die Lesebrille auf und überflog den Text.

«Weitere Entwicklungen ... Absuchen des Teichs ... möglicherweise Stilllegung der Sägemühle ... hmmmmmmm. Wie lautet die Überschrift?»

«Was immer SW sagt, nehme ich an. Die Überschriften verfasse ich nicht.»

Das Kaninchen seufzte. «Ich schätze, dass sie *Verhängnis und Untergang* lauten wird, sodass alle Einwohner sich fragen werden, ob sie nächsten Winter noch Arbeit haben.»

«Na ja, SW versteht sich auf sein Geschäft.» Vera zuckte mit den Schultern. «Ich muss Heidegger abfangen, bevor er heute Abend von Zuhause aufbricht. Entschuldige mich bitte.»

Bei der Erwähnung Heideggers erzitterte das Kaninchen unwillkürlich, obwohl die Eule natürlich schon vor langer Zeit der Ernährung durch den Verzehr von Nagetieren abgeschworen hatte.

Vera begab sich aus der Stadt zu Heideggers Zuhause in einer wirklich riesigen und ehrwürdigen Ulme. Seine Wohnung lag etwa zehn Meter über dem Boden, und wann immer sein Name fiel, scherzten alle über den «Elfenbeinturm».

Da Bodenbewohner nicht an Heideggers Tür klopfen konnten, hatte er ein Glockenzugsystem entwickelt. Vera entdeckte eine lange Ranke, die sich den Baum hinunterschlängelte. Unmittelbar über dem Boden forderte ein kleines Schild dazu auf, daran zu ziehen, um die Glocke zu läuten. Das tat Vera. Sollte in Heideggers Wohnung eine Glocke ertönt sein, konnte sie sie nicht hören. Sie wartete ab, während die Dämmerung sich verdichtete und alles in Schatten tauchte. Nur ganz oben in den Baumwipfeln schimmerten noch die letzten Sonnenstrahlen, doch sehr bald würde die Dunkelheit hereinbrechen.

«Guuuuuten Abend», sagte eine leise Stimme ganz in der Nähe.

Vera fuhr zusammen. Heidegger war auf lautlosen Schwingen herabgeschwebt und stand jetzt neben ihr.

«Guten Abend, Herr Professor. Ich wollte Sie bitten, sich vielleicht kurz mit mir zu unterhalten.»

«Über die Mordnacht», schlussfolgerte die Eule.

«Genau. Ich dachte, da Sie nachts immer unterwegs sind, könnten Sie vielleicht etwas gesehen haben.»

«Tatsächlich war ich an jenem Abend aus», antwortete er, ohne mit seinen riesigen gelben Augen zu blinzeln. Vera begriff, warum er die kleineren Tiere nervös machte. «Ich bin zum Grünen Berg und wieder zurückgeflogen, und das sollte Ihre unausgesprochene Frage beantworten. Mein Kollege Professor van Hoote kann bestätigen, dass ich zum Zeitpunkt von Otto Sumpfs Ermordung meilenweit entfernt war.»

«Oh.» Vera war unbestimmt enttäuscht, auch wenn es

natürlich eine wichtige Erkenntnis war, dass Heidegger nicht zu den Verdächtigen gehörte. «Ich hatte gehofft, Sie hätten vielleicht etwas Aufschlussreiches beobachtet.»

«Nun, vielleicht kann ich Ihnen ja doch ein wenig helfen. Sie haben einen ziemlichen Aufruhr in der Stadt verursacht, als Sie die Polizei in ihrem eigenen Spiel geschlagen haben.»

«Als ich die Flasche mit Pflaumenwein gefunden habe, meinen Sie?»

Die Eule nickte. «Genau am fraglichen Uferabschnitt habe ich ebendiese Flasche im letzten Tageslicht gesehen. Damals war sie für mich nur etwas Grünes, das aufblitzte. Doch nach der Lektüre Ihres Artikels ist mir klar geworden, was ich wahrgenommen hatte.»

«Dann hat also irgendein Tier sie am Tag des Mordes dort hingelegt!»

«Vielleicht unmittelbar bevor ich sie entdeckt habe, denn gleich darauf sah ich ein Tier vom Teich wegeilen. Gestützt auf eine einfache Berechnung von Richtung und Durchschnittsgeschwindigkeit bin ich mir ziemlich sicher, dass das Tier sich von der fraglichen Stelle entfernte.»

«Konnten Sie sehen, um wen es sich handelte?», fragte Vera.

«Leider war die Sicht durchs Blattwerk erschwert. Aus der Vogelperspektive konnte ich keinen klaren Blick auf das Tier erhaschen. Es war jedenfalls ein Geschöpf mittlerer Größe, und sein Fell war hellbraun oder grau. Und es bewegte sich ziemlich klandestin. Sie wissen ja, klandestin kommt vom Lateinischen *clandestinus*, also ‹heimlich, verborgen›.»

Heidegger konnte wie üblich der Versuchung nicht widerstehen, sein umfangreiches Wissen zur Schau zu stellen. Er war zweifellos das gebildetste Tier Shady Hollows und hatte an berühmten Universitäten in der ganzen Welt zahlreiche Grade erworben – worauf er ebenfalls sehr gerne hinwies.

Ein aufgeblasener alter Wichtigtuer, dachte Vera. Aber auf sein scharfes Auge konnte sie sich verlassen.

«Haben Sie Deputy Orville oder Chief Meade davon berichtet?», fragte sie.

«Sie haben nicht geruht, mich zu befragen.» Heidegger sprach von oben herab und zuckte mit den Flügeln. «Oder vielleicht sind sie vorbeigekommen, während ich schlief oder unterwegs war. Vielleicht war Chief Meade der Meinung, mein Baum sei zu weit von seiner Lieblingsangelstelle am Fluss entfernt. Ich meine die Stelle, an der er, wie ich gesehen habe, den größten Teil seiner Zeit verbringt.»

Die Eule schüttelte erneut das Gefieder. «Mehr kann ich Ihnen nicht sagen, Miss Vixen. Und wenn Sie mich jetzt bitte entschuldigen würden …» Der Professor flatterte unbeholfen auf, schwebte aber bald in der Luft, jetzt anmutig und gefährlich. So flog er in den dunkler werdenden Abendhimmel davon.

Vera sah ihm nach und fragte sich, wie viel die anderen Einwohner Shady Hollows vielleicht gesehen hatten, ohne dessen gewahr zu werden, welchen Wert ihre Beobachtungen hatten. Sie gelangte zu dem Entschluss, den Polizeichef bei ihm zu Hause aufzusuchen, wenn er sich tatsächlich nicht die Mühe machte, in seinem Büro aufzutauchen. Sie hatten keine Zeit zu verschwenden.

Chief Theodore «Teddy» Meade lebte auf der anderen Seite der Stadt in der Nähe des Flusshafens. Er bewohnte einen Bau unter einem felsigen Berg, der den Fluss an seinem Fuß zu einer langen Biegung zwang. In dem Fensterchen bei der Tür entdeckte Vera ein Licht. Sie klopfte höflich an.

Nach einem Moment bewusster Stille klopfte sie erneut, diesmal lauter. «Chief! Sir! Bitte machen Sie auf!»

Sie hörte drinnen ein schlurfendes Geräusch. Dann Schritte.

Klandestine Schritte, dachte Vera bei sich.

Langsam ging die Tür auf. «Oh, Miss Vixen», sagte Meade, um ein Lächeln bemüht, das ihm aber nicht gelang. «Wie schön, dass Sie vorbeischauen. Kommen Sie doch herein.» Vera betrat den großen Bau. Auf dem Küchentisch lag ein Fisch, der zweifellos vor Kurzem geangelt worden war. Der Chief war dabei, das Abendessen zuzubereiten. «Was kann ich für Sie tun?»

«Für meine Zeitung verfolge ich die Entwicklungen um den Mord an Otto. Ich hatte gehofft, Sie könnten mir von den eventuellen heutigen Fortschritten berichten.»

«Oh, tja. Das heißt … ja. Natürlich gibt es Fortschritte. Ganz sicher.»

«Was ist los, Chief?», fragte Vera, die sich allmählich ärgerte.

«Vielleicht sollten Sie mit Orville reden. Ein sehr fähiger junger Polizist.»

«Aber Sie kennen doch gewiss den derzeitigen Kenntnisstand. Schließlich leiten Sie die Ermittlungen.»

«Ich ...» Meade machte ein verängstigtes Gesicht. «Ich weiß nicht, *wie*! Ich musste bisher noch nie in einem Mord ermitteln! Jemand in dieser Stadt ist ein Mörder! Ein irrer Mörder, der Leute ersticht und vergiftet. Der Inhalt der Flasche war vergiftet, das hat die Untersuchung nun ergeben. Ist Ihnen klar, was das bedeutet? Sie sind nicht hier aufgewachsen, Vixen», fuhr er fort. «In Shady Hollow schließt niemand seine Tür ab, weil wir gar keine Schlösser an den Türen *haben*. Nur hat jetzt der Gemischtwarenladen Schlösser bestellt, und mit der nächsten Lieferung kommen sie an. Zehn Familien haben bereits eines für sich reserviert. Was soll daraus nur werden?»

Er klang wie Gladys, dachte Vera. Aber bis zu einem gewissen Grad hatte sie Mitgefühl mit dem Bären. Durch die Jahre der Ruhe in Shady Hollow war er bequem und selbstgefällig geworden.

Die Krise, die jetzt eingetreten war, traf ihn vollkommen unvorbereitet.

«Was macht denn dann Orville? Er hat auch noch nie mit einem Mord zu tun gehabt», bemerkte sie.

«Er orientiert sich an dem Großen Buch der Polizeiarbeit. Darin stehen die Richtlinien für alles, was in jeder gegebenen Situation zu tun ist. Das Buch steht auf unserem Wandbord in der Polizeiwache, nachdem wir das Kapitel über das Verprügeln von Gefangenen und die besten Foltermethoden herausgerissen haben, weil es sonst zu dick für das Regal gewesen wäre. So was möchte doch ohnehin keiner wissen, oder?» Meade schaute unglücklich auf den Fisch, der auf dem Tisch lag. «Angeln ist das Einzige, was ich dieser Tage anscheinend wirklich gut kann.»

«Orville orientiert sich also an einem Handbuch und hat nicht einmal die Unterstützung seines Chiefs. *Wollen* Sie eigentlich, dass der Mörder ungestraft davonkommt?»

«Natürlich nicht. Wir haben Lefty festgenommen!»

«Ohne jeden Beweis. Nichts spricht gegen ihn, als dass er Lefty ist.»

«Na ja, vielleicht weiß er ja etwas.»

«Das werden Sie nicht herausbekommen, solange Sie nicht wissen, was Sie fragen müssen, Chief!», schrie Vera. «Heidegger hat mir von seiner Beobachtung berichtet, dass ein Tier die Flasche mit vergiftetem Wein am Teich zurückgelassen hat. Jetzt müssen Sie dieser Spur einfach nur folgen und herausfinden, wer es war, dann stoßen Sie auf den Mörder.»

«Wir sollen einfach alle fragen?», hakte Meade nach. «Der Schuldige wird lügen.»

«Deswegen erkundigt man sich ja nach Alibis», erwiderte sie geduldig. «Finden Sie heraus, wo jedermann in der Nacht war. Lassen Sie sich das von Zeugen bestätigen. Wenn jemand lügt, werden diese Aussagen sich widersprechen. Dann haben Sie Ihren Mörder.»

«Sie halten es für so einfach?» Zum ersten Mal machte Meade ein hoffnungsvolles Gesicht.

«Nicht einfach, aber machbar. Orville hat bereits mit

der Arbeit begonnen. Gehen Sie also morgen früh ins Büro und helfen ihm?»

«Ja, natürlich.» Meade richtete sich zu seiner vollen Größe auf. «Shady Hollow wird nicht mehr dasselbe sein, bis dieser Wahnsinn vorbei ist. Erst hat jemand Otto ermordet, und jetzt wurde der Versuch unternommen, von Beaverpelt zu vergiften. Was sollen wir nur machen?»

«Wie meinen Sie das, jemand hat versucht, von Beaverpelt zu vergiften?», fragte Vera. «Ich habe ihn doch heute erst gesehen.»

«Haben Sie es denn nicht gehört? Man hat ihn bewusstlos auf dem Fußboden seines Büros aufgefunden und ins Krankenhaus gebracht, aber der Arzt war nicht da. Und wissen Sie, wer von Beaverpelt gerettet hat? Sun Li! Keiner wusste, dass er ein ausgebildeter Arzt ist. Ein Glück für den Biber, sonst müssten wir ihn neben Otto begraben.»

Vera war von dieser Enthüllung so erschüttert, dass sie kein Wort herausbekam. Wäre es möglich, dass in Shady Hollow ein Serienmörder unterwegs war, der seine Opfer vergiftete? Bei ihren Recherchen zu der Story war sie davon ausgegangen, dass Otto von jemandem getötet worden war, der einen bestimmten Grund dazu hatte. Doch was, wenn er nur das erste Opfer von vielen wäre? Der Gedanke war so grässlich, dass man gar nicht darüber nachdenken konnte. Und Sun Li! Der Panda wurde immer geheimnisvoller.

KAPITEL 12

Vera verbrachte eine unruhige Nacht in ihrem Bau, sich nur allzu bewusst, dass ihre Tür kein Schloss hatte. Es wäre wohl klug, am Morgen im Gemischtwarenladen vorbeizugehen, einfach nur zum Schauen natürlich.

Das Waldmurmeltier hinter der Theke sagte, sie führten normalerweise keine Schlösser. «Aber Sie können Ihren Namen auf die Liste der Tiere setzen, die eines wollen. Wir haben flussabwärts eine große Lieferung bestellt.»

Vera trug sich ein, bedankte sich und setzte ihren Weg fort. Sie hatte etwas vor, was sie gleich zu Beginn hätte erledigen sollen. Sie ging direkt zu Ottos Erdhütte im Sumpfgebiet am Teichufer. Dort rieselte ein winziger Bach langsam zum tiefer gelegenen Teich hinab, und im Umkreis war die Erde matschig und von Schilf bewachsen. Es war die perfekte Umgebung für eine Kröte, die wie ein Eremit lebte.

Für eine Füchsin war es hier weniger ideal, und Vera verzog das Gesicht, als sie über den matschigen Boden stapfte und mit den Pfoten in den schlammigen Untergrund einsank. Sie schob sich an Sumpfschachtelhalm vorbei, der doppelt so hoch war wie sie selbst. Dann fand sie Ottos Tür, die in einen Erdhöcker eingelassen war, der sich kaum über das Niveau des Sumpfs erhob.

Vera sah keinerlei Anzeichen, dass hier in der kurzen Zeit seit Ottos Tod jemand vorbeigekommen war, und die einzigen Spuren waren nach einigen Spätsommertagen rissig und fast nicht zu erkennen. Sie schob die Tür behutsam auf. Auch Otto hatte nie ein Schloss gebraucht; sein Charakter reichte, um die Leute auf Abstand zu halten. Die Tür schwang auf, und der modrige Geruch feuchter Erde drang heraus. Drinnen war es klamm, da die Erdwände eine zuverlässige Barriere gegen die Außentemperatur darstellten, im Sommer genauso wie im Winter.

Vera trat ganz ein und schaute sich um. Sie wusste selbst nicht recht, wonach sie suchte. Otto hatte sehr einfach gelebt. Sollte jemand einen Beweis für die Einsamkeit des Kröterichs brauchen, genügte ein einziger Blick ins Wohnzimmer als Bestätigung. Ein Stuhl stand vor einem kleinen Tisch. Ein niedriger Hocker beim Kamin hätte einem Gast dienen können, falls einmal einer vorbeigekommen wäre. Im Schrank standen Gläser mit eingemachtem Obst und getrockneten Insekten. Otto belegte sein Brot gern mit Grillen und Himbeeren, ein weiterer Grund, warum er kaum je Gäste einlud.

Vera bemerkte, dass auch viel Alkohol im Schrank stand. Die unteren Fächer bargen Flaschen mit Wein, Bier und stärkeren Spirituosen. Ihre scharfen Augen fielen auf eine verstörend vertraute Flasche … Sun Lis Pflaumenwein. Offensichtlich hatte Otto das Getränk gemocht. Sie nahm die Flasche aus dem Schrank und steckte sie in ihre Tasche. Sollte auch in diesem Gefäß der Wein vergiftet sein, würden die Ermittlungen eine ganz neue Richtung einschlagen.

Hinter dem sparsam möblierten Wohnzimmer lag Ottos Schlafzimmer, das sogar noch schlichter war. Ein niedriges Bett stand neben einem kleinen Tisch, und eine Ecke des Raums war mit einem Vorhang abgetrennt und diente als Ottos Kleiderschrank. Vera zog den Vorhang beiseite, entdeckte aber nichts Interessantes. Nur Winterkleidung und einen Stapel Schundromane mit vergilbten Seiten.

Sie wandte sich dem Nachttisch zu, und nun stieß sie endlich auf etwas Vielversprechendes. Otto hatte im unteren Fach mehrere kleine, schwarz gebundene Notizbücher hinterlassen. Ein weiteres lag auf der Nachttischplatte. Vera nahm es zur Hand und blätterte es durch. Otto hatte Tagebuch geführt!

Lächelnd begann sie zu lesen. Vielleicht würde sie einen Hinweis finden. Der Kröterich hatte allerdings nicht für die Nachwelt geschrieben. Seine Notizen waren winzig, krakelig und oft geheimnisvoll. Er schrieb in einem Gemisch verschiedener Sprachen und wechselte von einer zur anderen, manchmal sogar innerhalb desselben Satzes. Seine Notizen waren teils rein praktischer Natur: «Joe daran erinnern, die Tür zur Gasse zu reparieren. Schwingt bei Wind auf.» Andere waren hämisch: «VB sieht auf dem Weg zur Arbeit wütend aus. Ob EVB wohl mal wieder ihre Rolle in *Der Widerspenstigen Zähmung* geprobt hat?»

Vera versuchte, die Einträge der letzten Tage zu lesen, doch Ottos Handschrift ließ sich nicht mühelos überfliegen. Sie entdeckte nichts, was ihr auf Anhieb als nützlich erschienen wäre, und so beschloss sie, das Büchlein mitzunehmen und gründlicher hineinzuschauen. Nach kurzem Nachdenken steckte sie auch die übrigen Notizbücher ein, da sie sich sagte, die älteren Tagebücher könnten sich als hilfreich erweisen, falls sie einen Artikel über Ottos Leben schreiben müsste. Sie hatte Skrupel, die Büchlein einzustecken, aber als Stehlen konnte man das ja wahrlich nicht bezeichnen, oder? Schließlich bemächtigte sie sich der Bücher nur, um bei der Aufklärung des Mordes an Otto zu helfen.

«Ich passe gut auf deine Bücher auf, Otto, versprochen», sagte Vera ins leere Haus hinein.

Energisch machte sie die Tür der Erdhütte hinter sich zu und stapfte aus dem Sumpf heraus. Als ihre Pfoten wieder auf trockenem Grund standen, seufzte sie erleichtert auf. Manche Tiere waren einfach nicht für ein Leben am Wasser geschaffen. Sie kratzte sich den Schlamm von den Pfoten und kehrte mit neuer Zielstrebigkeit in die Stadt zurück. Sie würde Ottos Tagebücher genau durchgehen, und bestimmt würde sich dabei etwas ergeben! Vielleicht könnte Lenore ihr helfen, sobald sie Feierabend machte.

Doch erste einmal musste Vera zur Arbeit gehen. Als sie in der Redaktion des *Herald* ankam, erlosch ihre Hoffnung auf ein paar ruhige Stunden mit ihren Notizen. Überall war Lärm. Tiere aller Arten rannten hin und her. Wenigstens blieb ihr das rhythmische Klopfen der Druckpresse erspart, die normalerweise nachts lief. Mitten im Gewühle entdeckte Vera Gladys und trabte zu ihr.

«Was ist los?», fragte sie und rechnete mit dem Schlimmsten.

«SW druckt eine Sonderausgabe über die Verbrechenswelle», antwortete Gladys.

«Zwei Verbrechen sind keine Welle.»

«Na ja, bestimmt hofft er darauf, dass noch eine dritte furchtbare Sache geschieht.»

Vera seufzte. Sie hatte sich gewünscht, noch Zeit für weitere Nachforschungen zu haben, bevor die ganze Stadt erfuhr, was los war. Wenn sie SW doch nur dazu bewegen könnte, die Sonderausgabe des *Herald* zu verschieben. Obwohl ihr klar war, wie unwahrscheinlich das war, musste sie es versuchen. Sie schnürte zur Bürotür des Herausgebers und klopfte kräftig an. Als sie das Stinktier knurren hörte, beschloss sie, das als Einladung zum Eintreten aufzufassen.

«Was ist los, Vixen?», fuhr ihr Chef sie an. In seinem Mundwinkel steckte eine nicht angezündete Zigarre. «Haben Sie den Mordfall noch nicht gelöst? Die ganze Stadt befindet sich in Gefahr. Wir brauchen Antworten!»

«Sir», begann Vera. «Ich würde mir wirklich wünschen, Sie würden sich das mit der Sonderausgabe noch einmal überlegen. Ich brauche mehr Zeit, um die Bürger darüber zu befragen, was sie eventuell gesehen haben.»

«Befragen Sie sie trotzdem! Dafür bezahle ich Sie schließlich!»

«Aber wenn Sie alle so aufstacheln, erzeugen Sie nur Panik. Dann erinnern sich die Tiere nur noch an das, wovon sie gelesen und worüber sie geredet haben – und nicht mehr an das, was ihnen vor ein paar Tagen vielleicht aufgefallen sein könnte.»

«Unsinn. Die Sonderausgabe wird ihnen beim Nachdenken helfen. Ich bin praktisch ein Philanthrop. Ich habe sogar Amelia Chitters gebeten, eine Rezeptkolumne für einen beruhigenden Nerventee zu schreiben. Man soll ein ganzes Gläschen Apfelschnaps hineingeben.»

«Wie einfühlsam von Ihnen, Sir», sagte Vera schleppend. «Hören Sie, wann soll die Ausgabe erscheinen?»

«Morgen früh, unmittelbar vor der Beerdigung des Kröterichs. Redaktionsschluss für die Sonderausgabe ist zwei Stunden später als üblich. Los, tippen Sie alles, was Sie haben, und dann wollen wir mal richtig Zeitungen verkaufen!» Vor Erregung sprang SW auf seinen Schreibtisch, und dann blaffte er mehrere Kaninchen an, die sich mit tintenbefleckten Pfoten darauf vorbereiteten, die Seiten zu setzen. «Sollte auf der Titelseite irgendein Druckfehler auftauchen, werden Sie alle gefeuert, kapiert?»

Vera nahm die Gelegenheit wahr, um aus dem Büro zu flüchten und in die Main Street zu laufen. Sie atmete tief durch und versuchte, wieder einen klaren Kopf zu bekommen. Sie konnte SW nicht davon überzeugen, die Sonderausgabe zurückzuhalten. Das bedeutete, dass sie noch heute einen Durchbruch erzielen musste, sonst wäre es zu spät. Die effekthascherische, atemlose Berichterstattung der *Herald*-Journalisten, die zu aufgeregt und zu sehr von SW eingeschüchtert waren, um sich klar und deutlich auszudrücken, würde die Erinnerungen aller eventuellen Zeugen einfärben. Ihre Kollegen würden das zu Papier bringen, was SW von ihnen verlangte. Und der Chef wollte Zeitungen verkaufen und nicht den Mörder finden.

Blieb also noch sie selbst. Sie hatte keine Zweifel, dass Orville sich nach Kräften bemühte; sie glaubte einfach nur nicht, dass er auf die richtige Weise an die Ermittlungen heranging. Sich auf Lefty zu stürzen, war nichts als ein einfacher Ausweg.

Bevor Vera sich entscheiden konnte, was sie als Nächstes tun würde, sah sie Howard Chitters die Straße entlangeilen. Sie lief ihm nach. «Mr. Chitters! Mr. Chitters!»

Er wandte sich erschreckt zu ihr um. «Ach, Sie sind es, Miss Vixen!»

«Was ist gestern nach meinem Aufbruch aus der Sägemühle vorgefallen? Der Chief sagte, von Beaverpelt glaube, vergiftet worden zu sein.»

«Er *ist* vergiftet worden. Er hatte eine Kaffeepause gemacht, verstehen Sie.»

«Vergifteter Kaffee? Aus *Joes Kaffeekanne*?», fragte Vera ungläubig.

«Oh nein!», quiekte Chitters. «Er hat seine eigene Bedienung im Chefbüro. Brenda kocht den Kaffee. Aber so etwas würde sie niemals tun. Jemand muss sich ins Büro geschlichen und Gift in die Kaffeekanne gegeben haben. Jedenfalls ist von Beaverpelt zusammengebrochen, und hätte Sun Li von dem Problem nichts mitbekommen, wäre der Chef jetzt tot.»

«Sun Li war auch der Meinung, dass es Gift sei?»

«Er hat es sofort erkannt. Brenda hatte es für einen

Herzanfall gehalten … den *Sie* mit *Ihren* Fragen ausgelöst hätten.»

Vera schnaubte. «Das ist unwahrscheinlich. Ich muss mit Sun Li sprechen. Ist von Beaverpelt heute zu Hause geblieben?»

«Ja. Ich habe gerade eben nach ihm geschaut», bestätigte Howard. «Er hat mir vom Bett aus die Anweisungen für den Tag erteilt. Jetzt kann er sich auf seinem ruhigen, bequemen Krankenlager erholen. Seine Frau und seine Töchter sind bei ihm.»

Vera fragte sich, wie ruhig und bequem es jemand im Beisein der Von-Beaverpelt-Damen wohl haben konnte, doch sie hielt den Mund. Statt Spitzen loszulassen, ging sie lieber zum Restaurant von Sun Li.

So früh am Tag war es im *Bambushain* ruhig. Tatsächlich würde das Restaurant erst in einigen Stunden offiziell öffnen, doch Vera musste nur ein einziges Mal klopfen, da ging die Tür schon auf.

«Wie kann ich Ihnen helfen?», fragte Sun Li, verbeugte sich und trat gleichzeitig zur Seite, damit Vera hereinkommen konnte.

Sie kam sofort zur Sache. «Ich würde gern mit Ihnen über von Beaverpelt sprechen. Sie haben ihm gestern das Leben gerettet. So hat man es mir gesagt.»

«Ich habe getan, was in meiner Macht stand. Zum Glück war es genug.»

«Sie waren also nicht immer Koch?»

«So, wie Sie nicht immer Reporterin waren», gab Sun Li zurück. Vera spannte sich an, als erwartete sie einen Vorwurf, doch Sun Li fuhr gelassen fort: «Wir haben alle unsere Geschichte. In meinem Heimatland war ich ein recht bekannter Chirurg. Dann bin ich gegangen. Jetzt arbeite ich nicht mehr als Arzt, aber es freut mich, dass meine Ausbildung es mir ermöglicht hat, jemandem zu helfen.»

«Ja, Sie haben einen weiteren Mord verhindert.»

«So scheint es», stimmte Sun Li ihr mit beunruhigter Miene zu. «Aber vielleicht wird das in den Tagen, die uns bevorstehen, nicht genügen. Sie sind Reporterin, Miss Vixen. Sie sind auf einen, wie sagt man, einen Knüller aus.»

«Ja, wohl schon.»

«Dann zeige ich Ihnen den Knüller. Kommen Sie mit.»

Sun Li führte Vera durch das still daliegende Restaurant und die Küche in einen kurzen Gang dahinter, der viel düsterer war. Vera unterdrückte ihre Nervosität. Sun Li stand doch gewiss auf der Seite des Guten. Er war schließlich Arzt! Trotzdem hätte sie besser jemanden informiert, wohin sie gehen wollte.

Noch bevor die Füchsin diese Gedanken verjagen konnte, blieb Sun Li stehen und öffnete einen großen Wandschrank. Vera späte hinein und entdeckte eine Sammlung von Flaschen und Päckchen. Auf vielen war die Schrift unlesbar, doch der Inhalt mancher anderer war offensichtlich. Es war Sun Lis Speisekammer.

«Ich bewahre die meisten Vorräte hier auf, aber auch einige Medikamente», sagte er und nahm ein kleines

Kästchen aus dem obersten Fach. Es war lose in Papier eingeschlagen. «Das hier ist Herzruhe – das heißt, den Namen in der Ursprungssprache würde man als ‹Herzruhe› übersetzen. Es ist ein Pulver, das aus den Wurzeln einer sehr seltenen Pflanze gewonnen wird, die an Berghängen wächst, wo Nebel, aber niemals Regen niedergeht. In extrem kleinen Dosen ist es ein Medikament, es hilft dem Patienten beim Einschlafen oder lindert nach einer Verletzung Schmerzen.»

«Was passiert, wenn man zu viel davon nimmt?», fragte Vera.

«Dann stirbt man», antwortete Sun Li schlicht. «Wenn es falsch verwendet wird, ist es ein Gift, das das Herz zum Stillstand bringt. Daher der Name.»

«Glauben Sie, dass Otto und von Beaverpelt mit etwas Derartigem vergiftet wurden?»

«Ich glaube, dass sie mit genau diesem Mittel vergiftet wurden. Als ich den Vorratsschrank gefüllt habe, hatte ich zwei Kästchen Herzruhe. Seitdem habe ich die Medizin nie gebraucht. Aber als ich gestern den Biber sah, habe ich die Symptome erkannt und sofort meinen Vorrat überprüft. Ein Kästchen ist verschwunden.»

«Jemand hat es gestohlen?»

«Das fürchte ich, ja. Irgendwann, nachdem ich das Restaurant letztes Jahr eröffnet habe. Mehr kann ich leider nicht sagen.»

«Wer kann gewusst haben, dass es sich um ein Gift handelt?»

«Jeder, der in der Küche oder im Gastraum gearbeitet

hat. Ich habe allen Angestellten eingeschärft, das oberste Fach nicht anzurühren. Ich habe ihnen erklärt, dass jedes dieser Produkte gefährlich ist.»

«Wer hat seit der Eröffnung für Sie gearbeitet?»

Sun Li gab Vera eine Liste, auf der auch mehrere Tiere aus Shady Hollow standen, die sie kannte. Die meisten jobbten mal hier, mal da in der Stadt wie Ruby Ewing und die älteren Chitters-Kinder.

«Ich gebe diese Liste Orville. Und dem Chief», fügte Vera tief in Gedanken hinzu. «Er wird darüber Bescheid wissen wollen.»

«Der Bär muss das verschwundene Kästchen suchen», erklärte Sun Li eindringlich. «Es enthält genug Pulver, um viele Tiere zu töten. Es ist sehr gefährlich.»

Sie stellte Sun Li noch einige weitere Fragen, nicht so sehr für ihren Artikel, sondern weil der Panda sie neugierig machte. Er war anders als alle anderen Tiere in Shady Hollow. Sun Li bot ihr Tee an, doch Vera musste bedauerlicherweise ablehnen. Bevor es dunkel wurde, hatte sie noch viel zu erledigen, und vom Teetrinken wurde die Arbeit nicht weniger.

KAPITEL 13

Was sollte sie tun? Vera dachte über ihre Optionen nach. Es gab so viele Fragen und nicht genügend Zeit, um sie zu stellen. Die Ereignisse gerieten zunehmend außer Kontrolle, sie schienen um sie herumzuwirbeln wie Blätter in einem Sturm. Sie musste sich ein Bild von dem zusammensetzen, was sie wusste. Erst dann würde ihr klar werden, welchen Fragen sie würde nachgehen müssen.

Sie beschloss, ihr Gehirn mit einem Kaffee to go aus *Joes Kaffeekanne* auf Trab zu bringen, doch bevor sie dort eintraf, entdeckte sie Ruby Ewing ein paar Meter weiter vor ihr auf der Straße. Sie war sehr hübsch gekleidet, fast zu gut für einen ganz normalen Alltag.

«Ruby!», rief Vera. «Haben Sie einen Moment Zeit?»

Ruby ging einfach weiter, als hätte sie sie nicht gehört. Doch als die beiden Tiere auf einer Höhe waren, drehte sie den Kopf und lächelte Vera herzlich an. «Na, hallo. Wenn das nicht die Star-Reporterin ist.»

«Tja, Reporterin bin ich jedenfalls. Darf ich Ihnen vielleicht ein paar Fragen stellen?»

«Natürlich», antwortete Ruby. «Ich war gerade auf dem Weg in die *Kaffeekanne.*»

«Genau wie ich», sagte Vera und begleitete Ruby ins Café. Sie trat nicht zur Theke, sondern deutete auf einen Tisch beim Fenster. «Setzen wir uns doch. Joe!», rief sie. «Das Übliche für jede von uns.»

Als sie auf die Getränke warteten, beobachtete Vera ihre Begleiterin und rief sich in Erinnerung, was sie über das Schaf gehört hatte. Genau wie Vera hatte Ruby Ewing nicht von Anfang an in Shady Hollow gelebt. Früher einmal hatte sie zu einer großen Herde anderer Schafe gehört, war über die Wiesen gesprungen und hatte zufrieden geblökt ... oder was auch immer Schafe taten, wenn sie in der Gesellschaft von ihresgleichen waren.

Ruby war jedoch nicht wie die anderen Schafe. Es fing damit an, dass sie als schwarzes Schaf *zur Welt gekommen war*. Das war eine Anomalie und wurde üblicherweise von den anderen Schafen mit Misstrauen betrachtet. Von ihren Eltern wurde Ruby aber geliebt und genauso behandelt wie ihre Geschwister. Doch als Ruby erwachsen wurde, schien ihr Wesen wilder zu werden. Sie sehnte sich nach Zuneigung und wurde praktisch jede Woche mit einem neuen Galan gesehen. Sie kannte keine Vorurteile – die Tierart war ihr egal. Aber jede Beziehung endete mit einem Streit.

Nach einem weiteren derartigen Vorfall, der in der Öffentlichkeit großen Wirbel ausgelöst hatte, wurde sie von ihrer Familie verstoßen und war gezwungen, die Herde zu verlassen. Nun musste sie ihren eigenen Weg in der Welt finden. Vor einigen Jahren war sie nach Shady Hollow gekommen, und es hatte den Anschein, dass sie in dem kleinen Städtchen endlich ein Zuhause gefunden hatte.

Ihr hing zwar ein gewisser Ruf an, doch sie war unbestreitbar ein Mitglied der Gemeinschaft. Sie schnitt freiwillig das Unkraut auf dem Stadtplatz und half gelegentlich ehrenamtlich in der Bibliothek aus. Im Laufe der Jahre hatte sie verschiedene Stellen gehabt, doch jetzt arbeitete sie in Goody Crows *Haus Abendsonne* für betagte Tiere und wirkte dort ganz zufrieden. Wenn ein Tier Probleme mit Ruby hatte und sie auf der Straße schnitt – nun, dann sagte das mehr über das Tier aus als über Ruby.

«Sie sehen hübsch aus heute», sagte Vera in der Hoffnung, eine entspannte Atmosphäre zu schaffen. «Haben Sie etwas Besonderes vor?»

«Nein, ich gehe nur zur Arbeit wie immer. Warum?»

«Sie sind so hübsch gekleidet. Ist das ein Rubinanhänger an Ihrem Hals?»

Das Schaf berührte den Edelstein. «Ja, das stimmt. Es ist ein kleiner Scherz von mir, wissen Sie, wegen meines Namens. Rubin wie Ruby. Ich habe den Stein geschenkt bekommen, weil er so gut zu mir passt.»

«Na, ich verstehe jedenfalls, warum Sie ihn täglich tragen», sagte Vera, die sehr wohl bemerkt hatte, dass Ruby sich nicht dazu geäußert hatte, von wem der Stein war. Vielleicht hatte sie ihn sich selbst geschenkt.

Ruby blickte sich in dem mäßig vollen Café um. «Sind Sie immer noch an der Story von Ottos Tod dran?»

«Ja, und an dem versuchten Mord an von Beaverpelt.»

«Herrje!» Ruby zuckte ein wenig zusammen. «Das alles kann nur Teil desselben Wahnsinns sein. Ich kann es nicht fassen, dass in der Stadt ein Serienmörder am Werk ist. Was für ein furchtbarer Gedanke. Ich wünschte mir, das alles würde einfach aufhören.»

«Das wünschen wir uns alle. Aber bis wir den Mörder gefunden haben, wird es nicht mehr so sein wie früher.»

«Sie sind sehr engagiert», merkte Ruby an. «Sogar mehr als die Polizei.»

«Die Beamten arbeiten ebenfalls an dem Fall, nur auf eine andere Weise.»

Das Schaf blökte ein Lachen heraus. «Ich hab den Chief arbeiten sehen, Darling. Der würde nicht einmal den Ausweg aus einer Papiertüte finden.»

Joe kam mit ihren Getränken. Ruby schaute auf ihren Becher, einen Milchkaffee mit extra viel Milchschaum und einer dekorativen Himbeere, und seufzte. «Seit der arme Otto gefunden wurde, kann ich meinen Kaffee nicht mehr so recht genießen, wissen Sie.»

«Haben Sie ihn gut gekannt?»

«Wie man sich halt so kennt, denke ich. Er war nicht so griesgrämig, wie er wirkte. Wir haben uns oft unterhalten, wenn ich am Teich vorbeispaziert bin. Er hatte ein bemerkenswertes Leben und war an sehr vielen interessanten Orten.»

«Wann haben Sie Otto zum letzten Mal gesehen?»

«Am Tag seines Todes. Ich war auf einem Botengang und kam am Teich vorbei. Auf dem Rückweg habe ich ihm zugewinkt, aber wir waren zu weit voneinander entfernt, um uns zu unterhalten. Das war vielleicht zwei Stunden vor Sonnenuntergang.»

«Waren Sie davor im *Bambushain*?»

«Warum fragen Sie das?», erwiderte Ruby, jetzt plötzlich misstrauisch.

«Sun Li hat mir erzählt, sie hätten einmal dort gearbeitet und kürzlich eine Flasche Pflaumenwein bei ihm gekauft.»

«Oh, das. Ja, ich mag Pflaumenwein. Während meines Jobs als Kellnerin dort habe ich Geschmack daran gefunden.»

«Haben Sie die Flasche noch, die sie damals gekauft haben?»

«Was? Nein, ich glaube nicht ... Ich habe sie verloren.»

«Sie haben eine ganze Flasche Wein verloren?»

Veras Skepsis musste spürbar gewesen sein, denn Ruby reagierte abwehrend. «Ich habe sie auf meinem Botengang irgendwo abgestellt und dann vergessen.»

«Anscheinend wurde eine ähnliche Flasche ganz in der Nähe von Ottos Leiche gefunden.»

Ruby schien sich jetzt sehr unwohl zu fühlen. «Nun, Otto hatte scharfe Augen. Sollte ich die Flasche am Teich gelassen haben, muss er sie gefunden haben.»

«Der Wein enthielt Spuren von Gift.»

«Ach herrje!» Ruby schnappte nach Luft. «Wie kann das sein?»

«Vielleicht hat Otto die Flasche nicht als Erster gefunden. Vielleicht hat der Mörder sie sich geschnappt und das Gift hinzugesetzt.»

«Und die Flasche dann Otto gegeben? Das ist gemein. Otto hat das nicht verdient. Er war ein guter Kerl.» Ruby hörte auf zu reden und nippte nachdenklich an ihrem noblen Kaffee.

Vera sagte sich, dass sie von dem Schaf nichts Nützliches mehr erfahren würde. Sie trank ihren Becher leer und nahm ihre Tasche an sich.

«Danke für das Gespräch, Ruby», sagte sie zu ihrer Begleiterin. «Ich habe noch viel Arbeit. Bis später mal!» Damit stellte Vera ihren leeren Kaffeebecher auf die Theke und bedankte sich bei Joe. Sie ließ Ruby am Tisch zurück, wo diese ihrem Kaffee dabei zuschaute, wie die Milchschaumkrone allmählich zusammensank.

Während all dieser Kaffee getrunken wurde, hastete Howard Chitters am Fenster der *Kaffeekanne* vorbei und huschte außer Sicht, als Vera heraustrat.

Er gab sich unfreundlichen Gedanken über Vera Vixen hin, die unerschrockene Reporterin.

«Ich kann es wirklich nicht gebrauchen, dass dieses Tier in der Sägemühle herumschnüffelt», murmelte er Worte in sich hinein, die er zuvor aus von Beaverpelts Mund gehört hatte. «Wir haben auch so schon genug Probleme und wollen nicht, dass man auf der ersten Seite dieses Schundblatts über uns schreibt.» Howard war es gewohnt, sich bei der Arbeit von seinem Chef sagen zu lassen, was er zu tun hatte, und seine Frau hielt es zu Hause genauso.

Howard Chitters war nicht immer ein so eingeschüchterter Mäuserich gewesen. Früher einmal hatte er große Träume und Ziele gehabt. Damals hatte er in einer großen Stadt gelebt. Er hatte das Feld seiner Familie verlassen, um die Buchhaltung zu erlernen. Für manche mag das langweilig klingen, doch Howard konnte gut mit Zahlen umgehen und rechnete immer richtig.

In seiner Zeit in der Großstadt lernte er Amelia kennen, eine junge, attraktive Maus, die sich eine Karriere als Künstlerin aufbauen wollte. Ihr gemeinsames Leben war genauso, wie Howard es sich immer erträumt hatte, bis Amelia schwanger wurde. Das änderte alles. Amelia gab ihre Kunst und ihr Loft auf und bestand darauf, mit Howard in eine Kleinstadt zu ziehen, um dort ihren ersten Wurf großzuziehen. Das Wort «Wurf» erfüllte Howards Herz mit Sorge, doch widerstrebend tat er, was seine geliebte Frau von ihm verlangte. Sie zogen in ein kleines Cottage in Shady Hollow, und Howard fand eine Stelle in der Sägemühle.

Amelia brachte fünf (jawohl, fünf) Kinder zur Welt. Für einen Mäusewurf war das nicht viel, aber Howard reichte es. Seit damals rackerte er sich in Shady Hollow zusammen mit seiner Frau für den immer zahlreicher werdenden Chitters-Nachwuchs ab, sie zu Hause und er als Buchhalter der Sägemühle. Es war vielleicht nicht das, wovon er einmal geträumt hatte, aber es war alles, was er hatte, und er würde nicht zulassen, dass die Füchsin ihm dadurch, dass sie sich einmischte, irgendetwas davon wegnahm.

Howard war ziemlich erleichtert, dass Reginald von

Beaverpelt sich erholen würde. Zwar träumte er manchmal davon, in der Mühle das Sagen zu haben, doch er hatte sich viel zu sehr daran gewöhnt, Befehle auszuführen. Er hoffte, dass der Chef bald ins Büro zurückkehren würde. Denn er wusste, dass ein paar Tage in der Obhut seiner Frau und seiner Töchter dem Biber vollkommen reichen würden. Er würde zur Mühle zurückeilen, sobald er konnte. Wenn Howard es nur schaffte, sich diese schnüffelnde Füchsin bis dahin vom Leib zu halten!

Ohne etwas von Chitters unfreundlichen Gedanken zu ahnen, kehrte Vera in die Redaktion des *Herald* zurück und schrieb ein paar kurze Artikel. Sie berichtete, wie Sun Li von Beaverpelt das Leben gerettet hatte, und stellte weitere Fakten über Otto zusammen. Als sie fertig war, merkte sie, dass SW sie durchs Innenfenster seines Büros unheilvoll musterte, und noch bevor ihre Pfoten sich von der Tastatur gelöst hatten, sprang das Stinktier heraus, um ihr die Seiten zu entreißen.

«Vixen hat ihren Artikel abgeliefert! Sofort alles setzen! Die Schlagzeile lautet: GEFAHR GEHT UM IN SHADY HOLLOW! Alle an die Arbeit. Alles schwarz auf weiß!»

Während des Schreibens war die Zeit im Nu verflogen. Vera ließ den *Herald* hinter sich und nahm für den Weg nach Hause den Umweg über die River Street, die dem breiten Ufer des dahinströmenden Flusses am nächsten lag. In dem Städtchen war es still, und nur ein paar Tiere waren unterwegs. Sie sah ein Eichhörnchen in schicker Weste und Jackett auf der anderen Straßenseite vorbeigehen – es war einer der Bankkassierer –, doch als Vera ihm zuwinkte, tippte er sich nur an den Hut und eilte weiter. Die Stimmung in der Stadt hatte sich zweifellos verändert. Vera seufzte, bog in die Maple Street ein und näherte sich ihrem bescheidenen Zuhause. Während sie weiterging, sah sie in den Himmel: Die Sterne funkelten, heiter und von dem ganzen Chaos hier unten unberührt.

Sie war so in Gedanken versunken, dass sie nicht merkte, wie hinter ihr eine dunkle Gestalt von einem Schatten zum nächsten huschte und ihr ungesehen folgte. Als Vera zu Hause ankam, verweilte die Gestalt kurz und zog sich dann zurück.

Drinnen erschauderte die Füchsin, ohne zu wissen, warum. Dass ihre Haustür kein Schloss besaß, gab ihr zu denken, doch dann zuckte sie mit den Schultern. Was sollte sie dagegen tun? Sich in der Pension vor Ort einmieten? Würde sie ihrer Angst nachgeben, wäre das ein Sieg für den Mörder, und sie hatte keinen Grund zu der Annahme, dass sie das nächste Opfer sein würde – falls es überhaupt ein nächstes Opfer *geben* würde. Die Angst in der Stadt trübte ihre Gedanken, und es war ein sehr langer Tag gewesen. Sie hatte vorgehabt, ihre Notizen noch einmal durchzulesen und sogar mit einem weiteren Artikel anzufangen, doch sie war zu erschöpft von dem Tag. Sobald sie einige Pfotenvoll Trockenobst (mit etwas Weichkäse garniert) gegessen hatte, rollte sie sich zusammen und schlief ein.

KAPITEL 14

Der nächste Morgen brach strahlend an, aber nur die wenigsten Tiere in Shady Hollow konnten den herabströmenden Sonnenschein und die warme Brise genießen. Die meisten hatten Angst. Eltern zählten die Schar ihrer Kinder auf der Straße ab. Ehemänner hielten besorgt nach ihren Frauen Ausschau. Und beinahe jeder betrachtete sein Essen ein wenig misstrauisch und rechnete selbst beim unschuldigsten Frühstück mit Gift.

Vera wurde früh wach, suchte ihr Essen aber nicht nach Spuren von Gift ab – sie war viel zu ausgehungert, um überhaupt nachzudenken. Nach dem Frühstück ging sie ihre Notizen durch und machte sich eine Liste der Tiere, die sie noch interviewen musste. In einer Hinsicht würde ihre Arbeit heute einfacher werden, denn alle würden am selben Ort zusammenkommen.

Für den heutigen Tag war Otto Sumpfs Beerdigung angesetzt. Im Wald waren Beerdigungen normalerweise eher schlichte Angelegenheiten, doch der Wirbel um Ottos Tod würde sicher für viele Gäste sorgen. Vera hatte sich in nüchternes Schwarz gekleidet, das einen schönen Kontrast zu ihrem von Natur aus roten Fell bildete.

Überpünktlich schnürte sie aus der Tür und schaute in

der Buchhandlung *Nimmermehr* vorbei, um Lenore abzuholen (die trug ohnehin Schwarz). Zusammen gingen sie zum Friedhof und passierten dessen Tor, das aus einem Bogen zweier Eibenstämme bestand.

Der Friedhof war ein ruhiger Ort. Riesige Zypressen tauchten das Gelände in tiefe Schatten, und auf dem Boden wuchs kaum Gras. Die schlichten Grabsteine hatten schon nach wenigen Jahren Moos angesetzt, und es war hier immer kühl, sogar im Sommer.

Eine stattliche Besucherschar war am offenen Grab zusammengekommen, auf dessen Grund die in ein Tuch gehüllte Leiche Ottos lag. Lenore schaute sich beeindruckt um.

«So viele Leute sind gekommen, plappern und tratschen!», sagte sie. «Otto hätte es grässlich gefunden. Wäre er nicht tot, würde er davoneilen.»

«Still, Rabe.» Vera musste ein Lachen unterdrücken. Es stimmte; Aufläufe wie diese hatte der Kröterich mehr als alles andere gehasst. Von Natur aus ein Einzelgänger, hatte er jede Gruppe von mehr als einem Tier als Gedränge betrachtet.

Die Beerdigungsgäste trugen das traditionelle Schwarz. Ruby Ewing hatte sogar einen schicken kleinen Schleier angelegt, der die obere Hälfte ihres Gesichts verhüllte. Die Von-Beaverpelt-Damen waren alle gekommen, Reginald allerdings hütete weiterhin das Bett. Nach der Vergiftung war er noch zu schwach, um sich in der Öffentlichkeit zu zeigen. Edith machte seine Abwesenheit aber allemal wett, indem sie demonstrativ in ein schwarzes Taschentuch schniefte und allen und jedem mit dem «armen Otto» in den Ohren lag und sich laut glücklich pries, ihren Mann nicht durch das gleiche Schicksal verloren zu haben.

«Ein Tier, das sowohl meinen Mann angegriffen hat als auch den armen Otto, muss verrückt sein. Was haben die beiden denn miteinander gemein? Nichts!», schrie sie.

Vera hörte Ediths Bemerkung und wechselte einen neugierigen Blick mit Lenore. In diesem Punkt hatte die Biberdame recht. Welche Gemeinsamkeit gab es denn *tatsächlich* zwischen den beiden Tieren? Vera fiel jedenfalls keine ein.

«Der Teich?», fragte Lenore so leise, dass nur Vera sie hören konnte. «Otto hat dort gelebt und von Beaverpelt dort gearbeitet. Versucht vielleicht ein Tier aus irgendeinem Grund, alle anderen vom Teich zu vertreiben?»

Vera dachte darüber nach. «Die Waldmurmeltierfamilie wohnt auch nahe beim Teich, auf der Nordseite. Wir könnten sie fragen, ob ihnen etwas Verdächtiges aufgefallen ist.»

«Und sie warnen.»

«Natürlich», stimmte die Füchsin ihr zu. Allerdings glaubte sie nicht, dass der Teich mit den Morden zu tun hatte. Welchen Vorteil könnte jemand davon haben, die Tiere vom Teich fernzuhalten? Der war ja schon immer dort gewesen! Außerdem müsste man die ganze Sägemühle schließen, wenn man die Tiere wirklich von dort fernhalten wollte. Die Vorstellung, dass die Mühle stillgelegt würde, erschien ihr lächerlich, obwohl sie die Idee selbst vorgebracht hatte – allerdings nur, um von Beaverpelt aus der Reserve zu locken. Aber nachdem Lenore nun die Kontrolle über den Teich als Motiv vorgeschlagen hatte, fragte Vera sich allen Ernstes, ob vielleicht wirklich ein Tier genau das versuchte: eine Stilllegung der Sägemühle zu erreichen. Der Gedanke war schrecklich. Die Stadt hing von der Mühle ab. Sabotage wäre beinahe schlimmer als Mord.

In diesem Moment räusperte sich der Pfarrer und schreckte sie aus ihren Überlegungen auf. James «Dusty» Conkers war ein hagerer Hase, ein bisschen ungepflegt, aber sehr ernsthaft und wohlmeinend. Seine Lehrzeit hatte er in den weiten Prärien des Westens verbracht und dort als Wanderpfarrer für die Erdhörnchengemeinden mehrerer Bezirke gearbeitet. Diese Zeit mit langen Arbeitstagen unter manchmal gefährlichen Bedingungen hatte Dusty eine gewisse Würde verliehen, die die meisten Geistlichen erst im Laufe vieler Jahre erwarben.

Pfarrer Dusty räusperte sich noch einmal und bat dann mit einer Handbewegung um Ruhe.

«Liebe Schwestern und Brüder», begann er, «wir haben uns heute hier versammelt, um uns von einem der Unseren zu verabschieden, der uns zu früh genommen wurde. Der Kröterich mag kein besonders charmantes Tier gewesen sein, doch er hat seit vielen Jahren hier gelebt, und es gibt keinen, der sagen könnte, dass Shady Hollow ohne Otto Sumpf noch so sein wird wie zuvor.»

«Ja, es wird jetzt ein bisschen friedlicher zugehen», grummelte jemand in der Menge, wurde aber sofort von anderen zum Schweigen gebracht.

Pfarrer Dusty warf einen Blick in Richtung des Störenfrieds und fuhr dann fort: «Otto hat es sich nicht leicht gemacht, sich mit jemandem anzufreunden. Er kam aus einem Land jenseits des Meeres, in dem es die meiste Zeit des Jahres schneit. Es ist eine Gegend, in der das Leben für jedes Geschöpf schwierig ist, und dieser Kröterich ist durch die ganze Welt gereist, bis er sich in Shady Hollow niederließ.» Dustys Stimme wurde lauter, da er sich für sein Thema erwärmte.

«Otto hat viele Jahre gearbeitet. Als Matrose und Schiffsbauer, als Schauermann und sogar als Spion. Jawohl!» Pfarrer Dusty bestätigte seine Worte mit einem Nicken, als sich in der Menge Gemurmel erhob. «Während des Dritten Alligatorenkriegs war er tief im Großen Grünen Sumpf! Gewiss wusste das kaum jemand von Ihnen. Er hat die Gefahren der schlimmsten Sumpfwasserpfade überwunden, um den Rebellen geheime Informationen zu überbringen. Seine Arbeit hat vielen Tieren das Leben gerettet, und dort hat er den wahren Wert des Schweigens erfahren.

Danach hat Otto nie viel über sich selbst geredet. Nach dem Frieden ist er nordwärts weitergezogen und hat schließlich einen Flecken gefunden, den er sein Zuhause nennen konnte: unseren Mühlenteich in Shady Hollow, wo er bis zu seinem letzten Tag gelebt hat.»

Dusty schaute aufmerksam auf seine Notizen. Dann ließ er seinen Blick betrübt über die Menge schweifen. «Nun, wie schon gesagt, Otto freundete sich nicht leicht mit jemandem an. Aber er machte sich auch nicht ohne

Weiteres jemanden zum Feind. Er hatte eine eigene Meinung und ist einem Streit vielleicht nicht oft genug ausgewichen, doch er war immer sehr gütig zu den jungen Bewohnern unserer Stadt und hat niemals jemandem ein Haar gekrümmt.»

Mehrere Tiere stimmten seinen Worten mit leisem Gemurmel zu.

«Wir können dieses arme Geschöpf also nicht der Erde übergeben, ohne uns gegenseitig zu versprechen – einer dem anderen –, dass wir denjenigen finden werden, der an Ottos Tod Schuld hat.» Pfarrer Dustys Stimme erhob sich erneut. «Jetzt ist es an *uns*, seinen Mörder zur Rechenschaft zu ziehen, damit Otto in Frieden ruhen kann, wie er es verdient! Ich rufe Sie alle auf, Brüder und Schwestern, alles in Ihrer Macht Stehende zu tun, um der Polizei bei der Suche nach dem Mörder zu helfen!»

Diesmal war die Reaktion lebhafter. Einige riefen «Amen» oder klatschten. Dusty nickte ernst und hob dann die Pfoten, damit wieder Ruhe einkehrte.

«Die Zeit wird kommen, die Wahrheit aufzudecken. Jetzt aber ist es Zeit, uns von Otto Sumpf zu verabschieden. Bitte werfen Sie alle eine Pfote voll Erde ins Grab und bewahren sie Otto in liebevollem Gedenken.» Dusty nahm als Erster etwas von der Erde, die in einem Haufen neben dem Grab lag.

«Gehe hin in Frieden, Otto», sagte er. «Hoffentlich findest du im nächsten Leben einen Sumpf, der dir gefällt.»

Einer nach dem anderen folgte Dustys Beispiel. Die meisten Tiere flüsterten nur ein paar Worte am Grab und verließen den Friedhof dann rasch. Einige verweilten kurz und nahmen vielleicht noch etwas persönlicher Abschied oder bedachten ihre eigene Sterblichkeit.

Joe goss sogar ein wenig Kaffee ins Grab. «Der hier geht aufs Haus, mein Freund», brummte der Elch.

Vera sah Ruby unter ihrem Schleier heftig schluchzen, und sie bemerkte, dass Orville sich bekreuzigte, nachdem er am Grab ein paar lautlose Worte gemurmelt hatte.

Als Vera an der Reihe war, eine Handvoll Erde ins Grab zu werfen, sagte sie nichts. Sie gelobte sich aber stumm, der Story nachzugehen, bis sie die Wahrheit herausgefunden hatte.

Der Beerdigungskaffee fand – wo sonst? – bei Joe statt. So schweigsam die Tiere auf dem Friedhof auch waren, so angeregt und laut plapperten sie jetzt los, als hätten sie einander ein ganzes Jahr nicht gesehen. Pfarrer Dustys Grabrede war sehr wirkungsvoll gewesen, falls ihr Ziel darin bestanden hatte, die Tiere daran zu erinnern, dass Otto ein Bürger der Stadt gewesen war.

Sie hatte in ihnen allerdings auch das Gefühl verstärkt, dass sie das skrupellose Verbrechen nicht hinnehmen durften. Der Mörder musste gefunden und festgenommen werden. Man musste ihm den Prozess machen! Mr. Fallow, eine schwarze Ratte und wertgeschätzter Rechtsanwalt der Gegend mit einer Kanzlei in Mirror Lake, wurde angefleht, in einem möglichen Prozess die Rolle des Staatsanwalts zu übernehmen, was er bereitwillig zusagte (Shady Hollow besaß keinen hauptamtlichen Staatsanwalt).

Orville nutzte die Gelegenheit, sich einige Tiere vorzuknöpfen, mit denen er hatte reden wollen. Indem er sie fragte, wo sie sich in der fraglichen Nacht aufgehalten hatten, erschreckte er sie halb zu Tode. Vera war sich zum Lauschen nicht zu schade und vernahm mehrere Variationen von «Daheim! Zu Hause! Fragen Sie meine Frau und meine Kinder!»

Rubys bissiger und mutiger Antwort zollte Vera wirklich Respekt. «Es dürfte Sie nicht überraschen, von mir zu hören, dass ich in jener Nacht einen *Freund* bei mir bewirtet habe. Sie werden verstehen, dass ich Ihnen den Namen *nicht* verraten werde, Deputy.» Angesichts ihres anzüglichen Tonfalls wurde Orville bis über beide Ohren rot und ließ sie eilig gehen.

Nachdem das eine Stunde so gegangen war, trat Lenore zu Vera. «Gibt es etwas Interessantes?»

Die Füchsin schüttelte den Kopf. «Es ist, als hätten die Leute sich eigens Mühe gegeben, am Abend von Ottos Tod nicht aus dem Haus zu gehen.»

«Praktisch für den Mörder», sagte Lenore.

«Ich wünschte nur, wir könnten herausbekommen, *warum* Otto ermordet wurde. Und genauso, warum von Beaverpelt vergiftet wurde! Otto hat sich an seinem Todestag mit ihm gestritten, doch selbst wenn von Beaverpelt ihn in einem Wutanfall getötet hätte, würde er sich anschließend nicht selbst zum Opfer machen, oder?»

«Das kommt mir nicht wahrscheinlich vor», erwiderte Lenore. «Und denk an die Mordmethode.» (Lenore hatte am Vorabend ein Buch über Kriminalpsychologie gelesen.)

«Was meinst du damit?»

«Wäre Otto bei einem Streit oder von einem wutschnaubenden Tier getötet worden, wäre er an der Messerwunde gestorben. Ich meine damit, es wäre ein spontaner und gewalttätiger Mord gewesen. Aber ein Giftmord erfordert eine langfristige Strategie. Man muss im Voraus wissen, dass man das Gift verwenden will. Man muss den Mord planen. Man muss sich das Gift beschaffen, und man braucht ein Gefäß, in das man es füllen kann. Gift benutzt man *nicht* in einem Anfall von leidenschaftlichem Zorn.»

Vera nickte. «Ich verstehe, worauf du hinauswillst. Könnte ein Tier versucht haben, von Beaverpelt den Mord in die Schuhe zu schieben? Vielleicht hat es Otto den Messerstich versetzt, damit es so aussieht, als wäre er das Opfer eines Streits?»

«Aber damit wäre der Giftanschlag auf von Beaverpelt noch nicht erklärt.»

«Herrje. Du hast recht. Das alles ist so verwirrend. Wir stochern wirklich im Nebel.»

«Wir müssen einfach am Ball bleiben», sagte Lenore. «Der Mörder hat garantiert irgendeinen Fehler begangen – in den Krimis machen sie immer einen Fehler. Wir werden ihn finden und den Fall lösen. Dann kannst du den Artikel schreiben, den Otto verdient hat, und in der Stadt kehrt wieder Ruhe ein.»

«Das hoffe ich», antwortete Vera unglücklich. «Im Moment begreife ich gar nichts.»

KAPITEL 15

Am Morgen nach der Beerdigung eilte Vera, noch immer die Warnung des Pandas vor dem Gift im Kopf, erneut zur Polizeiwache. Ihre letzte Begegnung mit Orville hatte nicht gerade freundlich geendet, doch jetzt hatte sie wichtige Informationen für ihn.

Als sie eintrat, saß Orville an seinem Schreibtisch und studierte ein paar Unterlagen.

«Hallo», sagte Vera leise. «Störe ich?» Wie üblich war der Chief nirgends zu sehen.

Orville blickte auf, und als er Vera erkannte, richtete er sich auf seinem Stuhl auf. Vera bemerkte, dass sein Gesichtsausdruck sich veränderte, konnte aber nicht sagen, ob er verärgert oder einfach nur genervt war. «Vixen. Nein, Sie stören nicht.» Orville deutete auf die Papiere vor ihm. «Das sind die Berichte von Dr. Breitkopf. Er hat endlich die konkreten Ergebnisse der Labortests für das Gift geschickt, mit dem Otto Sumpf ermordet wurde und das Reginald von Beaverpelt beinahe getötet hätte. Obwohl er sich etwas auf sein Fachwissen zugutehält, weiß er nicht, welche Art von Gift verwendet wurde.»

«Es heißt Herzruhe oder würde zumindest in unserer Sprache so heißen», sagte Vera.

Der Bär kniff die Augen zusammen. «Und woher wissen Sie das?»

«Sun Li hat es mir berichtet.» Vera schilderte ihren Besuch im *Bambushain*. Sie erwähnte Sun Lis früheres Leben als Chirurg und informierte Orville dann über das Medikament oder Gift namens Herzruhe. Orville kritzelte wie wild in sein Notizbuch und knurrte, dass er den Rest des geheimnisvollen Gifts noch am selben Tag abholen und sicherheitshalber einschließen würde.

«Es ist leider so», teilte Vera Orville behutsam mit, «dass derjenige, der das erste Kästchen Herzruhe gestohlen hat, mehr als genug Gift in Händen hält, um jeden in Shady Hollow zu ermorden. Das zweite Kästchen braucht er nicht mehr.»

Orville nickte, meinte aber, er könne das Gift trotzdem nicht unbeaufsichtigt lassen. «Ich nehme es sicherheitshalber an mich», erklärte er entschlossen.

In diesem Moment begann Lefty in seiner Zelle zu singen. Orville sah sich nach ihm um und sagte: «Vermutlich sollte ich wirklich darüber nachdenken, Lefty zu entlassen. Er genießt schon viel zu lange ein bequemes Bett und kostenlose Mahlzeiten.»

Vera nickte. Vermutlich war Orville klar, dass Lefty keine Schuld an den Verbrechen hatte, zudem hatte der Ganove wohl nichts Nützliches gesehen. Es wurde Zeit, den Waschbären laufen zu lassen.

«Eine Sache weniger, über die ich mir Gedanken machen muss», sagte Orville. «Aber eigentlich war es ganz nett, in der Polizeiwache Gesellschaft zu haben.»

Er erhob sich von seinem Schreibtisch und ging zur Zelle, um dem Gefangenen die gute Nachricht mitzuteilen.

Lefty lag auf seiner Pritsche und rappelte sich erwartungsvoll auf, als er die schweren Schritte des Polizeibären und die Schlüssel im Schloss hörte.

«Na, Lefty», sagte Orville. «Ich lass dich mal laufen. Ich weiß, dass du niemanden ermordet hast.»

Im ersten Moment schaute der Waschbär erleichtert, doch dann trat Angst in sein Gesicht. «Das dürfen Sie nicht machen», schrie er den Bären nahezu an. «Ich bleib hier, wo der Mörder nicht an mich rankommt.»

Die Reaktion überrumpelte Orville ein wenig (und Vera übrigens auch), doch er befestigte den Schlüsselbund wieder an seinem Gürtel. Nachdem er eine Weile nachgedacht hatte, antwortete er: «Also gut, Lefty. Du kannst im Gefängnis bleiben, bis wir den Mörder gefasst haben.» Orville kehrte zu seinem Schreibtisch zurück. Er sah Vera mit einem hilflosen Schulterzucken an. «Ich hab noch nie erlebt, dass jemand darum gebeten hat, länger eingesperrt zu bleiben. Aber auf ein paar Tage mehr oder weniger kommt es jetzt auch nicht mehr an.»

«Machen Sie Fortschritte bei den Ermittlungen?», fragte sie zögernd.

«Wieso fragen Sie? Haben *Sie* Fortschritte gemacht?»

«Ich berichte nur das, was ich höre.»

Orville sah sie einen Moment lang finster an und lehnte sich dann auf seinem Stuhl zurück. «Na ja, ist die Antwort auf Ihre Frage denn nicht offensichtlich? Wenn ich wüsste, wer der Mörder ist, würde ich nicht hier sitzen.»

«Und was unternehmen Sie?»

«Ich muss herausfinden, wer das Gift in die Getränke der beiden Opfer gegeben hat.» Er wandte sich seinem Schreibtisch zu, legte sich ein neues Blatt Papier zurecht und spitzte seinen Bleistift.

Zuoberst schrieb er *Mord.* Dann notierte er auf der linken Seite *Verdächtige* und stellte dort eine Liste fast aller Einwohner von Shady Hollow zusammen, mit Ausnahme der Kinder und der Polizei. Die nächsten beiden Spalten überschrieb er mit *Alibi für Otto* und *Alibi für VBP.* «Weiter bin ich nicht gekommen. Keiner scheint irgendwas zu wissen.»

«Nun, vielleicht kann ich Ihnen helfen, ein paar dieser Lücken auszufüllen», sagte Vera. Sie berichtete, was sie bisher über die Alibis einzelner Tiere herausgefunden hatte, und Orville füllte die Tabelle eifrig aus. Dabei fügte er hinzu, was er seinerseits wusste. Einmal lächelte er sogar, als er ein paar Namen durchstrich.

«Ich habe beschlossen, Ihnen zu vertrauen, solange kein Beweis für das Gegenteil vorliegt, Vixen. Sie sagten, Sie seien allein zu Hause gewesen. Keiner kann wissen, was Sie wirklich getrieben haben ... aber wenn Sie Otto ermordet hätten, wären Sie nicht so hartnäckig an der Geschichte dran.»

«Na ja, ich war wirklich zu Hause ... allein. Ich habe schließlich keinen Freund!» Vera errötete. Wieso eigentlich? War es ihr nicht vollkommen egal, was der Polizeibär über ihr Privatleben wusste?

Plötzlich flog die Tür krachend auf.

«Chief Meade!», sagte Orville überrascht. «Was machen Sie denn hier? Ich meine, schön, Sie zu sehen, Sir!»

Meade antwortete nicht sofort. Er trat vor seinen Schreibtisch, auf dem eine beeindruckende Schicht Staub lag, die sich langsam darauf gebildet hatte. Vera sah den Unmut in seinem Gesicht.

«Was gibt es Neues zu berichten, Deputy?», fragte Meade mit lauter Stimme.

«Ich weiß, mit welchem Gift Otto ermordet wurde, Sir. Es handelt sich um ein seltenes Mittel, das Mr. Sun in seinem Restaurant aufbewahrt. Er war früher Arzt und sagt, bei korrektem Gebrauch ist es ein Medikament. Eine zu große Dosis – und so groß braucht die Dosis offensichtlich gar nicht zu sein – führt jedoch zum Herzstillstand. Es ist, als schliefe man ein. Nur dass man nie wieder aufwacht.»

«Nun, haben Sie das Tier verhaftet?»

«Wen?», fragte Orville verständnislos.

«Den Panda!»

«Weswegen? *Er* hatte keinen Grund, Otto zu ermorden oder einen Anschlag auf von Beaverpelt zu verüben. Vor einigen Tagen hat er festgestellt, dass das Gift verschwunden ist, aber es kann schon Monate zuvor gestohlen worden sein. Bis jetzt hatte er nie einen Anlass, danach zu schauen. Nun kennen wir die Tatwaffe. Wir müssen nur noch herausfinden, wer sie eingesetzt hat.»

In diesem Moment schien Chief Meade Vera überhaupt erst wahrzunehmen. «Reden Sie mit der Presse, Deputy?», blaffte er Orville an.

«Äh, nein. Das heißt ...» Orville stotterte herum.

«Tatsächlich war die Presse der Teil, der geredet hat», erwiderte Vera. «Ich habe nur einige Informationen weitergegeben, auf die die Polizei zur gegebenen Zeit gewiss auch selbst gestoßen wäre.» Sie zwinkerte Orville zu und wurde mit der Andeutung eines dankbaren Lächelns belohnt.

«Das stimmt, Chief. Vera ... Miss Vixen, meine ich ... war äußerst hilfreich.»

«Nun, so sollte es auch sein!», knurrte der Chief. «Wir wollen nicht vergessen, wer hier der Chef ist.»

«Jawohl, Sir», sagte Orville und verdrehte die Augen.

Vera fasste das als Stichwort auf. Sie verabschiedete sich bei Orville und ging. Orville wusste es zwar nicht, aber sie hatte eine ganz ähnliche Tabelle mit Alibis angefertigt. Allerdings wies diese weniger Lücken und eine zusätzliche Besonderheit auf. Neben einigen Alibis stand ein kleines rotes Sternchen. Unten auf der Seite stand die Erläuterung für den Stern: *Bestätigt*. Lenore hatte ihr das Sternchen empfohlen, und Vera war froh, dass sie ihrem Rat gefolgt war. Im Gedanken daran begab sie sich zur Buchhandlung, um die jüngsten Entwicklungen mit ihrer Freundin zu besprechen.

Wenig später saßen die Räbin und die Füchsin gebeugt über Veras Notizen und beleuchteten den Fall aus jedem erdenklichen Blickwinkel.

Lenore deutete auf einen Namen. «Für den Mord an Otto kannst du ein Sternchen neben von Beaverpelt setzen, denke ich. Wenn er als Opfer vorgesehen war, kann er nicht gleichzeitig der Mörder gewesen sein.»

«Aber er hatte nur ein ganz dürftiges Alibi», beharrte Vera eigensinnig. «Er hat gesagt, er sei zu Hause gewesen, aber Mrs. von Beaverpelt würde ihm da niemals widersprechen.»

«Na ja, ich selbst habe auch niemanden, der mein Alibi bestätigt», merkte Lenore an.

Vera schüttelte den Kopf. «Ich weiß, dass du Otto nicht ermordet hast.»

«Und ich meinerseits weiß, dass du es auch nicht warst. Oder aber deine Ermittlungen sind die beste Schauspielleistung, die ich je gesehen habe!» Lenore hielt inne und trank einen Schluck Tee. «Bleibt die Tatsache bestehen, dass es sehr wenige tatsächliche Beweise gibt. Mord ist etwas Eigenartiges. Alle Annahmen, die wir über unsere Mitbürger getroffen haben, sind hinfällig. Meistens ist es uns ziemlich egal, ob jemand Rechenschaft ablegen kann, wo genau er zu einer bestimmten Stunde war. Aber sobald ein Mord geschieht, sind die respektiertesten Mitglieder der Gesellschaft nicht mehr besser dran als der Bodensatz.»

Vera seufzte. «Das ist eine zynische Sichtweise.»

«Ich bin eine Räbin.» Lenore zuckte mit den Schultern.

«Wenn du Sonnenschein und schönes Gezwitscher willst, geh zu den Schwalben.»

«Ich glaube, die Stadt ist nach Ottos Tod zusammengerückt, zumindest ein bisschen? Wir alle geben aufeinander acht.»

Lenore schnaubte. «Das ist, weil wir achtgeben. Punkt. Der Mörder sorgt dafür, dass sich alle misstrauisch umblicken. Aber wir müssen unseren Mitbürgern gegenüber immer irgendetwas Leutseliges sagen. Weißt du, wie oft andere Tiere mich fürsorglich informiert haben, dass die Lieferung mit Schlössern Donnerstag im Gemischtwarenladen erwartet wird? Glaubt man dem Klatsch in der Stadt, kann jeder, der kein Schloss kauft, auch genauso gut gleich ein Geständnis unterschreiben. Eins sag ich dir, sollte es vor einer Aufklärung der Verbrechen zu einem weiteren Mord kommen, werden wir sehen, wie unsere Mitbürger wirklich sind.»

«Ich wünschte, ein paar mehr von ihnen hätten schon vorher achtgegeben», grummelte Vera. «In der Nacht von Ottos Tod scheint niemand unterwegs gewesen zu sein. Heidegger hat zugegeben, am Abend losgeflogen zu sein, aber er trat eine Reise an. Ich habe seinem Kollegen, den er besucht hat, eine Botschaft geschickt, und er hat bestätigt, dass Heidegger kurz nach Mondaufgang bei ihm eingetroffen ist und zum Zeitpunkt, als Otto getötet worden sein muss, noch bei ihm war.»

«Heidegger war doch der, der unten am Boden ein Tier gesehen hat, oder?», fragte Lenore.

Vera nickte. «Ja. Aber er konnte es nicht richtig erkennen. Seine Beschreibung ist so ungenau, dass es wirklich jeder gewesen sein könnte. Nun, nicht gerade jeder. Weder eine Maus noch ein Kaninchen. Es müsste ein etwas größeres Tier sein.»

«Wer bleibt dann noch übrig?» Lenore zählte die Möglichkeiten auf. «Biber, Waschbär, Schaf ...»

«Fuchs», fügte Vera grinsend hinzu.

«Fuchs», bestätigte Lenore. «Oder ein Dachs, Stinktier oder Waldmurmeltier.»

«Und Elch und Bär scheiden aus.»

«Wenn wir dieses Tier finden, haben wir noch nicht unbedingt den Mörder gefunden.»

«Aber vielleicht einen Zeugen», entgegnete Vera. «Und wir brauchen irgendetwas, womit wir weitermachen können.»

«Treten wir einen Schritt zurück», sagte Lenore. In einem ihrer Bücher hatte sie den Leitsatz gefunden: *Frage danach, wem der Mord nützt.* Durch das Aufdecken des Motivs für den Mord könnten sie den Täter identifizieren. Aber nirgendwo zeichneten sich irgendwelche Hinweise ab. *Warum* wurde Otto ermordet? Das war die Frage, die die Räbin sich immer wieder stellte. Doch sosehr sie sich auch den Kopf zerbrachen, ihnen fiel kein Grund ein. Ohne diese entscheidende Information war das Rätsel jedoch nicht zu lösen.

«Wir müssen über Motive nachdenken», verkündete Lenore. «Lass uns eine Tabelle erstellen, ähnlich wie deine Tabelle der Verdächtigen. Wenn wir erst einmal die möglichen Gründe kennen, können wir das Unmögliche ausschließen.»

Folgsam schlug Vera eine neue Seite in ihrem Notizbuch auf. «Das erste denkbare Motiv: Otto war ein Kauz, dessen liebstes Hobby es war, anderen Tieren auf die Füße zu treten. Deswegen hat jemand ihn gehasst.»

«Aber jeder hatte doch irgendwann einmal eine Auseinandersetzung mit Otto. Das ist eine Ausrede, kein Motiv.»

«Er hat sich regelmäßig mit von Beaverpelt gestritten, weil Lärm und Staub der Sägemühle ihn belästigten.» Dieser Gedanke gefiel Vera – er klang plausibel.

Lenore schüttelte den Kopf. «Auch hier gilt, von Beaverpelt kann sich durch Otto unmöglich bedroht gefühlt haben. Die Stadt ist auf die Mühle angewiesen, so sehr, dass sie es nicht zulassen würde, dass ein Sonderling wie Otto ihre Stilllegung veranlasst.»

«Und von Beaverpelt hat bestimmt nicht versucht, sich selbst zu ermorden. Folglich wird er wohl auch nicht hinter dem Mord an Otto stecken.» Vera seufzte.

Die beiden Tiere rätselten über andere mögliche Motive. Otto hatte überall seine Nase reingesteckt, und so hatte er vielleicht etwas Verfängliches gesehen oder Klatsch mitbekommen und weitergetragen, der wichtiger war, als er dachte. Zwar zankte er sich häufig, doch er tauschte sich auch gern mit Leuten, denen er zufällig begegnete, über Neuigkeiten und Stadtklatsch aus. Vielleicht hatte er etwas dergleichen gegenüber dem «falschen» Tier wiederholt und war dadurch zum Ziel eines Anschlags geworden?

«Apropos Klatsch», sagte Lenore. «Wir sollten Gladys

fragen, ob sie in letzter Zeit etwas gehört hat. Vielleicht hat auch sie etwas Verfängliches erfahren, es in ihrer Kolumne aber nicht erwähnt, weil sie nicht die Aufmerksamkeit des Mörders auf sich lenken wollte, wie es Otto widerfahren ist.»

«Von Otto kann Gladys allerdings keinen Klatsch gehört haben. Sie haben nie miteinander geredet. Gladys hatte immer das Gefühl, dass Otto sie mit seinen Klatschgeschichten zu übertrumpfen versuchte.»

«Und sie war diejenige, die seine Leiche gefunden hat», bemerkte Lenore.

Vera fiel ihr Tonfall auf. «Glaubst du, sie wusste, wo sie suchen musste?»

«Wie könnte sie die Aufmerksamkeit besser von sich ablenken als dadurch, dass sie selbst das Verbrechen meldet?»

Die Füchsin war anderer Meinung. «Ich habe Gladys damals an dem Morgen gesehen. Sie war außer sich. Sie hat nicht das Zeug zur Schauspielerei! Erinnerst du dich an ihren Monolog in *Ein Sommernachtstraum* im letzten Jahr?»

Die Räbin nickte mit einem amüsierten Krächzen.

«Ich weiß, dass sie nicht hätte vortäuschen können, so aufgewühlt und aufgebracht zu sein», sagte Vera.

«Es waren also weder Gladys noch von Beaverpelt.» Lenore ging erneut Veras Notizen für ihre Artikel durch. «Hier steht, Joe zufolge sei Ruby an jenem Tag später als sonst bei ihm gewesen und hätte derangiert gewirkt.»

«Ja, aber Ruby hatte keinen Grund, Otto zu ermorden.

Falls überhaupt, war sie netter zu ihm als die meisten Einwohner. Sein Tod hat sie verstört. Das habe ich bei unserem Interview gemerkt.»

«Er wurde mit ihrem Wein vergiftet.»

«Vielleicht hat sie sich schuldig gefühlt, weil der Mörder sich ihre Achtlosigkeit zunutze gemacht hat.»

Lenore seufzte. «So kommen wir nicht weiter. Ohne einen zusätzlichen Hinweis können wir dieses Rätsel nicht lösen.»

«Bei unserem Glück könnte der nächste Hinweis eine weitere Leiche sein», sagte Vera. Dann machte sie die im Wald wohlbekannte Geste eines Abwehrzaubers, weil sie mit ihren übereilten Worten auf keinen Fall etwas berufen wollte.

KAPITEL 16

Vera hatte noch eine Menge Arbeit vor sich. «Ich muss in der Redaktion hereinschauen», sagte sie gähnend. «Vielleicht ist ja ein anonymer Tipp eingegangen!»

Doch auf dem Weg zur Zeitung musste sie sich eingestehen, dass sie bis zu ihren spitzen Ohren in Grübeleien über Verdächtige und Alibis steckte. Sie hatte nicht das Gefühl, der Identität des Mörders, der den Einwohnern von Shady Hollow zusetzte, irgendwie näherzukommen.

Unterwegs schaute sie sehnsüchtig ins Fenster von *Joes Kaffeekanne*, verkniff es sich aber, ihrem Verlangen nachzugeben. Sie hatte bereits viel zu viel Zeit bei Joe verbracht, und diese Gewohnheit war weder gut für ihren Geldbeutel noch für ihre Nerven. Das Café war zwar weit und breit der beste Ort des ganzen Städtchens, um Klatsch aufzuschnappen, doch sie durfte auch nicht allem Glauben schenken, was dort geredet wurde.

Als die Reporterin in der Redaktion ankam, sah sie einen rosa Zettel, der mitten auf ihrem Schreibtisch lag. Darauf stand: «Von Beaverpelt wünscht ein Treffen. Er ist zu Hause.» Weiter stand nichts darauf. Vera wusste, dass es keinen Sinn hatte, die Hilfskräfte in der Redaktion zu befragen, ob sie wüssten, von wem der Zettel stammte. Die

Kaninchen steckten bis über beide Ohren in der Arbeit, die Sonderausgabe rechtzeitig fertigzubekommen, und sie konnte von Glück sagen, dass sie überhaupt Nachrichten weitergaben. Sie nahm an, dass Reginald von Beaverpelt ihr etwas Wichtiges zu sagen hatte, und spürte ein aufgeregtes Kribbeln im Bauch. Könnte das der Durchbruch sein, auf den sie hoffte? Wusste der Biber etwas über die Identität des Mörders?

Doch als Vera bei der Von-Beaverpelt-Villa eintraf, stellte sie fest, dass der Hausherr streng bewacht wurde. Anastasia, die ältere Tochter, öffnete auf Veras energisches Klopfen hin die Tür.

«Was wollen Sie, Fuchs?», fragte sie grob und blockierte mit ihrem Körper die Tür.

«Ich wollte Ihren Vater besuchen», begann Vera.

Noch bevor sie weitersprechen konnte, wurde sie von Stasia unterbrochen. «Papa kann niemanden empfangen; er ist ziemlich krank, wissen Sie.»

Vera hatte ihren Ruf als Star-Reporterin nicht von ungefähr. Sie stellte die Hinterpfote in die Tür und drängte sich an der jungen Biberdame vorbei.

«Sie verstehen nicht», sagte sie, während sie zur Treppe hastete. «Ihr Vater hat darum gebeten, mich zu sehen, und Sie werden sich mir nicht in den Weg stellen.»

Mit diesen Worten rannte sie die geschwungene Treppe hinauf und eilte auf der Suche nach dem Schlafzimmer des Hausherrn durch den Flur. Sie hörte, wie Anastasia ihr hinterherschrie und die anderen Hausbewohner auf den Eindringling in ihrer Mitte aufmerksam machte.

Auf dem Flurboden lag ein dicker Teppich, und Familienporträts in prächtigen vergoldeten Rahmen schmückten die Wände. Da sie Reginalds Zimmer jedoch als Erste erreichen musste, warf Vera kaum einen Blick auf die Bilder und stürmte zu der geschlossenen Tür am Ende des Gangs. Das musste es sein. Sie klopfte leise an und drückte den Türgriff herunter.

«Hallo?», rief sie. «Ist jemand da drin?»

«Herein», antwortete eine Stimme, die deutlich schwächer klang, als man es sonst von Reginald von Beaverpelt gewohnt war.

Vera schob die Tür auf und trat ein. Der Biber lag, von zahlreichen Kissen gestützt und von einer Daunendecke gewärmt, auf einem Himmelbett aus Mahagoni. Als er seine Besucherin erblickte, richtete er sich auf und strich seinen zerknautschten Schlafanzug glatt.

«Miss Vixen», begann er und räusperte sich. «Wie ich sehe, haben Sie meine Nachricht bekommen.»

Bevor Vera von der Tür wegtrat, wandte sie sich noch einmal um und schloss von innen ab. Das sollte die Hausherrin und die Töchter auf Abstand halten, bis Vera ihre Story im Sack hatte. Dann trat sie zu dem Bett, auf dem von Beaverpelt geradezu wie aufgebahrt wirkte, und fragte ihn, wie er sich fühlte.

«Wie würden Sie sich fühlen», gab er zurück, «wenn jemand versucht hätte, Sie zu ermorden?»

Vera beschloss, die Höflichkeitsfloskeln zu überspringen, und holte ihr Notizbuch hervor.

«Was können Sie mir über den Vorfall berichten? Haben

Sie irgendeine Ahnung, wer Sie vergiftet haben könnte?», kam sie direkt zur Sache. «Wer in der Stadt könnte einen Grund für einen solchen Versuch haben?»

«Ob ich weiß, wer es war? Oh ja, allerdings!» Die Antwort des Bibers kam viel rascher, als sie erwartet hätte.

«Nun?», hakte sie nach.

Reginald sah sie listig an. «Ich kann es nicht einfach so ausspucken. Was, wenn der Mörder davon erführe, bevor die Polizei Maßnahmen ergreifen könnte?»

Vera legte ihr Notizbuch weg. «Soll ich für Sie zur Polizei gehen? Sie können es Deputy Orville direkt erzählen. Er ist sehr fähig.»

«Nein, das geht nicht», entgegnete Reginald rasch. «Ich würde die Polizei lieber gänzlich außen vor lassen!»

«Denken Sie nicht, dass es dafür schon zu spät ist?»

Der Biber hustete. «Es ist nur so ... die Polizei wird Fragen stellen, verstehen Sie. Und es ist besser, wenn ... manche Fragen bleiben besser offen!», schloss er unvermittelt.

«Da stimme ich Ihnen absolut nicht zu», sagte Vera. «Es ist mein Job, die Wahrheit herauszufinden, verstehen Sie? Aber kommen wir zur Sache. Was *soll* ich denn für Sie tun?»

Reggie sah elend aus. «Es ist eine heikle Situation, Miss Vixen. Wenn ich Ihnen eine Exklusivgeschichte verspreche ... vielleicht zusätzlich mit einem Bonus, berichten Sie dann die Geschichte, die ich Ihnen erzähle?»

«Sprechen Sie weiter», sagte Vera und zog die Augen zusammen.

«Verstehen Sie, ich befürchte, dass ...»

In diesem äußerst interessanten Moment wurde unvermittelt an die Tür gehämmert, und es ertönte Geschrei. Alle drei Von-Beaverpelt-Damen trommelten dröhnend gegen das dicke Eichenholz.

«Was ist da drinnen los? Warum ist die Tür abgeschlossen?», hörte man Edith zetern.

«Red nicht mit diesem roten Luder!» und «Papa ist zu schwach!», schrien gleichzeitig die Töchter.

Reginald warf einen Blick zur Tür und sah Vera dann hilflos an.

Ein Ersatzschlüssel knirschte im Schloss, und die Tür flog krachend auf. Edith, Anastasia und Esmeralda stürmten herein. Sie sahen Vera wütend und vorwurfsvoll an.

«Wir reden später miteinander», flüsterte von Beaverpelt ihr zu und ließ sich schwach aufs Bett zurücksinken.

Diese Gelegenheit nahm Vera wahr, um ihre Sachen zu nehmen und sich nach draußen zu flüchten. Sie drängte sich an den empörten Biberinnen vorbei und lief durch den Flur und die geschwungene Treppe hinunter. Die Gedanken in Aufruhr, fegte sie zur Haustür hinaus. Sie war so dicht davor gewesen, von Beaverpelt etwas Wichtiges zu entlocken! Wer konnte wissen, wann sie wieder die Gelegenheit bekommen würde, mit ihm zu reden?

KAPITEL 17

Enttäuscht und genervt stapfte Vera zur Redaktion des *Shady Hollow Herald* zurück. Von Beaverpelt hat Angst vor seiner Frau und seinen Töchtern, dachte sie. Sie musste eine Möglichkeit finden, ihn allein zu interviewen. Er wusste etwas, so viel war klar. Und was meinte er mit «Bonus»? Schlug er etwa vor, sie zu bestechen?

Als Vera in der Redaktion ankam, entdeckte sie erneut einen rosa Zettel, den jemand sorgfältig mitten auf ihren Schreibtisch gelegt hatte. Diesmal stand folgende Nachricht darauf:

> **Wenn Sie einen Knüller wollen, kommen Sie um Mitternacht ALLEIN zu der Gruppe großer Eichen nördlich der Stadt im Wald.**

Auch jetzt war nicht vermerkt, von wem die Nachricht stammte oder wer sie notiert hatte. Vera war fasziniert, aber auch beunruhigt. Es könnte gefährlich werden, aber ihre Neugier würde nicht zulassen, dass sie daheimblieb.

Sie beschloss, erneut bei Lenore vorbeizuschauen und ihr von dem heimlichen Treffen im Wald zu berichten. Sollte ihr etwas zustoßen, würde wenigstens ein anderes

Tier wissen, wo sie sich befand. Als Vera die Buchhandlung *Nimmermehr* betrat, staubte die Räbin gerade Regalbretter ab und ordnete die Bücher. Gegen Veras Plan meldete sie sofort große Vorbehalte an.

«Das ist sehr gefährlich», warnte sie. «So ganz allein im Wald kann dir alles Mögliche zustoßen. Erzähl doch wenigstens Orville davon.»

Vera schüttelte den Kopf. «Nein. Wer immer mir diese Nachricht geschickt hat, würde einen Polizisten niemals über das informieren, was er weiß. Ich muss allein hingehen, sonst finde ich niemals etwas heraus.»

«Das lasse ich nicht zu», beharrte Lenore. «Ich fliege mit. Ich lasse mich von niemandem sehen, sondern begebe mich zum Flussufer am Rand der Eichengruppe. Wenn du einige Minuten später nicht zu mir stößt, komme ich dich suchen.»

«Der Gedanke, dich in Gefahr zu bringen, gefällt mir gar nicht.»

«Ha», schnaubte die Räbin. «Und du selbst stürzt dich mit dem Kopf voran mitten hinein in die Gefahr? Ich sehe nicht ein, warum du dich bei diesem kleinen Abenteuer ganz allein amüsieren sollst.»

Die Stunden bis Mitternacht vergingen alles andere als langsam. Vera schrieb hastig ihren Leitartikel über die Entwicklungen des Falls. Sie hatte wenig Achtung vor Tieren, die sich für Reporter hielten, sich aber zu gut dafür waren, sich an Abgabetermine zu halten. Ein solches Tier hatte sie einmal in ihrem früheren Leben in der Großstadt gekannt. Einen Rattenmann, der sich für den größten Enthüllungsjournalisten aller Zeiten hielt. Vera hatte vorhergesagt, eher würde die Welt untergehen, als dass das Tier tatsächlich einmal einen Bericht ablieferte, und sie hatte nie einen Beweis für das Gegenteil erhalten. Sie hingegen war zuverlässig, und so arbeitete sie fieberhaft in Lenores Buchhandlung, um den Text pünktlich zu Ende zu bringen.

Der Artikel erwähnte die Tatsache, dass der Chief sich jetzt persönlich an den Ermittlungen beteiligte, und berichtete von der Entdeckung des verwendeten Gifts, wie Sun Li es Vera geschildert hatte. Anschließend ließ sie sich begeistert über die – etwas dramatisierte – rasche und tatkräftige Reaktion des Pandas aus, mit der er von Beaverpelt das Leben gerettet hatte. Sie endete mit einem optimistischen Ausblick. Bestimmt würde es bald gelingen, das Rätsel zu lösen. Niemand in Shady Hollow brauchte sich Sorgen zu machen. Schon bald würde Gerechtigkeit geschehen.

Vera ging den Text noch einmal kurz durch und rannte dann nur Minuten vor der Deadline in die Redaktion. Die Schriftsetzer-Kaninchen nahmen das Blatt mit sichtlicher Erleichterung entgegen. Sie gab immer rechtzeitig ab. Aber sag das einmal einem Kaninchen, das eine Sonderausgabe setzen muss, während SW ihm die Hölle heiß macht! Der große Platz, der auf der ersten Seite für Veras Artikel freigehalten war, hatte gerade eben noch sehr bedrohlich ausgesehen.

«Danke!», quiekte das Kaninchen. Kaninchen sind immer höflich, selbst die, die in Eile sind. «Und jetzt machen Sie mir bitte Platz.»

Vera trat ihm sofort aus dem Weg und machte sich auf die Suche nach SW. Er marschierte schon wieder auf seinem Schreibtisch hin und her wie ein winziger General vor einer überwiegend gleichgültigen Armee.

«Vixen!», schrie er, als er sie sah. «Hier herein mit Ihnen!»

«Ich *bin* hier drin», gab Vera zurück. «Gerade habe ich dem Korrektor meinen Artikel gegeben.»

«Gut! Wenn die Schlagzeile verfängt, ist die Ausgabe bald ausverkauft.» Er breitete die Arme aus, als sähe er die Worte als Aufschrift an einer Hausmauer vor sich. «Ich denke an *Täter läuft immer noch frei herum!* oder *Mörder läuft Amok!*»

«Mörder läuft Amok», wiederholte Vera ungläubig.

«*Gefährlicher Serienmörder läuft Amok*», verbesserte sich SW. «Oder ist das zu lang?»

«Lassen Sie diesen Unsinn, SW. Das ist überflüssig. Die Leute kaufen Ihre Zeitung auch, wenn Sie sie nicht noch mehr in Angst und Schrecken versetzen.»

«Ich sorge nur dafür, dass Essen auf den Tisch kommt, Fuchs.» SW machte ein betrübtes Gesicht. «Das ist reine Fürsorge.»

Sie schüttelte den Kopf. «Ich gehe heute Nacht noch einer weiteren Spur nach. Morgen sollte ich etwas Interessantes zu berichten haben.»

Er wurde sofort munter und wollte wissen, worum es sich handelte.

«Wollen Sie es herausfinden? Dann kaufen Sie eine Zeitung!» Vera ließ ihn sitzen und hörte im Davonflitzen nur noch, wie er «Rootfuuchs!» hinter ihr herbrüllte.

Ihre gute Laune legte sich, als sie in die frische Abendluft hinaustrat. Lenore hatte recht gehabt. Das Treffen um Mitternacht könnte gefährlich werden. Doch gleichzeitig wusste Vera, dass sie nur so eine Chance hatte herauszufinden, was vor sich ging. Vielleicht war es ja von Beaverpelt selbst, der versuchte, sich fern der wachsamen Blicke seiner Familie mit ihr zu treffen. Musste er sich aus seinem eigenen Zuhause herausschleichen, um frei und offen reden zu können? Vera hoffte, dass das Leben bei den von Beaverpelts nicht ganz so einschüchternd war.

Als sie die Straße entlangging, bemerkte sie zu ihrer Überraschung eine Gestalt. «Lefty!», rief sie. «Sind Sie das?»

Der Waschbär fuhr zusammen, als er seinen Namen hörte, und wirkte dabei gleichzeitig erschreckt und schuldbewusst. Wenn er nicht immer nach schlechtem Gewissen aussähe, hätte er vielleicht weniger Probleme in Shady Hollow, dachte Vera. «Ah, Vixen. Sie sind es.»

«Hat Orville nicht gesagt, Sie dürften im Gefängnis bleiben?», fragte sie, als sie so nah bei ihm war, dass sie sich in normaler Lautstärke unterhalten konnten.

«Ja, Orville schon», antwortete Lefty traurig. «Aber dann ist der Chief wiederaufgetaucht. Und als Orville in den Feierabend ging, hat der Chief mich rausgeschmissen. Er sagte, ich ließe es mir auf Kosten der Bürger gut gehen mit den ganzen Mahlzeiten, die von draußen gebracht werden, und dieser bequemen Daunenmatratze!»

«Na ja, sind Sie denn nicht froh, dass Sie kein Mordverdächtiger mehr sind?»

«Lieber bin ich ein Verdächtiger als ein Opfer, wenn Sie verstehen, was ich meine.»

«Eigentlich nicht. Wovon reden Sie?»

Lefty blickte sich um, beugte sich dann zu ihr vor und flüsterte: «Manchmal gerate ich in die Bredouille, Fuchs. Wenn ich ein bisschen Bares brauch, mach ich einen Job. Ich frag nicht nach den Einzelheiten, verstehen Sie? Für Fragen bezahlt mich keiner. Manche Fragen bleiben besser offen, wissen Sie.»

Vera hätte am liebsten geschrien. Wieder ein Tier, das Angst vor Antworten hatte! «Ich fürchte mich nicht davor, Fragen zu stellen, Lefty. Von was für einem Job sprechen Sie? Was haben Sie getan, dass es Sie auf den Gedanken bringt, der Mörder könnte hinter Ihnen her sein?»

«Das kann ich Ihnen nicht verraten», erwiderte er. «Nehmen Sie es nicht krumm, Vixen, aber Sie sind nicht gerade die Sorte Tier, die so etwas versteht. Sollte ich mich irren, zieht das alles bald vorüber. Falls ich aber recht habe ... na ja, dann verdufte ich einfach ganz aus Shady Hollow, warten Sie nur ab!»

Bevor Vera ihn aufhalten konnte, verduftete Lefty dann tatsächlich. Er flitzte durch eine Seitenstraße davon, die zum Fluss führte, und sie wusste, dass sie ihn niemals einholen könnte.

«Vielleicht hätten sie dich im Gefängnis lassen sollen», brummte sie in sich hinein, während sie sich Leftys sonderbares Geständnis noch einmal durch den Kopf gehen ließ.

Nach ihrer eigenartigen Begegnung mit dem Ganoven

kehrte sie in ihren Bau zurück. Sie war mit Lenore übereingekommen, sich auf getrennten Wegen zum Eichenwäldchen zu begeben, um das unbekannte Tier, das sich dort mit Vera treffen wollte, auf keinen Fall zu verscheuchen.

Es war vollständig dunkel, als Vera eine Stunde vor Mitternacht ihren Bau wieder verließ. Das Eichenwäldchen war nicht besonders nah bei der Stadt, und sie würde eine Weile marschieren müssen, um dorthin zu gelangen.

Zum Glück sah Vera nachts ausgezeichnet, und sie fand einen regelmäßig begangenen Weg. Als sie die Stadt jedoch hinter sich gelassen hatte, wurde der Weg rasch weniger eindeutig. Bald war er nur noch ein schmaler Pfad, und im Wald war es so still, dass Vera sich weit öfter umschaute als üblich.

Die Blätter der höheren Bäume verdunkelten die Sterne, und der Mond war bereits untergegangen. Unter den Zweigen war es tatsächlich sehr finster. Die wenigen Nachttiere, die zu dieser Zeit normalerweise unterwegs waren, fanden seit der letzten Woche Gründe, zu Hause zu bleiben. Kein Tier wollte einem Mörder über den Weg laufen. Einmal ließ ein Geraschel in dem Gebüsch, das den Pfad säumte, Vera zusammenfahren, doch das Tier, das das Geräusch verursacht hatte, tauchte nicht auf. Vielleicht war es genauso erschreckt gewesen wie sie.

Schließlich überquerte sie eine bemooste Balkenbrücke über ein Flüsschen und stand vor dem Eichenwäldchen, das für Meilen im Umkreis als der älteste und höchste Hain im ganzen Wald bekannt war. Hinter diesem

Waldstück führte ein steiler Hang zu einem kleinen Berg hinauf, der vollkommen von der Dunkelheit verhüllt war. Jetzt, in der Nacht, wirkten die Bäume finster und senkten sich drohend über den Waldboden nieder. Weit und breit erblickte Vera kein anderes Tier, und so setzte sie sich auf einen umgefallenen Baumstamm, der sich praktischerweise anbot, und wartete ab.

Im Wald war es still. Selbst das Summen der Nachtinsekten drang nur leise an ihre gespitzten Ohren. Sie meinte, weit weg nahe dem Berggipfel hinter sich ein Geräusch zu hören, doch als sie aufstand, sich umdrehte und nach oben spähte, sah sie nichts.

Erneut ließ sie sich zum Warten nieder. Von Beaverpelt – falls es sich um den Biber handelte – war noch nicht aufgetaucht. Vera hatte schon beschlossen, aufzugeben und in ihren gemütlichen Bau zurückzukehren, da hörte sie nun wirklich ein Geräusch hinter sich. Ein Rauschen, Rollen und Poltern ... und dann vernahm sie einen Schrei. Von oben aus der Luft schrie Lenores Stimme herab: «Pass auf!»

Vera fuhr herum und sah einen riesigen Felsbrocken den Hang hinunterdonnern – direkt auf sie zu! Einen Augenblick lang erstarrte sie in reinem, animalischem Schrecken. Doch als der Stein näher und näher kam, polterte und ächzte, sprang sie mit aller Kraft zur Seite. Sie verspürte einen schrecklichen, reißenden Schmerz. Und dann versank die Welt, die bereits dunkel gewesen war, in Schwärze.

KAPITEL 18

Vera!», rief eine Stimme von sehr weit weg. «Vera! Hörst du mich?»

Die Füchsin blinzelte langsam. Der Rücken tat ihr weh, und als sie die Augen aufschlug, stellte sie fest, dass sie am Fuß des Berges auf dem Rücken lag. Lenore beugte sich besorgt über sie.

«Ich fühle mich nicht besonders», sagte Vera.

«Natürlich nicht!», antwortete die Räbin. «Du warst bewusstlos!»

Vera versuchte, sich aufzurichten, doch es fiel ihr zu schwer. Alles in ihrem Kopf drehte sich.

«Nicht bewegen», krächzte Lenore. «Du solltest nicht aufstehen. Ich muss Hilfe holen!» Sie schaute sich im dunklen Wald um. «Aber ich kann dich hier nicht allein liegen lassen. Möglicherweise wartet das Tier, das für das hier verantwortlich war, nur darauf, dass ich wegfliege ...»

«Ich kann mich wehren ...», setzte Vera an.

«Ha! Bei meinem linken Flügel, du kannst dich wehren! Du kannst ja kaum sprechen.» Lenore erhob sich in die Luft und flatterte unentschlossen hin und her. «Es ist einfach zu weit. Selbst wenn ich die ganze Strecke fliegen würde, könnten die Helfer ihrerseits nur zu Fuß zurückkommen. Du wärest mindestens eine Stunde allein.»

«Ich steh gleich auf.»

«Nicht, wenn ich etwas dazu zu sagen habe.» Noch während Lenore ihren Einwand erhob, strich ein Schatten über sie hinweg.

Lenore krächzte laut, als sie ihn erkannte. «Es ist Heidegger. Professoooooor!», rief sie und flog in dem Versuch, den schnell dahingleitenden, stummen Vogel einzuholen, fast senkrecht nach oben. «Professor!»

Heidegger stoppte mitten im Flug und schlug einen Salto in der Luft, um zu der verstörten Räbin zurückzukehren. «Weeeer ruft mich?», fragte er.

«Hilfe, Vera, großer Felsbrocken, verletzt!» Mehr brachte Lenore nicht heraus. «Polizei!»

Heidegger warf einen einzigen Blick auf den Waldboden, und seine riesigen gelben Augen schienen jedes Detail wahrzunehmen. Die Dunkelheit konnte nichts vor ihm verbergen.

«Ich hole eiligst den Bären!», heulte er. Gleich darauf machte er erneut kehrt, erwischte einen Aufwind und strich in Richtung Shady Hollow davon.

Lenore flatterte wieder zum Boden herab. «Die Eule holt Hilfe. Bleib stark, Vera!»

Vera gab ihr Bestes, doch es fiel ihr schwer, sich zu konzentrieren. Bald tat ihr nicht nur der Kopf, sondern der ganze Körper weh, da sie von dem Zusammenstoß mit dem Felsbrocken schlimme Prellungen davongetragen hatte. Sie konnte nicht sagen, wie lange sie so gelegen hatte, doch schließlich hörte sie ein Knacken und Prasseln von Zweigen, das sich aus der Ferne näherte.

«Es ist Orville», sagte Lenore leise. «Er muss die ganze Strecke gerannt sein.»

Tatsächlich keuchte der große Bär, als er aus dem vollen Lauf bei Vera abbremste.

«Was ist passiert?», brummte er mit einem scharfen Blick auf die am Boden liegende Füchsin.

«Es war nicht ihre Schuld», wollte Lenore erklären.

«Das habe ich auch nicht behauptet!», sagte Orville. «Ich habe gefragt, was passiert ist.»

«Ich saß auf dem Stamm der umgefallenen Buche», erzählte Vera mit ziemlich schwacher Stimme. «Plötzlich rief Lenore – die über mir flog – eine Warnung. Der Felsbrocken ist von ganz oben heruntergerollt. Er hätte mich zerquetscht, wenn sie ihn nicht gesehen hätte.»

Die Eule landete hinter Orville am Boden und sagte: «Der Felsbrocken liegt da oben, seit ... nun, schon immer.»

«Bis heute Abend», gab Orville zurück und spähte den Hang hinauf. «Ich sehe im Dunkeln nicht gut, Professor. Wären Sie so nett?»

Der Eulenmann salutierte mit einem Flügel. «Dem Gesetz helfe ich immer gern!»

Er flatterte wieder los, erst unbeholfen, doch bald schon glitt er zum Berggipfel hinauf. Kurze Zeit verlor er sich im Dunkel des Waldes, doch dann segelte er nach unten zurück und folgte dabei der Bahn, die der Felsbrocken eingeschlagen hatte.

«Wie ich es vermutet hatte. Dort oben liegt ein langer Ast mit Anzeichen von Versehrtheit an einem Ende, die darauf schließen lassen, dass er als Hebel eingesetzt wurde. Für den Felsbrocken hat sich nur eine einzige Bahn geboten – direkt hinunter zu der umgefallenen Buche.»

«Es gibt keinen Zweifel», sagte der Bär grimmig. «Das war kein Unfall.»

Vera wartete auf die unvermeidliche Fortsetzung, doch Orville sah sie einfach nur an. «Wir müssen Sie nach Shady Hollow zurückbringen, Miss Vixen. Ihre Verletzungen sollten von einem Arzt untersucht werden.»

«Ich fliege zu Mr. Sun», bot Heidegger an, bevor irgendjemand etwas sagte. «Ich werde ihn bitten, zu Miss Vixens Bau zu kommen.»

Orville nickte. «Das wäre gut.»

«Ich fliege vor, um ihm die Tür aufzumachen», erklärte Lenore und strich ebenfalls davon, ohne auch nur eine Antwort abzuwarten.

Nun waren Vera und Orville allein. «Sie haben nicht gefragt, warum ich hier war», begann sie.

«Noch nicht, aber das kommt noch. Darauf können Sie sich verlassen, Fuchs.» Ohne ein weiteres Wort beugte sich der Bär über Vera und hob sie hoch, als wäre sie so leicht wie ein Mäuschen.

«Sie wollen mich doch nicht etwa die ganze Strecke tragen?», fragte Vera ungläubig und ziemlich befangen.

Orville schüttelte den riesigen Kopf. «Sie gehen nicht auf Ihren eigenen Pfoten, so viel ist sicher.»

Bei der Erinnerung an ihren jüngsten Streit wurde Veras Gesicht heiß, umso mehr, da sie überzeugt gewesen war, dass die Polizeibären ziemlich unfähig wären. Wie gut, dass ihr Fell ohnehin rot war. «Danke», sagte sie.

«Nicht nötig», antwortete er und ging los. «Hauptsache, Sie schreiben nicht darüber in der Zeitung.»

Wäre Vera nicht so schwach gewesen, hätte sie losgeprustet. Eher würde sie sterben, als die hochnotpeinliche Tatsache zu berichten, dass sie von Orville den ganzen Weg bis nach Hause getragen worden war.

Als sie in ihrem Bau ankamen, erwartete Sun Li sie schon. Orville legte Vera behutsam aufs Bett, und der Panda untersuchte sie und prüfte, ob sie Knochenbrüche oder blutende Wunden hatte. Er verband eine Beule an ihrem Kopf und empfahl Vera, sich so lange wie möglich auszuruhen. Sie brauche nicht genäht zu werden und würde sich problemlos erholen.

Lenore, die sich die ganze Zeit mit Sorgen gequält hatte, bekam vor Erleichterung weiche Knie und bedankte sich überschwänglich bei dem Panda.

Bevor er ging, ermahnte er die Anwesenden, Vera schlafen zu lassen.

Orville verabschiedete sich anders als Sun Li noch nicht. Er hatte sich seine Fragen offensichtlich bis jetzt aufgehoben. «Na gut. Was haben Sie beide so spät in der Nacht dort draußen getrieben?»

Nachdem Vera ihr kurz zugenickt hatte, berichtete Lenore von der Nachricht, die Vera erhalten hatte, und der potenziellen Spur, die die Füchsin für ihre Story verfolgen wollte.

«Aber anscheinend hat mich irgendwer dorthin bestellt, um mich aus dem Weg zu räumen», schloss Vera.

«Haben Sie irgendeine Vermutung, wer?», fragte Orville.

Sie erzählte von ihrem ursprünglichen Verdacht, dass es von Beaverpelt selbst gewesen sein könnte. Vielleicht war er gar nicht so krank, wie er vorgegeben hatte. «Aber er würde mich doch nicht ermorden wollen?» Sie blickte Orville unsicher an.

Lenore breitete die Flügel aus. «Jetzt ist nicht die Zeit für eine tiefergehende Befragung! Vera kann nur mit Mühe denken, und es ist schon spät. Wie wäre es, wenn Sie morgen wiederkommen?»

«Na gut», sagte Orville. Er warf der Füchsin einen langen Blick zu, bevor er aufbrach. «Sie gehen hohe Risiken ein, Vixen.» Damit ging er.

«War das jetzt eine Warnung oder nicht?»

«Für mich klang es wie ein zweischneidiges Kompliment.»

Vera fragte sich, ob sie dem Mörder und seiner Identität nicht vielleicht zu dicht auf die Spur gekommen war. Hätte Lenore sie nicht vor dem Felsbrocken gewarnt, hätte die Sache ganz anders ausgehen können. Sie schloss die Augen.

«Wir können morgen darüber re…» Mitten im Wort schlief sie ein.

KAPITEL 19

Am nächsten Morgen brodelte die Stadt vor Aufregung. Die Sonderausgabe des *Herald* war erschienen und wurde den Händlern aus den Händen gerissen. Die Nachricht vom Anschlag auf Vera machte ebenfalls die Runde, teilweise befeuert von einer zufälligen Bemerkung, die Heidegger am frühen Morgen hatte fallen lassen. Joe kam mit den Bestellungen kaum hinterher, da das Café sich mit immer neuen Gästen füllte, die die neuesten Nachrichten aufschnappen wollten.

Lenore hatte die Nacht bei Vera verbracht, um zur Stelle zu sein, falls diese etwas brauchte. Nach ziemlich ruhigem Schlaf wachte die Füchsin mit furchtbaren Kopfschmerzen auf, was niemanden überraschte.

«Sun Li hat ein Medikament für dich dagelassen.» Lenore zeigte auf das kleine Fläschchen auf Veras Nachttisch. «Nimm nur eine Tablette; dir könnte ein wenig schwindlig davon werden.»

Vera schüttelte den Kopf. «Die einzige Medizin, die ich gerne hätte, ist Joes Kaffee. Lass uns hingehen und uns umhören, was es an neuem Klatsch gibt.»

«Wenn du meinst, dass du dafür kräftig genug bist.»

«Das bin ich, und das habe ich dir zu verdanken», sagte

Vera. Lenore hielt den Kopf gesenkt und rückte umständlich ein paar Dinge auf dem Nachttisch zurecht. «Du hast mir das Leben gerettet.»

«Ich hatte solche Angst um dich», flüsterte Lenore. «Ich weiß nicht, was ich ohne dich tun würde. Du bist meine beste Freundin.»

Vera schniefte laut, fasste sich aber rasch wieder. «Wir müssen diesen Mörder fassen», erklärte sie mit einem Blick in den Spiegel. «Verbände stehen mir nicht, und ich nehme das allmählich persönlich.»

Die beiden machten sich auf den Weg zur *Kaffeekanne*. Dort sahen die meisten Gäste Vera neugierig an, doch höflich, wie die Waldbewohner waren, vermieden sie es, sie mit Fragen zu bedrängen.

Vera schaute sich um. Zu ihrer Überraschung entdeckte sie Esmeralda von Beaverpelt, die allein an einem Tisch saß. «Setzen wir uns zu ihr», flüsterte Vera.

«Huch! Wieso denn? Es gibt doch noch ein paar leere Tische.»

«Ja, aber an denen bekommen wir keine Informationen darüber, wie es um von Beaverpelts Genesung steht.»

«Du bist aber auch immer im Dienst, oder?», grummelte Lenore. Doch sie lenkte Vera zu Esmes Tisch.

«Dürfen wir uns zu Ihnen setzen?», fragte Vera in ihrem freundlichsten Tonfall, so wenig Reporterin wie möglich. Sie legte absichtlich den Kopf schief, damit Esmeralda den Verband auch mit Sicherheit sah.

Esmeralda blinzelte überrascht. «Also ... natürlich.»

Die beiden Tiere nahmen an dem Tisch Platz, und

schon kam die Kellnerin herbei, eine Nerzin namens Lucy.

«Freut mich, dich auf den Pfoten zu sehen, Vera», sagte sie. «Das Übliche?»

«Ja, bitte», antwortete Vera.

«Für mich einfach einen Kaffee», fügte Lenore hinzu.

Die Kellnerin nickte. Sie kehrte in die Küche zurück und rief: «Sonne im Spiegel auf Karree, ohne Schnee ... und zwei Blonde mit Sand!»

«Kommt sofort», antwortete Joe fröhlich.

«Sie bekommen ein Spiegelei auf Toast, ungesalzen», sagte Esme zu Vera. «Und Sie beide trinken einen Kaffee mit Milch und Zucker. Ich hab den Spezialjargon gelernt», fügte sie hinzu.

«Sie haben letzthin viel Zeit in der *Kaffeekanne* verbracht?», fragte Lenore.

«Es ist hier besser als zu Hause. Solange der Pfarrer krank im Bett liegt, ist es mir da ein bisschen zu voll.»

«Das tut mir leid», murmelte Vera.

«Außerdem schmecken mir die Blaubeermuffins», fuhr Esme fort. So wie ihre Augen hin- und herglitten, war sie offensichtlich auch von den Kellnerinnen fasziniert, die im Gedränge die Gäste bedienten. «Diese Nerzin schlendert hier durch den Laden, als gehörte er ihr und nicht Joe.»

«Lucy?», fragte Vera. «Ja, sie ist ein bisschen eingebildet.»

«Wie es wohl wäre, Bestellungen entgegenzunehmen, statt Anweisungen zu erteilen?», fragte Esme sich laut.

«Den ganzen Tag auf den Pfoten zu sein und nie zu sitzen?»

«Sie könnten sich einstellen lassen und es herausfinden», bemerkte Lenore, ohne zu erwarten, dass die blasierte Esme sich auf so etwas einlassen würde.

«Ich könnte es versuchen», sinnierte diese.

Vera dachte, dass es ihr guttun würde. In der *Kaffeekanne* lächelten die Kellnerinnen bei der Arbeit und wechselten Scherze mit den Gästen. Und man verdiente gutes Geld. Esme verfolgte begierig, wie sich das Trinkgeld häufte (sie beherrschte die Kunst, Geld mit einem raschen Blick zu zählen).

Dann blickte Vera aus dem Fenster und entdeckte Ruby Ewing auf der Straße.

«Schau mal.» Sie stupste Lenore an. «Wo Ruby wohl herkommt? Sieht so aus, als wäre sie gerade erst aufgestanden.»

Esme folgte dem Blick der beiden nach draußen und zog die Augen zusammen. «Dieses grässliche Schaf! Mutter kann Ruby nicht ausstehen, wissen Sie.»

Vera konnte sich denken, warum. Rubys Techtelmechtel waren stadtbekannt. Die von Reginald von Beaverpelt wurden etwas besser unter der Decke gehalten, aber sein Name war einige Male mit dem von Ruby in Verbindung gebracht worden.

Als Biberehefrau mit ständig wachsenden Zähnen und einer Menge mühsam unterdrücktem Zorn hatte Edith sich vor Wut nach diesem Schaf verzehrt, und das hatte sie zu einer ganzen Reihe von Meisterwerken angetrieben. Beim Eisvergnügen von Shady Hollow hatte sie Anfang des Jahres den Eisskulpturenwettbewerb gewonnen, und Vera hegte den Verdacht, dies könne darauf zurückgehen, dass Reginald den größten Teil des Herbsts durch «unerwartete Geschäfte» von seinem Zuhause ferngehalten worden war.

Es war eine ungewöhnlich kunstvolle Eisskulptur gewesen, die Ediths beide Töchter unglaublich detailliert dargestellt hatte. Vera hatte mehrere Artikel zu dieser Story verfasst.

Wie sich herausstellte, war der Preis für den ersten Platz ein wunderschöner Schal gewesen.

Ein Wollschal. Gespendet von Ruby.

Vera hatte dieses Detail kommentarlos in ihren Artikel eingebracht, doch sie hatte sich immer gefragt, was wohl hinterher mit dem Schal passiert war.

Das zum Thema Motiv für den Giftanschlag auf Reginald. Vielleicht war das Leben bei den von Beaverpelts gefährlicher, als sie gedacht hatte.

Ihr Essen kam, und Vera lenkte das Gespräch behutsam so, dass Esme die interessanten Punkte von sich aus ansprach, ohne das Gefühl zu haben, ausgehorcht zu werden.

Als die Rechnung kam, seufzte Esme. «Ich sollte jetzt wohl heim. Mutter mag es nicht, wenn wir nicht zur Verfügung stehen.»

«Ihr Vater könnte vielleicht Ihre Hilfe benötigen, auch wenn Sie sagten, dass er sich gut erholt.»

«Heute Morgen meinte er, er könne es gar nicht erwarten, bald wieder aufzustehen», berichtete Esme. «Ich glaube, er will wieder in die Firma.»

«Er ist sehr pflichtbewusst», bemerkte Lenore und knüllte ihre Serviette zusammen. Vera wusste, was sie dachte. Reginald konnte es nicht erwarten, von zu Hause wegzukommen und den Fängen seiner Frau zu entrinnen!

Vera bot Esme also an, sie zurückzubegleiten. «Ich würde mein Gespräch mit Ihrem Vater gern zu Ende bringen, bevor ich zur Polizeiwache gehe. Nach der gestrigen Nacht hat Orville jedenfalls ein paar Fragen an mich.»

«Stimmt es, dass er Sie aus dem Wald zurückgetragen hat?», fragte Esme.

«Hm, ja», antwortete Vera. Wer hatte hier nicht dichtgehalten?

Esme kicherte. «Das ist furchtbar romantisch.»

«Es hat sich absolut nicht romantisch angefühlt. Ich hatte Angst, er könnte mich fallen lassen.» Tatsächlich hatte Vera das kein einziges Mal befürchtet – dafür war Orville einfach zu stark. Aber trotzdem. Romantisch? Absolut nicht!

Sie verließen das Café. Lenore musste die Buchhandlung aufmachen, und Vera und Esme gingen auf der Forest Avenue zum noblen Stadtviertel Maple Heights. Mit ihrer eindrucksvollen Größe und schlichten Eleganz war die Von-Beaverpelt-Villa der schönste Glanzpunkt der vornehmen Straßen.

Unterwegs forschte Vera bei Esme nach eventuellen weiteren Einzelheiten über das, was Otto und ihrem Vater zugestoßen war.

Esmes Theorie hatte Vera noch nie gehört. «Ich bin mir gar nicht sicher, ob es überhaupt passiert ist. Ottos Tod war traurig, aber war es *tatsächlich* Mord?»

«In dieser Pflaumenweinflasche wurde Gift gefunden. Und ein Messer steckte in seinem Rücken.»

Esme schüttelte nur den Kopf. «Gewiss war alles nur ein Missverständnis. Aber selbst wenn Otto Opfer eines Mords sein sollte, bedeutet das nicht automatisch, dass Daddy vergiftet wurde. Bestimmt hat er einfach nur sein Frühstück nicht vertragen oder so. Oder er wollte mehr Aufmerksamkeit. In letzter Zeit hat er häufiger wegen Geld gemeckert als üblich. Mutter hasst das. Sie sagt, das sei ungehobelt.»

Im Haus begaben sie sich auf direktem Wege zu Reginalds Schlafzimmer. «Daddy, bist du wach?», rief Esme, als sie die Tür aufmachte. «Miss Vixen ist hier. Sie hat ein paar Fragen ...»

Als sie entdeckte, dass das Bett leer war, stockte sie kurz, fasste sich jedoch rasch. «Daddy? Geht es dir schon wieder besser? Wo bist du?»

Eine Antwort blieb aus.

«Was ist los? Wo ist dein Vater?», fragte Edith. Gefolgt von Anastasia stürmte sie ins Zimmer.

«Nicht im Bett, wo er heute Morgen noch war.»

«Oh nein!», rief Edith aus. «Wie beunruhigend!»

Esme wirkte unbesorgt. «Bestimmt hat er sich gut genug gefühlt, um ein paar Stunden zur Arbeit zu gehen. Du weißt ja, wie sehr er es hasst, nicht jede Minute zu wissen, was in der Mühle vor sich geht.»

«Er sollte erst arbeiten, wenn er wieder richtig gesund ist», sorgte sich Edith.

«Ach, Mutter. Lass ihn doch.» Anastasia wollte Vera gerade aus dem Zimmer führen, da ließ ein Schrei ihrer Mutter sie innehalten.

«Seine Uhr! Er würde niemals ohne seine Taschenuhr zur Arbeit gehen!»

Stasia verdrehte die Augen. «Soll ich sie ihm bringen?»

«Tu das, und vergewissere dich, dass es ihm gut geht. Er soll nach Hause kommen, wenn er auch nur ein wenig Temperatur hat!»

«Ja, Mutter.» Stasia nahm die Uhr und verließ das Haus in Begleitung von Vera, die die Gelegenheit beim Schopf ergriff, die andere Tochter zu interviewen. Schnellen Schrittes gingen sie zur Sägemühle, wofür sie etwa zehn Minuten brauchten. Nach dem wolkenverhangenen Morgen kam nun die Sonne hervor, und man hätte beinahe vergessen können, wie schrecklich die vergangene Woche gewesen war.

Als sie zum Eingang des Hauptgebäudes gelangten, eilte gerade Howard Chitters heraus. Bei Veras und Stasias Anblick blieb er abrupt stehen.

«Miss von Beaverpelt!», piepste er. «Bringen Sie Anweisungen von Ihrem Vater?»

«Was?», fragte Stasia verständnislos. «Ich dachte, Vater wäre hier. Ich wollte ihm seine Taschenuhr bringen.» Sie hielt die Uhr hoch.

«Nein, nein, nein», beharrte Chitters. «Er war noch gar nicht in der Mühle. Ich wollte ihn gerade zu Hause aufsuchen.»

«Dort ist er auch nicht», gab Stasia zurück.

Vera hob die Pfote. «Vielleicht ist er ja doch in der Villa. Ihre Mutter hat ja kaum nach ihm gesucht, und das Haus ist sehr groß.»

Stasia nickte. «Gut möglich. Schauen wir gleich nach.»

Zu dritt kehrten sie auf demselben Weg zurück. Unterwegs versuchte Stasia unbeholfen, Konversation zu machen, und erkundigte sich nach dem Chitters-Nachwuchs.

Howard wirkte jedoch abgelenkt. Er machte sich Sorgen um seinen Chef. «Es sieht ihm gar nicht ähnlich, nicht in Kontakt zu sein!»

Ihre Rückkehr in die Villa löste eine groß angelegte Suche nach von Beaverpelt aus. Er wurde weder im Haus noch im Gewächshaus noch im Garten gefunden. Je mehr Zeit verging, desto aufgeregter wurde Edith, obgleich nichts im Haus auf einen Kampf hinwies. Es wirkte so, als wäre der Bauholzmagnat zu einem Spaziergang aufgebrochen.

Als Edith einen nervösen Anfall bekam und auf einer Chaiselongue im Wohnzimmer zusammenbrach, sprach Vera die schlimmste Möglichkeit an.

«Vielleicht ist er zur Mühle losgegangen und irgendwo zusammengebrochen. Er könnte seine gesundheitliche Verfassung überschätzt haben. Wir sollten Helfer losschicken, um ihn zu suchen.»

Howard eilte zur Sägemühle zurück und trug den Arbeitern auf, in der ganzen Stadt nach von Beaverpelt zu suchen. Die Tiere freuten sich, dass sie einmal ihre Arbeit liegen lassen und eine Spezialmission ausführen durften, doch sie spürten, dass etwas nicht in Ordnung war. Ganz und gar nicht in Ordnung. Es sollte normalerweise kein Problem sein, den Firmenchef anzutreffen. Wie konnte von Beaverpelt einfach verschwinden? Er *war* ja praktisch Shady Hollow.

Rasch fragte man in allen Geschäften, ob er vielleicht dort gewesen sei, und als Orville zu Hause, wo er nach reichlich Überstunden seinen freien Tag verbrachte, von der Nachricht erfuhr, schloss er sich der Suche an. Ein Schwalbenmann ließ sich überreden, aus der Vogelperspektive nach von Beaverpelt Ausschau zu halten. Dabei flog er auch über den Teich hinweg. Dort entdeckte er nichts Ungewöhnliches, abgesehen von einem eigenartigen Gegenstand am Westufer. Er schoss hinunter, um ihn sich genauer anzusehen, und fand – unwahrscheinlich genug – einen gestreiften Schlafanzug aus Seide, der von einem Ast herabhing. Wie ausgesprochen eigenartig.

Der Schwalbenmann wollte gerade zurückfliegen, um von seinem Fund zu berichten, da erhaschte er einen Blick auf etwas Unförmiges unter der Wasseroberfläche. Unwillkürlich quietschte er los und flitzte in größter Eile von dieser grässlichen Szene weg. So schnell ihn seine Flügel trugen, flog er zurück.

«Von Beaverpelt! Ertrunken! Schlafanzug!», mehr brachte er nicht heraus. Dann brach er ohnmächtig vor Orville zusammen.

Vera hörte die Nachricht ebenfalls und zuckte zusammen. «Nicht noch einmal», sagte sie leise.

Eine Schar Tiere, allen voran die verstörten Von-Beaverpelt-Damen, folgten der Beschreibung des Vogels zu Reginalds letzter Badestelle. Der Biber lag im Wasser, genau wie Otto vor ihm. An seinem Hinterkopf klaffte eine tiefe Wunde.

«Ach herrje!», sagte Chitters immer wieder. «Was soll jetzt nur werden?»

Vera starrte auf die Schreckensszene und konnte erst einmal keinen klaren Gedanken fassen. Was war nur in Shady Hollow los?

KAPITEL 20

Zurück», brüllte Orville. «Alle zurücktreten! Abstand von der Leiche halten!» Das war es also mit dem Abbummeln seiner Überstunden. Seine Laune war im Keller.

Inzwischen war die Szene das reinste Chaos. Mrs. von Beaverpelt und beide Töchter hatten sich auf die dahingestreckte klatschnasse Leiche Reginalds geworfen, die man gerade erst ans Ufer gezogen hatte. Dann begann Edith laut zu heulen und sich vor Kummer vor und zurück zu wiegen. Ein ganzer Trupp Eichhörnchen war nötig, um sie von der Leiche des Verstorbenen wegzuziehen. Die Töchter schluchzten ebenfalls und rangen die Pfoten.

Lenore und Gladys waren so nett, die drei Hinterbliebenen zu ihrer Villa zurückzugeleiten, damit sie sich dort beruhigen konnten. Beide flatterten über den verzweifelten Biberinnen und setzten ihre Flügel ein, damit sie nicht stehen blieben oder gar zurückliefen.

Nachdem am Leichenfundort Ruhe eingekehrt war, ließ Orville ein Brett bringen und legte von Beaverpelt darauf. Mithilfe einiger weiterer Tiere schaffte er die Leiche zur Polizeiwache. Vera sah sich den Fundort genau an und registrierte, was für einen merkwürdigen Anblick der

Seidenschlafanzug bot. Sie schoss mehrere Fotos und eilte dann hinter dem Trupp her, der die Leiche forttrug.

Als sie in der Polizeiwache ankamen, trafen sie einen bestürzten Orville an, der keinen anderen als Chief Meade anstarrte. Der Polizeichef saß hinter seinem Schreibtisch, als wäre das seine ganz alltägliche Gewohnheit.

«Was machen Sie hier?», fragte Orville seinen Chef und vergaß dabei anscheinend, dass der Chief eigentlich jeden Tag dort sitzen sollte und besonders heute an Orvilles freiem Tag.

«Ich arbeite! Es gilt, einen Mordfall aufzuklären.»

«Nein, zwei», verbesserte ihn Orville. «Gerade habe ich von Beaverpelt aus dem Teich gezogen.»

«Von Beaverpelt? Ach herrje!»

Orville legte die Leiche sanft auf die Pritsche in der leeren Zelle. Als er an der anderen Zelle vorbeikam, blieb er stehen. «Wo ist Lefty?»

«Ich habe ihn gestern Abend laufen lassen. Sie sagten, es gäbe keine Beweise, die es rechtfertigen würden, ihn festzuhalten.»

«Sie haben ihn *laufen* lassen?»

«Ja», antwortete der Chief gereizt. «Falls er noch mal Unfug macht, nehmen wir ihn einfach wieder fest.»

«Unfug? Wie der Mord an von Beaverpelt etwa?»

«Wir wissen doch gar nicht, dass Lefty das war!»

Orville war anzumerken, dass er kurz davor stand, vor Ärger durchzudrehen. «Sie haben Lefty gestern Abend aus dem Gefängnis freigelassen, und heute Nachmittag ist von Beaverpelt tot!»

Der Chief erbleichte. «Also ... das ist reiner Zufall ...»

Doch es war schon zu spät. Mehrere Tiere waren bereits davongeeilt und bereiteten sich darauf vor, die neueste Nachricht überall herumzuposaunen. Vera machte sich hastig Notizen und hielt den genauen Wortlaut des Gesprächs fest, bevor sie ihn vergessen konnte.

«Miss Vixen», sagte Orville und sah sie scharf an. «Sie sollten jetzt besser gehen. Hier handelt es sich um eine offizielle Polizeiangelegenheit.»

Ausnahmsweise einmal erhob Vera keine Einwände. Sie nahm einen gewissen Ausdruck in den Augen des Bären wahr und begriff, dass er diesmal nichts anderes als vollständigen Gehorsam akzeptieren würde.

Orville sah der Füchsin nach, überzeugt, dass sie im Kopf bereits einen abwertenden Artikel formulierte, in dem sie Meade und ihm selbst Unfähigkeit vorwerfen würde. Er war am Boden zerstört. Hätte er den Mörder doch bloß dingfest machen können, dann wäre das hier nie passiert. Erneut hatte er die unglückselige Aufgabe, den Bestatter einzubestellen, diesmal um die Leiche des Bibers abzuholen. Vor der Bestattung würde man eine Autopsie durchführen müssen, auch wenn die große Wunde an von Beaverpelts Kopf eindeutig darauf verwies, dass es sich nicht um einen Unfall handelte.

Als Orvilles Schreck sich gelegt hatte, begann er wieder klar zu denken. War die Angst des Waschbären vor einer ihm angeblich drohenden Gefahr nur Show gewesen? Wo befand Lefty sich jetzt? Gab es noch Hoffnung, seiner wieder habhaft zu werden?

Orville schickte mehrere Tauben mit der Botschaft in Nachbarstädte, dort nach Lefty Ausschau zu halten. Sollte er in einem dieser kleinen Orte auftauchen, würden Orvilles Kollegen dem Polizeibären Bescheid geben. Allerdings rechnete er kaum mit einem Erfolg dieser Maßnahme, da Lefty sich vermutlich irgendwo im Wald versteckt hielt.

Jenseits der Grenzen der kleinen Städtchen, die überall verstreut lagen, ging der Wald rasch in Wildnis über. Vernünftige Tiere wagten sich nicht ohne Schutz allzu tief in die Wälder hinein. In manchen Höhlen lebten äußerst unzivilisierte Tiere, und Pfade verloren sich im Wald, sodass man sich vollkommen verirren konnte.

Tiere wie Lefty nutzten das zu ihrem Vorteil. Waschbären glänzten darin, sich Verstecke anzulegen, die manchmal so geschickt gebaut waren, dass man auf ihnen sitzen konnte, ohne sie zu bemerken. Orville hoffte, bei seinen Ermittlungen nicht in den wilden Teil des Waldes vordringen zu müssen. Dort war es so gefährlich, dass selbst ein Bär sich einen Gang dorthin zweimal überlegte.

Vera war ihrerseits genauso schockiert wie Orville. Reginald von Beaverpelt war tot! Wie war das möglich? Ganz Shady Hollow war vor Schreck benommen. Ottos Tod war traurig. Aber der Biber war einer der bekanntesten und geachtetsten Bürger der Stadt gewesen, und nun war er brutal ermordet worden.

Trotz ihrer Erschütterung bemühte Vera sich, ruhig zu bleiben und sich die Szene noch einmal vor Augen zu rufen. Es musste doch irgendwo einen Hinweis geben.

Wenig später klopfte es leise an der Haustür. Vera schlug die Augen auf und rief: «Einen Moment noch.»

Als sie die Tür aufschloss, sah sie erfreut, dass es Lenore war, und lud sie auf eine Tasse Tee ein.

«Wie ich sehe, hast du an deiner Tür endlich ein Schloss angebracht», sagte Lenore.

«Tja, das ist zurzeit Trend», antwortete Vera, die sich wünschte, es wäre anders.

Gleich darauf seufzte sie und sah ihre Freundin an. «Hätte er am Ende doch nur mit mir reden können», jammerte sie. «Von Beaverpelt wusste etwas, und ich glaube, dass er versucht hat, mich vor jemandem zu warnen. Aber seine Familie hat nicht zugelassen, dass wir uns unterhielten. Wenn ich es doch nur energischer versucht hätte.»

Lenore redete ihr gut zu. «Du darfst nicht dir selbst die Schuld geben, Vera. Du hast dich in Gefahr gebracht, um einen Fall zu lösen, bei dem die Polizei feststeckt. Das einzige Tier, das an diesem ganzen grauenhaften Schlamassel Schuld hat, ist der Mörder. Du wirst herausfinden, wer er ist, aber du musst vorsichtig sein.»

Vera wusste, dass ihre Freundin recht hatte. Schließlich war sie, Vera, Reporterin und nicht Ermittlerin. Sie hatte schon viel mehr getan, als man von ihr erwarten konnte. Die schrecklichen Vorgänge in Shady Hollow mussten aufhören. Sie wünschte sich, wieder über solche «Knüller» wie früher berichten zu können, als sie verkündet hatte, dass es in *Joes Kaffeekanne* eine neue Kaffeesorte gab oder dass Professor Heidegger eine seiner langweiligen Vorlesungen gehalten hatte.

Doch vorläufig standen Mordfälle auf Seite eins.

KAPITEL 21

In ganz Shady Hollow redete man über Leftys Untertauchen, doch noch viel eifriger sprach man über den Mord an von Beaverpelt und das, was er für die Stadt bedeutete.

«Theoretisch hat jetzt Edith von Beaverpelt die Leitung inne, aber sie hat keine Ahnung, wie man eine Sägemühle führt. Shady Hollow ist zum Untergang verurteilt», lautete in den nächsten Tagen der allgemeine Refrain.

Aber solchen Klatsch tauschte man nur flüsternd aus und posaunte ihn nicht heraus. Die von Beaverpelts waren immer noch die mächtigste Familie weit und breit.

Alle beabsichtigten, der Beerdigung beizuwohnen, die eine viel bedeutendere Zeremonie zu werden versprach als der schlichte Beerdigungsgottesdienst für Otto Sumpf. Edith und ihre Töchter zogen alle Register, und keiner aus der Stadt wollte das Ereignis versäumen. Natürlich hatte der Tod eines so bedeutenden Bürgers alle betrübt und schockiert, doch man durfte den Unterhaltungswert nicht vernachlässigen.

Reginald von Beaverpelts Beerdigungsgottesdienst wurde in der Kirche von Shady Hollow abgehalten, nachdem der Verstorbene im privaten Kreis im Familiengrab auf dem Friedhof beigesetzt worden war (eine spezielle Sitte von Bibern). Pfarrer Conkers, der einzige Geistliche in der Stadt, war natürlich bereit gewesen, den privaten Gottesdienst auf dem Friedhof abzuhalten, und so war er das einzige Nicht-Familienmitglied, das bei der eigentlichen Bestattung anwesend war.

Im Gegensatz dazu war der öffentliche Gottesdienst gerammelt voll. Als Vera und Lenore eintrafen, drängten sich praktisch alle Tiere der Stadt in der Kirche. Vera hatte den halben Vormittag damit verbracht, einen passenden Hut zu finden, der ihren Kopfverband kaschieren würde. Das war allerdings vergebens, und zu allem Elend kamen sie nun auch noch beinahe zu spät. Alle waren angemessen in düsterem Schwarz gekleidet und trugen beste Gewänder, nur Vera hatte einen dicken weißen Verband um den Kopf. Nun ja.

Die Witwe von Beaverpelt und ihre Töchter hatten sich selbst übertroffen. Edith war in ein riesiges schwarzes Cape gehüllt, das sie vom Kopf bis zu den Pfoten bedeckte. Außerdem hatte sie einen Hut mit raffiniertem Federputz aufgesetzt, dessen dichtes Netz ihr Gesicht vor Blicken beschirmte. Ihre Töchter waren ähnlich gekleidet, und alle drei waren mit großen schwarzen Taschentüchern bewaffnet. Das Schluchzen und Jammern in der vordersten Reihe wurde ein wenig leiser, als Pfarrer Conkers seinen Platz auf der Kanzel vorn in der Kirche einnahm.

Gerade als Dusty sich räusperte, fanden Vera und Lenore Plätze in einer der hinteren Reihen.

«Liebe Freunde», begann er. «Erneut haben wir uns unter traurigen Umständen versammelt. Heute müssen wir uns von einem unserer großartigsten Bürger verabschieden, der zu früh von uns genommen wurde. Reginald von Beaverpelt war der Besitzer und Leiter der Sägemühle hier in Shady Hollow und einer der großzügigsten und geachtetsten Bürger. Er hinterlässt seine liebende Ehefrau Edith und zwei schöne Töchter, Anastasia und Esmeralda.»

Bei diesen Worten wurde das Schluchzen auf der Kirchenbank der von Beaverpelts lauter, und an anderen Stellen des Gotteshauses ertönte vernehmliches Husten. Conkers setzte dieser Störung mit einem scharfen Blick ein Ende und fuhr in seiner Totenrede fort.

«Reginald von Beaverpelt war nicht immer der Stützpfeiler der Gemeinschaft, als den Sie ihn kennen», sagte der Pfarrer. «Früher einmal war er Reggie Pelt, ein junger, entschlossener Biber aus einer ärmlichen Gegend des Waldes, der dafür kämpfte, seine Stellung im Leben zu verbessern. Durch Jahre harter Arbeit baute er ein Imperium auf und verwandelte sich in Reginald von Beaverpelt, Spross eines Geschlechts von Industriebaronen. Aber außerdem war er Ehemann und Vater. In unserer Stadt und ebenso zu Hause wird man ihn sehr vermissen. Und ich sage Ihnen erneut ... wir müssen für Gerechtigkeit sorgen. Der Mörder darf nicht ungestraft davonkommen!»

An dieser Stelle geriet Pfarrer Conkers ein wenig in Wallungen und schlug mit der Faust auf die Brüstung seiner Kanzel, um seine Worte zu unterstreichen. In der Bank der von Beaverpelts erhob sich Gemurmel, und Dusty gewann die Fassung zurück. «Vielen Dank, dass Sie alle gekommen sind. In der Villa gibt es gleich noch einen Empfang.»

Edith und ihre Töchter schritten würdevoll durch das Portal hinaus. Hinter ihnen aber drängten sich alle aus der Kirche. Normalerweise lud die Familie niemanden ein und öffnete ihr Haus nicht für die bescheideneren Mitbürger. Die von Beaverpelts kamen einer Adelsfamilie so nahe, wie das im Waldland möglich war. Und so wollte kein Tier die Gelegenheit versäumen zu sehen, wie die Vornehmen lebten.

Sowohl Joe als auch Sun Li waren gebeten worden, Essen für die Beerdigungsfeier zuzubereiten; es gab einfach zu viele Gäste, als dass ein einziges Lokal den Service allein hätte bewältigen können. Die Kellnerinnen aus der *Kaffeekanne* sprangen als Bedienung ein.

Die meisten Einwohner standen in den noblen Zimmern der Villa herum und bestaunten die Möbel. Die Bürger von Shady Hollow lebten recht bescheiden. Sie hatten nur wenige Besitztümer und schlichte Möbel. Bei den von Beaverpelts sah es hingegen ganz anders aus. Die Möbel waren ausgefallene Antiquitäten, und in jedem Zimmer lagen Seidenteppiche mit wunderschönen Mustern. An den Wänden hingen Ölgemälde in mächtigen vergoldeten Rahmen. Die meisten schienen Porträts der Von-Beaverpelt-Vorfahren zu sein.

Vera stieß Lenore an. «Wer sind all diese reichen Verwandten? Dusty sagte doch, von Beaverpelt entstamme einer armen Familie.»

Lenore zuckte mit den Schultern und knabberte an

einer Mini-Gemüserolle. «Sieht so aus, als hätte Reginald reich geheiratet, statt sein Vermögen selbst zu verdienen.»

«Ach, hat Edith das Geld in die Ehe eingebracht?», fragte Vera.

«So muss es wohl sein. Das könnte gewiss erklären, warum er sich niemals von ihr scheiden lassen wollte», antwortete Lenore. «Vielleicht hatte er sie sogar nur aus diesem Grund geheiratet.»

Während sie einen Schluck von ihrem Pflaumenwein trank und sich im Zimmer umblickte, dachte Vera darüber nach. Inzwischen drängten sich die meisten Tiere vor der geöffneten Hausbar und wurden allmählich lockerer. Vera fing einen Blick ihres Chefs auf. SW Stein zwinkerte ihr zu, womit er andeutete, dass sie die betrunkenen Tiere nur ein bisschen aushorchen müsste, um massenhaft Nachrichten für die Zeitung zu bekommen. Sie tat so, als hätte sie es nicht bemerkt.

Vera und Lenore standen am Rand des Zimmers und beobachteten die Gäste, die den Raum mit Stimmengewirr und dem Klingeln von Gläsern erfüllten.

Plötzlich jedoch übertönte ein lauter Schrei die Gespräche. «Raus mit euch allen!»

Die Geladenen starrten zur Haustür.

Dort im Rahmen stand ein Tier, das fast so sehr wie eine Witwe aussah wie Edith von Beaverpelt selbst: Ruby Ewing. Unter den Gästen erhob sich leises Gemurmel, und dann ertönte ein weiterer Schrei, denn nun marschierte die echte Witwe auf den Neuankömmling zu.

«Was bilden Sie sich eigentlich ein, Sie wolliges Ehegift?», blaffte Edith sie an. Ihre Stimme wurde mit jeder Silbe lauter, bis sie geradezu ohrenbetäubend schrie. Der Federputz auf ihrem Kopf schwang von ihren Emotionen aufgewühlt hin und her. In einer Demonstration von Familiensolidarität standen ihre Töchter links und rechts an ihrer Seite.

«Dies ist ein Treffen von Familie und Freunden meines Vaters», fügte Stasia hinzu und trat drohend auf Ruby zu, während Esme ihre Mutter beruhigte. «Sie sind weder das eine noch das andere. Bitte gehen Sie.»

Ruby wich nicht zurück, und Vera fragte sich, ob es zu Handgreiflichkeiten kommen würde. Dann bemerkte sie, dass Joe sich an der Tür bereithielt, bei einer etwaigen Auseinandersetzung einzuschreiten. Von der anderen Seite des Raums bewegte Orville sich langsam durch die Menge. Sollte es zu einem Kampf kommen, würde er jedenfalls nicht lang dauern.

Ruby rührte sich noch immer nicht.

«Ich habe ihn ebenfalls geliebt», sagte sie so leise, dass Vera Mühe hatte, sie zu verstehen. Dann drehte sich das Schaf um und verschwand so, wie es gekommen war.

Joe stieß einen lauten Seufzer der Erleichterung aus. Er schaute sich noch einmal um und hastete dann ebenfalls aus der Tür, vermutlich um nach Ruby zu sehen. Da sie einst eine seiner Beschäftigten war, kannte er sie besser als die meisten anderen.

Nachdem auch er gegangen war, brandete das Stimmengewirr der Gäste erneut auf, befeuert durch Alkohol und Klatsch und Tratsch.

Edith war von ihrem emotionalen Ausbruch so erschöpft, dass ihre Töchter sie nach oben in ihr Zimmer brachten, damit sie sich ausruhen konnte. Kurz darauf kamen die Schwestern zurück, die Bedienung trug neue Tabletts mit Mini-Gemüserollen im Raum herum, und die Gäste waren froh, dass sie sich über etwas Unverfängliches unterhalten konnten.

Die Konfrontation zwischen Edith und Ruby blieb jedoch der Höhepunkt des Nachmittags.

Einer nach dem anderen leerten die Gäste ihre Gläser, wickelten noch ein paar Leckereien in eine Serviette und machten sich zum Aufbruch bereit. Bald war das riesige Wohnzimmer fast leer, abgesehen von Vera, Lenore, den Kellnerinnen und Sun Li, der die wenigen Tabletts mit Resten wegräumte.

Auch Vera und Lenore, die während des Leichenschmauses nach etwaigen Hinweisen zu einem Tatverdächtigen Ausschau gehalten hatten, waren erschöpft und beschlossen zu gehen. Zunächst bekundeten sie jedoch Stasia und Esme ihr Beileid. Nicht gerade liebenswürdig dankten die Biberinnen der Füchsin und der Räbin kurz angebunden fürs Kommen. Vera brannten zwar noch ein paar Fragen unter den Krallen, doch es war für alle ein langer und emotional anstrengender Tag gewesen, und so behielt sie sie für sich.

Als sie auf dem Heimweg waren, sagte Vera zu ihrer Freundin: «Während du dir Wein hast nachschenken lassen und dich mit Gladys unterhalten hast, hat Orville mich angesprochen.»

«Wollte er dein Alibi hören?»

«Nein. Er hat mich gefragt, ob wir uns morgen treffen und unsere Notizen zum Fall vergleichen könnten.»

Lenore schüttelte den Kopf. «Die Polizei muss an der Aufklärung dieses Falles verzweifeln, wenn sie die Presse um Hilfe bittet.»

Vera runzelte die Stirn, doch Lenore fuhr fort: «Du weißt schon, was ich meine. Bisher hat Orville dich außen vor gelassen.»

«Das habe ich auch gedacht», stimmte Vera ihr zu. «Aber ich konnte das Angebot nicht ablehnen. Also habe ich zugesagt. Wir treffen uns morgen früh in der Polizeiwache.»

KAPITEL 22

Am nächsten Morgen wachte Vera früh auf und ging ihre Notizen zu den einzelnen Verdächtigen und ihren Alibis durch. Sie hatte nicht gut geschlafen. Immer noch erschreckt von dem Gedanken, wie knapp sie ihrer eigenen Ermordung entgangen war, hatte sie Albträume gehabt, in denen der Felsbrocken auf sie zugerollt war und sie getroffen hatte. Bevor sie Orville in der Polizeiwache aufsuchte, ging sie bei *Joes Kaffeekanne* vorbei.

So früh am Morgen waren keine Gäste im Café. Nur Joe selbst ackerte in der Küche, kochte Kaffee und stellte frisches Gebäck bereit.

«Was für ein riesiger Empfang das gestern war», sagte Joe. «Ich habe mich schon gefragt, ob wirklich alle Bewohner Shady Hollows in die Von-Beaverpelt-Villa passen.»

«Jeder Bewohner außer Ruby», merkte Vera an. «Hast du hinterher noch mit ihr geredet?»

«Ja», bestätigte Joe. Er blieb einsilbig, und es war klar, dass er alles, was zwischen ihm und dem Schaf gesprochen worden war, als vertraulich auffasste.

Vera wusste nicht recht, was sie dazu sagen sollte. Ediths Reaktion auf Rubys Erscheinen war außergewöhnlich heftig gewesen, Rubys Verhalten hatte dagegen niemanden erstaunt, und keiner hatte an Ediths Anschuldigungen gezweifelt.

«Kann ich heute Morgen zwei Becher Kaffee bekommen?» Vera entschied sich für ein unverfängliches Thema.

«Schlecht geschlafen?», fragte Joe und schenkte ihr den Kaffee wie gewünscht ein.

«Stimmt, aber das ist nicht der Grund.» Vera erzählte, dass sie mit Orville verabredet war, und der hatte sich über den schlechten Kaffee in der Polizeiwache beklagt. Dann bezahlte sie, da sie für weitere Gespräche, sogar mit Joe, zu unausgeschlafen war, nahm den Kaffee und eilte davon.

Als sie in der Polizeiwache ankam, saß Orville an seinem Schreibtisch, doch er schien auch keine bessere Nacht gehabt zu haben als sie. Dankbar nahm er den großen Becher Kaffee entgegen und bat Vera, sich auf den Besucherstuhl ihm gegenüber zu setzen.

Vera stellte interessiert fest, dass der Polizeibär die Autopsieberichte über Otto Sumpf und Reginald von Beaverpelt studierte. Als Anlage hatte Dr. Breitkopf außerdem einen kompliziert aussehenden Analysebericht des Gifts mitgeschickt.

Vera holte ihre Notizen hervor, überwiegend eine Liste der möglichen Verdächtigen und ihrer vorhandenen oder fehlenden Alibis. Die Einwohner Shady Hollows waren nicht daran gewöhnt, Rechenschaft darüber abzulegen, wo sie sich zu irgendeiner beliebigen Stunde des Tages aufgehalten hatten. Dass der Mord an Otto nur auf eine Zeit «zwischen Sonnenuntergang und Sonnenaufgang» eingegrenzt werden konnte, machte die Sache nicht gerade leichter. Die meisten Tiere sagten – so naheliegend, dass es nicht überraschte –, sie seien zu Hause gewesen, aber viele konnten das nicht sonderlich gut belegen, was ebenso wenig überraschte.

Orville hatte noch weitere Notizen, darunter auch ein vollständiges Profil Leftys.

«Vermutlich hatten Sie noch keinen Erfolg damit, ihn einzufangen?», mutmaßte Vera.

Der Bär schüttelte den schweren Kopf. «Eines kann man über Lefty sagen, er weiß, wie man sich versteckt. Derzeit könnte er praktisch an jeder beliebigen Stelle in den Wäldern sein.»

«Aber Sie müssen doch einen Hinweis haben.»

«Einen einzigen», antwortete er. «Lefty hat eine Freundin. Am Tag nach seiner Entlassung bin ich zu ihr gegangen. Natürlich hat sie bestritten, ihn gesehen zu haben, aber ich halte es für recht wahrscheinlich, dass sie weiß, wo er sich versteckt hält.»

Vera las die Information interessiert durch. Leftys Freundin Rhonda lebte in einem netten kleinen Cottage in Elm Grove, einem Dörfchen weiter flussabwärts. Dem Bericht zufolge wurde sie von den meisten ihrer Nachbarn gemocht, obgleich sie genau wie ihr Galan eine Kleinkriminelle war.

«Die Nachricht über von Beaverpelts Tod schien sie zu bestürzen», berichtete Orville. «Ich möchte wetten, dass sie nicht Bescheid wusste. Selbst falls Lefty ihr erzählt haben sollte, dass er wegen Mordverdachts an Otto im Gefängnis saß, hat er kein Wort über von Beaverpelt verloren.»

«Möglicherweise hat er die Stadt verlassen, bevor er Bescheid wissen konnte», bemerkte Vera. «Falls wir einmal annehmen, dass er unschuldig ist.»

«Das kann ich nicht annehmen», knurrte Orville. «Warum sonst ist er so schnell aus der Stadt abgehauen?»

«Weil man ihm die nächste schlimme Tat in die Schuhe geschoben hätte. Ist nicht genau das passiert?»

«Wollen Sie damit sagen, dass Sie Lefty nicht für den Täter halten?»

«Er war im Gefängnis, als der Giftanschlag auf von Beaverpelt ausgeführt wurde», brachte Vera vor. «Wie hätte er das also tun sollen? Außerdem, warum hätte Lefty Otto oder von Beaverpelt töten sollen? Er hat kein Motiv.»

«Sie sollten seine Rechtsanwältin sein, Miss Vixen.»

«Ich versuche nur, die Wahrheit herauszufinden.»

«Ich auch.» Orville lehnte sich zurück und seufzte. «Aber nichts ergibt Sinn. Mir fehlt ein Teil des Puzzles.»

Orville und Vera verglichen also ihre Aufzeichnungen. Vera kaute an ihrem Bleistift, während sie über die Lage nachgrübelte. Sie fanden einfach keine Antworten.

Nach der Fallbesprechung kehrte Vera auf den Friedhof zurück. Sie hatte keinen speziellen Plan, aber es zog sie zu dem friedlichen Hügel, auf dem Shady Hollows «ewige Bewohner» ruhten, und unwillkürlich schlug sie dabei den Weg zu Reginalds Grab ein.

Wer war er wirklich gewesen? Nach Ottos Tod hatte

Pfarrer Conkers eine erhebende Rede gehalten – durch sie hatten die Einwohner erfahren, wen sie verloren hatten. Doch nach Dustys Totenrede auf von Beaverpelt waren mehr Fragen als Antworten geblieben. War Reginald als armer Schlucker geboren, wie der Pfarrer behauptet hatte? Hatte er sein Vermögen durch harte Arbeit oder durch Heirat erworben, und spielte das überhaupt eine Rolle? War Ediths demonstrative Trauer nur vorgespielt? Und letztlich, wer hatte ihn ermordet und warum?

«Guten Tag, Miss Vixen», sagte plötzlich eine Stimme in glattem Tonfall direkt hinter ihr.

Vera fuhr überrascht zusammen. Sie hatte niemanden kommen hören, doch jetzt stand Ruby Ewing, noch immer in Schwarz, direkt neben ihr.

«Hallo, Ruby», antwortete Vera und versuchte, ihren Schreck zu überspielen. Als Füchsin entging ihr sonst nie etwas. Und gewiss kein Tier wie Ruby, das sich nie durch Unauffälligkeit ausgezeichnet hatte.

Unter dem Schleier ihres kleinen Hutes beobachtete Ruby sie. «Ich hätte nicht gedacht, dass sie Reggie gut genug gekannt hätten, um sein Grab so bald nach der Beerdigung zu besuchen.»

«Das habe ich auch gar nicht», räumte Vera ein. «Ich bin nur hergekommen ... um meinen Blick zu weiten, denke ich.»

«Ich verstehe.» Ruby nickte. «Man merkt erst, wie kostbar das Leben ist, wenn man jemanden verloren hat, nicht wahr?»

«Das stimmt wohl.» Vera fragte sich, ob Ruby einen

besonderen Grund hatte, auf den Friedhof zu kommen. Folgte sie Vera? Und falls ja, wie lange schon?

Doch Ruby blickte einfach auf den frisch aufgeworfenen Grabhügel hinunter. Später würde man Blumen setzen, doch jetzt war die Erde erst einmal nackt und hässlich wie eine Narbe. «Ich bin gekommen, um mich ohne Publikum von ihm zu verabschieden.»

«Oh! Soll ich gehen?», bot Vera an und erwartete, dass Ruby bejahen würde.

«Das ist nicht nötig.» Das Schaf seufzte. «Es ergibt keinen Sinn mehr, irgendetwas zu verstecken, oder?»

«Zu verstecken?», fragte Vera. Würde Ruby gleich gestehen?

«Ich habe Reggie geliebt. Das gebe ich zu! Und er hat mich ebenfalls geliebt. Er hatte vor, Edith zu verlassen, wissen Sie. Er hat mir versprochen, dass wir irgendwo ein neues Leben beginnen würden. Er hat dafür Geld gespart und es vor den neugierigen Blicken seiner Frau verborgen. Er wollte sichergehen, dass wir genug haben würden, um angenehm zu leben. Ach, nichts hätte mich glücklicher machen können, als mit Reggie zusammenzuleben! Doch dann ist das hier passiert.» Ruby seufzte erneut. «Mein geliebter Reggie ist tot. Nie wieder kann ich ihn sehen, nie wieder mit ihm reden oder mit ihm zusammen sein ...» Sie schniefte laut.

«Das ... tut mir leid», sagte Vera. Sie wusste nicht, ob es sich gehörte, einer Geliebten Beileid zu wünschen.

Hinter dem Schleier wurden Rubys schwarze Augen hart. «Sie hat das mit uns herausgefunden, ganz bestimmt. Edith. Sie hat den Gedanken nicht ertragen, dass er sie verlassen würde, und so hat sie das eine getan, was ihn daran hindern musste. Sie hat ihn ermordet!»

«Sie behaupten, dass Edith von Beaverpelt ihren Mann ermordet hat?», fragte Vera leise.

«Natürlich», erklärte Ruby verächtlich. «Denken Sie doch einmal nach. Sie war in Gefahr, ihren Platz als vornehmste Dame der Stadt zu verlieren. Sie wäre entehrt gewesen und verarmt zurückgeblieben. Nein, sie wusste, dass sie Reggie niemals überreden könnte, mich zu verlassen. Und so hat sie Rache genommen. Sie war diejenige, die immer an seiner Seite war und ihn ganz allmählich vergiftet hat, um ihn für den tödlichen Schlag zu schwächen. Wer sonst hätte Gelegenheit dazu gehabt? Sie hatte Kontrolle über das Haus und das Büro. Am Ende hat sie ihn gehasst, weil er mich inniger liebte!»

«Aber was ist mit Otto?», fragte Vera, die sich zu ihrer Beunruhigung eingestehen musste, dass Rubys Geschichte in gewisser Weise Sinn ergab.

«Der arme Otto», sagte Ruby. «Sie wollte wohl an ihm üben. Um zu sehen, wie viel Gift ein Körper verträgt. Otto war kein mächtiger Industriekapitän wie Reggie. Niemand würde wegen seines Todes ein großes Theater machen.»

«Aber Otto hat außerdem noch einen Messerstich erhalten», stellte Vera fest. Wer könnte so etwas vergessen. Der Anblick der im Teich treibenden Kröte, in deren Rücken ein grässliches Messer steckte ... Damit hatte alles angefangen.

«Wer kann schon sagen, wozu eine vor Eifersucht rasende Biberin fähig ist. Die Polizei soll sie fragen, was sie sich dabei gedacht hat. Falls die den Mut hat, sie festzunehmen! Die Polizei hat es immer eilig, die Machtlosen zu beschuldigen. Wenn aber jemand aus der Oberschicht ein Verbrechen begeht, oh, dann ist das etwas ganz anderes.»

«Ich bin überzeugt, dass das Gesetz alle in Shady Hollow gleich behandelt», sagte Vera abweisend. Zugegeben, das Gesetz tat das, während es seine Pflichten vernachlässigte und täglich angeln ging. Chief Meade würde es wahrscheinlich nicht wagen, Edith zu verhaften. Und Orville?

Ruby lachte. «Ach, Vixen, Sie haben doch keine Ahnung. Woher sollten Sie denn so etwas wissen? *Sie* werden von allen respektiert. Die hart arbeitende Reporterin aus der Großstadt! *Sie* wurden nie zum hilflosen Opfer von Klatsch und Tratsch. *Sie* wurden nicht in einem Haus abgewiesen, in dem jedes andere Tier willkommen war.»

«Wie bei den von Beaverpelts gestern Abend?»

«Das ist nur ein weiterer Beweis dafür, wie sehr sie mich hasst. Es zeigt, dass sie alles tun würde, um mir zu schaden. Selbst jetzt noch, nachdem sie ihren eigenen Mann umgebracht hat.»

«Das sind wirklich faszinierende Vermutungen, aber im Moment gibt es andererseits auch nichts, was Ihre *eigene* Unschuld beweist. Sie haben kein Alibi. Weder für den einen Mord noch für den anderen.»

«Ich war mit Reggie zusammen, als der arme Otto gestorben ist!», platzte Ruby heraus. «Vor Reggies Tod wollte ich es der Polizei nicht sagen, weil ich ihn nicht mit einem

Skandal belasten wollte. Aber jetzt spielt es keine Rolle mehr, oder?»

In Vera wurde die Reporterin hellwach. «Sie waren in jener Nacht mit von Beaverpelt zusammen?» Sie zog Notizbuch und Bleistift hervor. «Wo denn genau?»

«Wir haben uns immer im Wald getroffen, weil es in der Stadt keinen Ort gab, an dem wir hätten zusammenkommen können.»

«Ich verstehe.» Vera schrieb mit. «Und wo waren Sie an dem Tag, an dem Reggie gestorben ist?»

«Ich arbeite im Pflegeheim, das wissen Sie ja.» Ruby stockte. «Als Reggie starb, war ich bei der Arbeit. Fragen Sie die Tiere dort, die werden es bestätigen.»

«Und wie machen Sie jetzt weiter?»

«Keine Ahnung», antwortete Ruby. «Ich glaube nicht, dass ich hier noch länger leben will. Hier muss ich jeden Tag an Reggie denken. Vielleicht ziehe ich im Frühjahr nach Westen. Es ist noch nicht zu spät, um irgendwo anders neu zu beginnen.»

Die Schafsdame schaute wieder aufs Grab, und Vera fasste das als Wink auf, und so ließ sie die trauernde Ruby auf dem Hügel allein zurück. Nun lag eine Serie neuer Anschuldigungen vor, und sie hatte jede Menge Arbeit vor sich.

KAPITEL 23

Vera kehrte so schnell wie möglich zur Polizeiwache zurück.

«Orville!», rief sie, sobald sie die Tür aufgerissen hatte. «Ich habe Neuigkeiten!»

Der Polizeibär blickte von einer großen Landkarte auf, die auf seinem Tisch ausgebreitet lag. «Ich auch. Wir haben in der Von-Beaverpelt-Villa einen Pfotenabdruck gefunden – und zwar den eines Waschbären! Ich *muss* ihn finden, um ihn zu fragen, wann er ihn dort hinterlassen haben könnte. Er war dort nie zu Gast.»

«Orville», unterbrach ihn Vera, «ich habe mich gerade mit Ruby Ewing unterhalten. Sie hat Edith von Beaverpelt beider Morde bezichtigt!»

Orville war bestürzt, um das Mindeste zu sagen. «Sind Sie sich sicher?», fragte er.

«Ich habe zwar einen Schlag auf den Kopf erhalten, aber schwerhörig bin ich nicht! Genau das hat Ruby gesagt. Und außerdem hat sie mir ihr Alibi für beide Morde genannt. Sie sagte, in der Nacht von Ottos Tod habe sie ein Stelldichein mit von Beaverpelt gehabt. Als Sie sie kürzlich befragt haben, wollte sie den Namen des Liebhabers nicht nennen, um ihn zu schützen.»

«Und während des zweiten Mordes?»

«Da hat sie wohl im Pflegeheim gearbeitet. Sie sagt, Edith habe Reginald ermordet, weil sie es nicht ertragen hätte, wenn er mit Ruby durchgebrannt wäre.»

Der Deputy machte ein gequältes Gesicht und breitete die riesigen Pfoten aus. «Rubys Alibi werden wir selbstverständlich überprüfen. Ich kann Edith von Beaverpelt nicht wegen Mordes verhaften! Sie ist das reichste Tier im ganzen Bezirk.»

«Orville!» Vera schrie ihn beinahe an. «Sie werden den Mörder oder die Mörderin festnehmen, egal wie reich oder arm dieses Tier am Ende ist. Das ist Ihre Pflicht.»

«Vielleicht sollte der Chief das tun. Er ist der richtige Bär für so einen Einsatz. Die schön funkelnde Dienstmarke trägt schließlich er.» Orville persönlich konnte sich nicht vorstellen, dass eine Jury eine betrogene Biberehefrau schuldig sprechen würde – insbesondere keine reiche. Er fragte sich, ob die Konsequenzen einer solchen spektakulären Festnahme vielleicht sogar zu Meades Rücktritt führen würden, sodass der Posten des Polizeichefs für ihn selbst, Orville, frei würde. Das würde ihm gefallen, und danach würde man sich gewiss nie wieder mit einem Mord herumschlagen müssen. Shady Hollow würde wieder die friedliche, freundliche Stadt sein, die es immer gewesen war.

«Erst einmal brauchen wir Beweise», unterbrach Vera seine kleine Träumerei. «Vorläufig können Sie noch überhaupt kein Tier festnehmen.»

«Nun, ich habe vor, Lefty aufzustöbern», erklärte Orville energisch. «Was immer das schwarze Schaf sagt, es gilt, einen realen Pfotenabdruck zu erklären. Ich würde wirklich gern wissen, wie Lefty sich da herauswindet.»

Er nahm Handschellen aus der Schreibtischschublade und verließ die Polizeiwache mit Vera an seiner Seite. Als sie bei der Redaktion anlangten, wünschte sie Orville viel Glück und trat ein.

Es wurde Zeit für ein wenig guten, altmodischen Journalismus, beschloss sie. Sie hatte schon einige Tage nicht mehr an ihrem Schreibtisch gesessen. Jetzt hatte sie eine Menge Notizen und die Geschichte, die Ruby ihr anvertraut hatte. Was davon sollte sie in der morgigen Ausgabe erwähnen?

Es war noch viel zu früh, um Rubys Beschuldigungen in der Öffentlichkeit überhaupt nur anzudeuten ... auch wenn das Schaf vermutlich hoffte, die Zeitung werde die Vorwürfe sofort drucken. Doch ohne genauere Überprüfung der Faktenlage brachte Vera kaum je eine Story heraus. Sie war zwar jung, aber trotzdem eine Journalistin alter Schule. Sie hatte auch so mehr als genug Material für einen Artikel.

Sie spannte einen frischen Bogen Papier in die Schreibmaschine und machte sich an die Arbeit. Beim Schreiben kam ihr die Erinnerung an etwas in den Sinn, was Ruby erwähnt hatte. Die Schafdame hatte erklärt, von Beaverpelt habe Geld gespart, um mit ihr durchzubrennen. Wenn das, was Dusty bei der Beerdigung gesagt hatte, ebenfalls stimmte – nämlich dass von Beaverpelt kein eigenes Geld besaß –, woher stammte das gesparte Geld dann?

«Chitters», murmelte sie. Vor einigen Tagen, als Vera sich mit ihm in der Sägemühle unterhalten hatte, war der Mäuserich so aufgewühlt gewesen. Was hatte er noch gesagt? Es wurde zu viel Geld ausgegeben …

Mitten im Wort hörte Vera auf zu tippen und rannte los.

Zum Zeichen der Trauer um den Besitzer stand die Sägemühle still, die Arbeiter mussten nach der Beerdigung ein paar Tage Urlaub nehmen. Daher traf Vera Howard Chitters zu Hause an. Er sah genauso überarbeitet aus wie immer.

«Oh, hallo, Miss Vixen!», piepste er, als er ihr die Tür öffnete. «Was kann ich für Sie tun?» Zwei Mäusekinder hingen an seinen Vorderpfoten.

«Können wir kurz miteinander reden?», fragte Vera und warf einen Seitenblick auf die beiden Winzlinge. «Unter vier Augen?»

«Geht mal zu eurer Mutter», wies Chitters seine Kinder an. Gleich darauf sausten sie davon, und er wandte sich Vera zu. «Meine Frau ist heute krank, daher ruht sie sich im Schlafzimmer aus. Na ja, sie *hat* sich ausgeruht», verbesserte er sich. «Worum geht es?»

«Was stimmt mit den Bilanzen der Sägemühle nicht?», fragte Vera offen heraus.

Howard blickte sie noch nervöser an. «Äh … nichts … das heißt …»

«An dem Tag, an dem von Beaverpelt im Büro vergiftet wurde, haben Sie dergleichen erwähnt.» Vera lächelte ihm beruhigend zu. «Sehen Sie, vielleicht könnte uns das ja helfen, den Mörder zu finden.»

«Nun, vermutlich haben Sie recht.» Er brachte ein

paar Bilanzbücher herbei, die er sich von der Arbeit nach Hause mitgenommen hatte, und legte sie auf den Tisch. Dann kochte er eine starke Kanne Tee für sie beide und setzte sich. Mit der Absicht, genau herauszufinden, was vor sich ging, zog Vera ihr Notizbuch hervor.

«In den letzten Monaten habe ich mir Sorgen wegen einiger kleiner Fehler in den Büchern gemacht», berichtete Howard. «Zunächst war es nicht viel. Ein paar merkwürdige Zahlungen und ein oder zwei Schecks, die verloren gegangen waren.»

Vera nickte. In einem geschäftigen Betrieb wie der Sägemühle konnte so etwas passieren, und Howard wusste mit Sicherheit, dass die Bücher in keiner Firma hundertprozentig akkurat sein konnten. «Was hat Sie dann stutzig gemacht?»

«Bald wurde offensichtlich, dass es um mehr als einfache Fehler ging.» Er deutete auf eine Kolonne roter Zahlen. «Eine große Summe Geld war unauffindbar.»

«Was hat Ihr Chef dazu gesagt?»

«Ich habe mehrmals versucht, Mr. von Beaverpelt auf das Thema anzusprechen, aber er hat mich immer abgewimmelt. ‹Machen Sie sich doch wegen der paar Cent keine Sorgen, Chitters. Wir bezahlen unsere Arbeiter und unsere Lieferanten, und das ist es, was zählt!› Aber die Unstimmigkeiten wurden immer schlimmer.»

Der Mäuserich beugte sich über die Bücher und wies auf Muster in den vielen Seiten sorgfältiger Einträge hin. Hin und wieder notierte er eine bestimmte Zahl oder einen Namen auf einem eigenen Blatt.

Beide Tiere waren so in ihre Arbeit vertieft, dass sie Chitters' Frau erst rufen hörten, als die Teetassen schon von der Lautstärke ihrer schrillen Stimme klirrten.

«Oh, Entschuldigung!», sagte er und eilte ins Schlafzimmer. «Was ist, meine Liebste?»

Vera konnte das Gespräch mit anhören.

«Würdest du mir bitte etwas von der Gemüsesuppe aufwärmen, Schatz? Ich bin am Verhungern. Was machst du? Ich habe zehn Mal nach dir gerufen.»

«Nur ein Problem bei der Arbeit, Liebste.»

Howard tauchte wieder auf und ging in die Küche, um sich um die Suppe zu kümmern.

Vera nutzte die Gelegenheit, sich die Bücher auf eigene Faust anzuschauen. Nach sorgfältigem Studium fiel ihr endlich etwas auf. Pünktlich jeden Monat wurde eine Summe von fünfhundert Dollar an ein Tier oder eine Gesellschaft mit den Initialen S. S. gezahlt. Einen weiteren Hinweis, um wen oder was es sich bei S. S. handeln könnte, gab es nicht.

Howard setzte sich wieder zu ihr. «Ah, Sie haben diese Zahlungen gesehen. Ich habe mir alle Namen angeschaut. Jeden einzelnen, mit dem die Sägemühle Geschäfte macht. Keiner hat diese Initialen.»

Vera bemerkte, dass die letzte Zahlung aus der Woche vor von Beaverpelts Ermordung stammte. Danach war keine mehr erfolgt. Sie begriff jedoch, dass Howards Chef sich viel Mühe gegeben hatte, die Zahlungen vor seinem sorgfältigen Buchhalter zu verbergen. Wäre von Beaverpelt am Leben geblieben, hätte Howard vielleicht nie Gelegenheit gehabt, die Bücher gründlich zu überprüfen. Von Natur aus war er nicht misstrauisch, und normalerweise hatte er viel zu viel zu tun, um sich so ausführlich in die Finanzen der Sägemühle zu vertiefen.

«Wir müssen diese Bücher zu Orville bringen», sagte Vera.

«Meinen Sie wirklich? Ich will von Beaverpelts Namen nicht beschmutzen.»

«Aber was, wenn das hier ein Hinweis auf die Identität seines Mörders ist?»

Howard schwankte eine Weile und wünschte, der Biber wäre da, um ihm zu sagen, was er tun solle. Von Beaverpelt fragte seine Frau und seine Töchter in Geschäftsdingen niemals um Rat, dessen war Howard sich sicher. Von heute an würde Howard Chitters das Gedächtnis seines ermordeten Chefs ehren, indem er Entscheidungen selbstständig traf.

«Nun gut. Aber wir müssen gemeinsam hingehen. Die Bilanzbücher unterstehen meiner Verantwortung.»

In diesem Moment ertönte ein weiterer lauter Ruf aus dem Schlafzimmer. «Ich komme, Liebling», sagte Howard.

Er schaute wieder zu Vera. «Wie wäre es mit morgen früh?»

Da bereits ein paar kleine Mäusekinder ins Zimmer spähten, stimmte Vera zu.

«Bis dann!», sagte sie. Sie war erregt, doch ihr schwirrte auch der Kopf, als sie ging.

Zurück in der Redaktion tippte sie ihren nächsten Artikel. Sie konzentrierte sich darin auf Leftys Verschwinden und vermied es, von Beaverpelts Affäre zu erwähnen. Dann hatte sie genug. Trotz allem, was sie von Chitters erfahren hatte, stimmte etwas mit den Hinweisen nicht, die sich bisher ergeben hatten. Sie konnte allerdings nicht mit Bestimmtheit sagen, welches Element fehlte. Nichts war frustrierender als der Versuch, ein Puzzle zusammenzusetzen, bei dem nicht alle Teile vorhanden waren. Logischerweise hätte sie die Namen der Tiere, deren Alibi bestätigt war, von der Liste der Verdächtigen streichen müssen. Doch diesmal tauchten dieselben Namen immer wieder als Möglichkeiten auf. Sie musste mit Lenore reden.

In der Mittagspausenzeit war in der Buchhandlung viel los, und in jedem Stockwerk des Ladens standen und saßen Kunden und schauten in die Bücher. Vera musste geduldig abwarten, bis Lenore bei einigen Kunden kassiert hatte, dabei war ihr überhaupt nicht nach Geduld zumute. Sie versuchte, in einem von Lenores besonders herausgestellten Titeln zu schmökern, der Übersetzung eines Thrillers aus einem Nordland: *Das Eichhörnchen, das ins Hornissennest stach.* Otto Sumpf war viele Jahre lang ein Fan der Serie gewesen, da er sie in der Originalsprache lesen konnte. Doch Vera konnte nicht stillsitzen, und bald lag das Buch vergessen auf dem Seitentisch, an den sie sich zum Warten zurückgezogen hatte.

Als es etwas ruhiger wurde, flog Lenore schließlich hinauf und setzte sich zu Vera. Wenn man im Einzelhandel arbeitete, waren Flügel ein Vorteil.

«Du siehst unglücklich aus», sagte die Räbin.

Vera erklärte ihr das Problem mit dem Fall. «Wieso hat es den Anschein, dass ich niemanden als Verdächtigen ausschließen kann außer durch Intuition? Ich brauche richtige Beweise, aber alles ist ständig in Bewegung. Nimm zum Beispiel die Alibis. Die letzte Woche haben wir zahllose Leute gefragt, wo sie zum Zeitpunkt der Taten waren, und doch ist so wenig dabei herausgekommen.»

«Darüber habe ich nachgedacht», sagte Lenore leise, da noch immer Kundschaft im Laden war. «Das Problem ist die Mordmethode. Beide Opfer wurden vergiftet, was bedeutet, dass ein Alibi eigentlich gar nicht viel beweist. Der Wein und der Kaffee könnten weit im Voraus vorbereitet worden sein. In von Beaverpelts Fall erscheint es offensichtlich, dass irgendein Tier schon lange vorher alles Notwendige unternommen haben muss, um seinen Kaffee mit Gift zu versetzen. Wahrscheinlich war es dem Täter oder der Täterin vollkommen egal, wann er das Zeug trinken würde, solange er nur vor Ablauf von einigen Tagen starb. Deshalb hat der Mörder es nicht sofort wieder versucht, als von Beaverpelt den ersten Mordanschlag überlebte. Er hat auf die nächste Gelegenheit gewartet, zu der von Beaverpelt allein war und nicht um Hilfe rufen konnte.»

«Hm, wobei wir so tun, als würden wir die genaue Zeit kennen, zu der er verschwunden ist», merkte Vera an. «Aber wir wissen nur mit Sicherheit, dass Edith und ihre Töchter aussagen, ihn an jenem Morgen im Bett gesehen zu haben – lebendig –, und dass er mittags tot im Teich lag. Das ist eine lange Zeitspanne.»

«Der Mörder könnte ihn auf dem Weg zur Sägemühle oder auf dem Rückweg von dort ermordet haben. Von der Zeit, als Edith ihn vermisst hat, bis zu dem Moment, als man die Leiche fand, sind einige Stunden vergangen.»

Vera warf entnervt die Pfoten hoch. «Wie können wir dieses große Zeitfenster verkleinern?»

«Mit Alibis kommst du nicht weiter», riet ihr Lenore. «Halte stattdessen lieber nach Motiven Ausschau.»

«Otto hat jedem ein Motiv gegeben», grummelte Vera.

«Damit machst du es dir zu leicht. Etwas hat jemanden dazu veranlasst, erst Otto und dann von Beaverpelt zu töten. Bis du diesen Grund erkennst, wirst du den Mörder nicht finden.»

Dann musste Lenore ihre Freundin allein lassen, da eine Maus eine Frage zu dem Roman *Von Mäusen und Menschen* hatte.

«Ja, natürlich. Der steht bei der Fantasy», sagte Lenore und flog hin, um die Kundin zu beraten.

Vera blieb noch eine kleine Weile sitzen und grübelte. Dann sprang sie auf und flitzte aus der Buchhandlung. In Anbetracht ihres Berufs und ihrer von Natur aus scharfen Sinne ist es durchaus verwunderlich, wie ihr entgehen konnte, dass sie auf dem Heimweg beschattet wurde.

KAPITEL 24

Am nächsten Tag traf sich Vera in der Polizeiwache mit Howard Chitters. Der kleine Mäuserich war mit Bilanzbüchern schwer beladen.

«Orville», piepste er. «Ich habe hier Beweismittel, die Sie sehen müssen.» Nach einer umständlichen Aufzählung aller Schritte seiner sorgfältigen Nachforschungen legte er das Bilanzbuch vor Orville auf den Schreibtisch. All die Striche und Zahlen sagten dem Bären nicht das Geringste.

«Berichten Sie mir einfach, was Sie entdeckt haben, Chitters», knurrte er ungeduldig.

Ermutigend stupste Vera den Mäuserich in die Seite.

Howard verzog nervös das Gesicht, holte aber tief Luft und machte tapfer weiter. «Mr. von Beaverpelt hat regelmäßig Geld vom Konto der Sägemühle abgehoben und damit irgendein Tier bezahlt. Er hat versucht, das zu kaschieren.»

«Wen hat er bezahlt?», fragte der Bär.

«Also, hier steht es ja», sagte Howard und gab ihm die Aufzeichnungen.

Orville schaute auf die Stelle, die Howard ihm mit der Pfote zeigte. «Und wer zum Teufel ist S. S.?»

Howard atmete geräuschvoll aus. «Das weiß ich nicht,

aber es ist ein Hinweis. Ich dachte, die Polizei könnte vielleicht den Rest herausfinden.»

Orville blickte verwirrt über den Kopf des Mäuserichs hinweg. «Na gut. Ich notiere es in meinem Bericht», erwiderte der Bär zweifelnd. Er brauchte eine Weile, um Howards Erklärungen in seinem Berichtsheft festzuhalten, weil er eine Menge Fragen stellen musste, um genau klarzustellen, was in dem Bilanzbuch nicht stimmte.

Vera meinte dabei, geradezu die Gedanken des Bären hören zu können: Wie kann diese kleine Maus all diese Zahlen begreifen?

Orville beendete seinen Bericht mit einem erleichterten Seufzer. «So. Das wäre erledigt. Da ich Sie schon einmal hier habe, Chitters, würden Sie mir bitte sagen, ob in letzter Zeit in die Sägemühle eingebrochen wurde? Oder ob sich dort irgendwo verdächtige Gestalten herumgetrieben haben?

«Was macht jemanden verdächtig?», fragte Howard verwirrt.

«Wenn er herumschleicht, herumlungert, auf etwas lauert, sich den Laden genau anschaut und vielleicht noch eine waschbärähnliche Gestalt hat ... das Übliche.» Tatsächlich zitierte Orville wörtlich aus dem *Großen Buch der Polizeiarbeit.*

«Nein, ich kann nicht behaupten, dass ich Lefty in der letzten Zeit in der Sägemühle gesehen hätte.» Howard war normalerweise kein selbstbewusst auftretendes Tier. Aber er war auch kein Dummkopf. «Und niemand hat einen Einbruch oder Diebstahl gemeldet.»

«Ich verstehe.» Orville war offensichtlich enttäuscht.

«So viel zum Thema Beweise für Leftys Schuld», merkte Vera an. «Ich bin immer noch nicht überzeugt davon, dass er etwas mit den Morden zu tun hat.»

«Sie haben Ihre Theorien, Fuchs, und ich habe meine.»

Jemand klopfte an die Tür der Polizeiwache, und ein Waldmurmeltier trat ein. Es war einer der Holzarbeiter von der Mühle, die noch immer weitgehend außer Betrieb war.

«Entschuldigen Sie bitte die Unterbrechung, Deputy. Mr. Chitters, ich habe Sie bei Ihnen zu Hause gesucht, und Ihre Frau sagte, Sie seien in der Polizeiwache. Mrs. von B. möchte Sie gern sprechen.»

«Wirklich?» Howard verzog überrascht das Gesicht. «Speziell mich?»

«Ich glaube, sie braucht Ihre Hilfe, um den Firmenbetrieb besser zu verstehen.»

«Ach herrje. Bitte entschuldigen Sie mich.» Howard packte die Bilanzbücher zusammen.

Vera verstand seine Sorge. Edith von Beaverpelt war nun formal gesehen seine Chefin, und sie galt nicht unbedingt als geduldiges Tier.

«Darf ich mitkommen?», fragte sie. «Zufällig habe ich ein paar Fragen an Edith.»

«Chitters, warten Sie bitte einen Moment lang draußen», warf Orville ein. «Ich muss mit Miss Vixen sprechen.»

Howard folgte dem Waldmurmeltier nach draußen.

Vera wandte sich Orville zu. «Unterstehen Sie sich, mir

zu sagen, dass ich nicht mit Mrs. von Beaverpelt sprechen darf. Ich bin Reporterin und habe das Recht, mich …»

«Ruhe, Fuchs.» Orville hob die Pfote. «Ich wollte Ihnen einfach nur raten, vorsichtig zu sein.»

«Wirklich?»

«Nun, wenn das Schaf mit seiner Theorie recht hat und Edith eine Mörderin ist – auch wenn ich das nicht für wahrscheinlich halte –, könnte sie gewalttätig werden, wenn Sie ihr die falschen Fragen stellen. Sie sind klug, Miss Vixen, aber Sie sind auch zudringlich. Wenn Sie eine Mörderin zu stark bedrängen, könnte die zurückrempeln. Oder Schlimmeres.»

Vera sah Orville überrascht an. Machte der Bär sich tatsächlich Sorgen um sie? Oder hielt er die Gefahr wirklich für so groß? Dann dachte sie an den Felsbrocken, der den Abhang hinuntergepoltert war, und begriff, dass er recht hatte.

«Ich passe auf», versprach sie. «Das Gefährlichste, was mir bei den von Beaverpelts passieren kann, ist ein Rüffel, weil ich mit meinen Pfoten das schimmernde Eichenparkett dreckig mache.»

«Viel Glück», sagte Orville. «Das werden Sie brauchen.»

Vera ging hinaus und traf dort Howard allein an. «Ich gehe direkt zur Villa», sagte er. «Edith war noch nicht in der Sägemühle.»

Vera schloss sich ihm an.

Als sie eintrafen, marschierte Edith im Arbeitszimmer auf und ab.

«Ach, Gott sei Dank!», sagte sie, als Howard mit dem

Stapel von Bilanzbüchern hereinkam. «Ich habe so viele Fragen.» Dann erblickte sie Vera und machte ein weniger erfreutes Gesicht. «Was kann ich für Sie tun, Miss Vixen?»

«Ich wollte Ihnen nur für meinen nächsten Artikel ein paar Fragen zum glanzvollen Leben Ihres verstorbenen Mannes stellen. Aber reden Sie doch bitte zuerst mit Howard. Ich setze mich und warte ganz geduldig.»

Edith seufzte, als hätte sie keine andere Wahl. Und so suchte sich Vera eine unauffällige Ecke, aus der sie trotzdem jedes Wort verstehen konnte, das Chitters und Edith von Beaverpelt miteinander wechselten.

Nach wenigen Sekunden schien Edith sie vergessen zu haben. «Mr. Chitters», begann sie. «Ich mache mir Sorgen.»

«Weswegen, Ma'am?», fragte er. Er hatte die Bilanzbücher vor sich auf einen Tisch gelegt und sich auf einen Hocker gesetzt, der höher war als der, auf dem Edith saß. Das brachte ihn auf Augenhöhe mit dem größeren Tier.

«Die Mühle muss den Betrieb so schnell wie möglich wieder aufnehmen. Das hätte mein Mann von mir erwartet.» Edith hielt inne und betupfte sich die Augen mit einem Taschentuch. Natürlich trug sie noch immer ein tiefschwarzes Kleid.

«Das ist ausgezeichnet, Ma'am. Setzen Sie die Mühle wieder in Gang.» Es war kein Geheimnis, dass Howard nur darauf wartete, zur Arbeit zurückzukehren. Er liebte seine Familie, doch das Leben im Haushalt der Chitters war nicht gerade ruhig.

«Aber ich weiß nicht, wie!», gestand Edith. «Reggie hat

nie mit mir über Geschäftliches gesprochen. Was, wenn ich alles falsch mache? Sollte die Sägemühle den Bach runtergehen, sind wir bankrott. Dann bin ich bankrott.» Bei diesen Worten brach sie in Tränen aus und steckte ihre Nase ins Taschentuch.

Howard wirkte von diesem heftigen Gefühlsausbruch recht verstört.

«Machen Sie die Mühle ... einfach wieder auf. Schicken Sie den Arbeitern eine Nachricht, dass der Betrieb morgen wieder losgeht, und informieren Sie die Lieferanten. Außerdem müssen Sie sich vergewissern, dass die Frachtkähne genug Platz für unsere Warenlieferungen bieten. Vielleicht haben die Flussschiffer bereits andere Ladungen angenommen, da sie nicht wussten, wie lange die Mühle außer Betrieb sein würde. Falls Sie die verlorenen Arbeitsstunden ersetzen wollen, können Sie natürlich Arbeitern, die eine zusätzliche Schicht übernehmen, Bonuszahlungen anbieten» – Howard hielt inne, als er sah, wie Ediths Augen bei all den Anweisungen immer größer wurden.

«Wie packt man das alles an?»

Howards kleines rosa Näschen zuckte einmal nervös. «Nun ... äh ... also. Möchten Sie, dass ich mich darum kümmere?»

«Ja», japste Edith. «Bitte. Ich würde das niemals alles schaffen.»

Howard verbeugte sich flink. «Keine Sorge, Ma'am. Ich setze alles in Gang, und Sie kommen einfach zur Mühle, wenn Sie so weit sind, dass Sie übernehmen wollen.»

Er nahm die Bücher und verließ die Villa eilig, froh, wieder eine Aufgabe zu haben.

Edith wandte sich Vera zu, die über das gesamte Gespräch still auf ihrem Platz verharrt hatte. «Nun, Miss Vixen? Was für Fragen haben Sie zum glanzvollen Leben meines Mannes?»

Auf dieses Stichwort hin schlug Vera ihr Notizbuch an einer unbeschriebenen Seite auf. «Einfach nur ein paar klärende Fragen, Ma'am. Über Mr. von Beaverpelts Herkunft gibt es keinen gesicherten Bericht. Wo haben Sie beide sich kennengelernt?»

Obwohl Vera das im Plauderton fragte, entspannte Edith sich nicht.

«Daran erinnere ich mich nicht.»

«Wie wäre es mit einer Geschichte aus der ersten Zeit nach dem Kennenlernen? Etwas, woraus die Leser erfahren, wie Sie beide sich verliebt haben.»

«Daran erinnere ich mich nicht», wiederholte Edith.

«Dann an Ihren Hochzeitstag», bohrte Vera weiter. «Keine Frau vergisst ihren Hochzeitstag. Waren Ihre Eltern dabei?»

«Natürlich waren sie dabei! Sie haben die Hochzeit schließlich bezahlt», fuhr Edith sie an.

«Wie großzügig von ihnen. Allein Ihr Hochzeitskleid muss ein kleines Vermögen gekostet haben. Ich habe Ihr Porträt in diesem Kleid gesehen. Sie wissen schon, das Bild neben dem Kamin.»

«Dieses Kleid habe ich geliebt.» Einen Moment lang wurde Ediths Stimme weicher, während sie in der Erinnerung versank. «Es gehörte meiner Mutter, und sie wollte, dass ich es trug. All diese Süßwasserperlen am Saum. Ich fand es so hübsch …»

«Bestimmt war Ihre Mutter entzückt, Sie darin zu sehen. Erzählen Sie mir von Ihrer Hochzeit. Die muss eine fantastische Feier für das Abenteuer der Ehe gewesen sein.»

«Abenteuer», echote Edith. Ihre Miene wurde hart. «Das habe ich nicht vor, Miss Vixen. Ich bin nicht scharf darauf, der Presse von den Liebes-Abenteuern meines Mannes zu berichten.»

Vera hätte sich für ihre ungeschickte Wortwahl in den Hintern treten können. «Na ja», redete sie sich heraus, «damit meinte ich natürlich keine Geheimnisse.»

«Das will ich Ihnen auch raten, Fuchs. Ich mag es nicht, wenn Außenstehende in meinen Angelegenheiten herumschnüffeln.» Die Witwe beugte sich mit zusammengezogenen Augen vor. «Wer sich mit mir anlegt, der bereut es bald. Habe ich mich unmissverständlich ausgedrückt?»

«Jawohl, Ma'am.» Vera wusste, wann es Zeit war, ein Interview zu beenden! «Ich finde den Weg zur Tür selbst.»

«Dann machen Sie das.»

Auf dem schnellsten Wege verließ Vera die Villa. Edith von Beaverpelt neigte also genauso zum herrischen Auftreten wie ihr verstorbener Mann. Vielleicht hatte sie ihm beigebracht, wie man einen Gegner wirkungsvoll bedrohte. Und vielleicht hatte sie die Geduld verloren, als Reginald auf eigene Ideen kam.

Jedenfalls würde Vera der Witwe keine weiteren Informationen entlocken können. Doch sie kam ihr tatsächlich wie eine Hauptverdächtige vor.

KAPITEL 25

Während Vera und Howard sich mit der neuen Chefin der Sägemühle trafen, ging Orville der Frage nach, wieso in der Villa der geheimnisvolle Abdruck einer Waschbärenpfote gefunden worden war. Er nahm sich vor, Lefty nun endlich aufzuspüren.

Tatsächlich hielt Orville es für kein sonderlich großes Problem, ihn ausfindig zu machen. Schließlich hatte der Kerl die Gefängniszelle beim ersten Mal nicht einmal freiwillig verlassen wollen. Chief Meade hatte ihn rausschmeißen müssen. Orville fragte sich, ob Lefty vielleicht versucht hatte, ihn mit seinem unerwarteten Verharren zu manipulieren, als eine Art psychologischer Trick, der das Gegenteil bewirken sollte. Vielleicht war Lefty gar kein solcher Trottel, wie er dachte, sondern in Wirklichkeit ein böses Genie!

Eine Erinnerung holte Orville auf den Boden der Tatsachen zurück. Der Waschbär hatte es einmal geschafft, sich während eines Bankraubs *in* der Bank einzusperren, und hatte die Polizei um Hilfe bitten müssen, ihn zu «befreien». So viel zum Thema Genie.

Doch Orville wollte auf Nummer sicher gehen. Lefty war eindeutig in der Von-Beaverpelt-Villa gewesen, und von Beaverpelt war eindeutig tot. Vorläufig waren das genügend Fakten für Orville. Er wollte Lefty wieder bei sich im Gefängnis haben.

Orville schaute sich in der Stadt um und klapperte Leftys übliche Aufenthaltsorte ab. In seinem Zimmer, das er bei einer verwitweten Ratte angemietet hatte, die ein Wohnheim für Alleinstehende führte, traf er ihn wenig überraschend nicht an. Die Vermieterin hatte ihn schon einige Tage nicht mehr gesehen.

«Das ist nichts Ungewöhnliches, wissen Sie», sagte sie. «Lefty schläft normalerweise tagsüber und ist nachts unterwegs.» Sie warf einen bedeutungsvollen Blick auf Orvilles glänzende Dienstmarke. «Ich hatte Sie schon früher hier erwartet! Sie müssen schließlich eine ganze Menge Fragen an ihn haben, Deputy.»

Die hatte Orville in der Tat, doch so, wie der Tag ablief, wurde es immer unwahrscheinlicher, dass er heute Antworten bekommen würde. Der Waschbär war unauffindbar.

Nach seinem Besuch im Wohnheim begab der Bär sich direkt zu *Joes Kaffeekanne*, doch der Elch schüttelte nur den schweren Kopf. «Hab ihn nicht gesehen.»

In nahezu perfekter Imitation der Geste seines Vaters schüttelte der junge Joe Junior ebenfalls den Kopf. «Lefty hat vor zwei Tagen am Morgen hinter dem Café im Müll gewühlt. Aber gestern und heute hat er sich nicht blicken lassen.»

Als Nächstes fragte Orville in der Bank nach. Dort hatte man Lefty nicht gesehen, dabei hielten die Bankmitarbeiter stets ein wachsames Auge auf ihn.

Dann ging er zur Zeitungsredaktion. Das Kaninchen am Empfang sagte, es habe nichts von Lefty gehört, aber es werde die Reporter fragen, sobald sie kämen, und Orville sofort eine Nachricht schicken, sollte jemand etwas wissen.

Orville hatte den eigenartigen Eindruck, dass das Kaninchen leise kicherte, als er ging. Er drehte sich rasch noch einmal zu ihm um. «Ist die Füchsin da?»

«Vera ist gerade unterwegs. Aber Sie können mit Gladys Honeysuckle sprechen. Sie bekommt alles in der Stadt mit.»

Orville wog die Tücken eines Gesprächs mit Gladys gegen die Möglichkeit ab, dass sie etwas Nützliches wissen könnte, und beschloss, das Risiko einzugehen. Also stapfte er zu ihrem Schreibtisch und fragte: «Haben Sie eine Ahnung, wo Lefty sich derzeit aufhalten könnte, Ms. Honeysuckle?»

Gladys holte tief Luft, was, wie er sich dachte, ein gefährliches Zeichen war. «Also, endlich! Ich bin froh, dass in dieser Stadt einmal jemand die Initiative ergreift. Der Waschbär steckt bis über beide Ohren in illegalen Aktivitäten, und die Polizei unternimmt niemals etwas dagegen. Nun, da es bis zum Mord gekommen ist, wäre es meiner Meinung nach höchste Zeit, diesen Kriminellen endlich zu verhaften – falls er es war. Das Leben ist seitdem nicht mehr dasselbe, und ich kann kaum noch schlafen, es ist einfach nur schrecklich für die Kinder in dieser Stadt, wir haben sie gut erzogen, oh ja, und jetzt ist es so schlimm, als lebten wir im schlimmsten Viertel der schlimmsten

Großstadt der Welt, und was bringt es einem, in ein reizendes Städtchen wie dieses zu ziehen, wenn Morde einfach zugelassen werden? Ich gebe nur das weiter, was ich höre, Deputy. Ich weiß, dass Sie es gut meinen und auf Ihre Weise Ihr Bestes geben, Gott segne Sie, aber das hier ist ein Problem, das gelöst werden muss, und zwar bald. Wissen Sie, der Waschbär steckt da mit drin! Davon bin ich überzeugt. Er ist verschlagen. Er verlässt die Stadt für Tage am Stück, ganz bestimmt für kriminelle Machenschaften ...» Sie hielt inne, um Luft zu holen.

«Wo ist er?», konnte Orville einwerfen.

«Ich bin nicht in sein schändliches Treiben eingeweiht! Irgendwo außerhalb der Stadt, denn seit Tagen hat ihn keiner mehr gesehen, nirgends. Er muss irgendwo einen Schlupfwinkel haben. Wahrscheinlich ein dumpfes, grässliches Loch ...»

«Aber Sie wissen nicht, wo?», hakte der Bär nach.

«Nein», antwortete Gladys mürrisch, von dieser Lücke in ihrem beträchtlichen Wissen verärgert. «Aber ich bin mir sicher, dass er sich jetzt dort versteckt hält.»

«Ich verstehe. Danke, Ms. Honeysuckle!»

Bevor die Kolibridame ihn in ein noch längeres Gespräch verwickeln konnte, eilte Orville davon und setzte seine Suche fort. Nachdem er alle naheliegenden Möglichkeiten erschöpft hatte, druckte er Fahndungsplakate für Lefty aus, was schnell ging, da auf der Polizeiwache jederzeit ein Entwurf mit Leftys Konterfei druckfertig bereitlag.

Orville hängte das Plakat in allen öffentlichen Gebäuden aus und verkündete offiziell, dass die Polizei nach Lefty fahndete. Jedes Tier, das den Gesuchten sah, war nun verpflichtet, die Polizei über Leftys Aufenthaltsort zu informieren, und es war streng verboten, dem Flüchtigen zu helfen.

Der Tag verging, ohne dass Lefty gesichtet worden wäre, doch die Nachricht, dass Orville sich für seinen Verbleib interessierte, sprach sich herum. Überall in Shady Hollow steckten die Leute die Köpfe zusammen, und viele Tiere nahmen an, der Bär habe den entscheidenden Beweis gefunden, dass Lefty nun doch der Mörder war.

Die Nachbarn schüttelten wissend die Köpfe. Natürlich! Es war also doch das kriminelle Element. Kein aufrechter Bürger Shady Hollows hätte eine so schreckliche Tat begehen können.

Am nächsten Tag hörten Vera und Lenore in der Buchhandlung von Orvilles Fahndung.

Die Füchsin seufzte. «Ich hatte schon befürchtet, dass das passieren könnte. Orville will einen einfachen Ausweg. Sollte er Lefty in die Pfoten bekommen, wird er nicht nach der Wahrheit suchen. Er wird die Pfotenabdrücke als Beweis werten und behaupten, Lefty sei der Schuldige. Vermutlich hat der Waschbär kein Alibi, und deshalb ist er abgehauen. Er hat keine Chance.»

«Wieso glaubst du eigentlich, dass Lefty unschuldig ist?» Lenore legte den Kopf schief.

«Das spüre ich einfach im Pelz. Für keinen der Morde hatte er ein Motiv. Und er ist zu unfähig, um auch nur einen Obststand ohne Patzer auszurauben. Wäre er wirklich imstande, zwei erfolgreiche Morde zu planen, für die es keinerlei Zeugen gibt?» Vera schüttelte angewidert den Kopf. «Das ergibt keinen Sinn.»

«Du wirst es schwer haben, Leftys Unschuld zu beweisen, wenn du nicht mit ihm reden kannst», sagte Lenore. «Er hat Glück, dass ihm überhaupt jemand zur Seite steht. Die meisten Leute hätten nichts dagegen, wenn er lebenslänglich hinter Gitter wanderte.»

«Er mag kriminell sein, aber er ist kein Mörder.»

Vera wünschte Lenore eine gute Nacht, verließ die Buchhandlung und machte sich auf den Weg zu ihrem Bau.

Unterwegs hörte sie hinter sich auf dem Pfad einen Zweig knacken. Sie blieb alarmiert stehen und lauschte mit gespitzten Ohren. Derzeit konnte keiner vorsichtig genug sein. Glücklicherweise hatte sie ein scharfes Gehör.

Plötzlich trat eine Kapuzengestalt hinter einem Baum hervor.

«Sind Sie Vera Vixen, die Reporterin?», fragte das unbekannte Tier. «Ich muss mit Ihnen reden.»

«Sie können in der Zeitungsredaktion einen Termin mit mir ausmachen», antwortete Vera und ging ein wenig schneller.

«Bitte, Miss Vixen», rief das Tier ihr nach. «Ich muss meinen Lefty vor der Polizei retten. Er hat nichts Böses getan!»

Unvermittelt blieb Vera stehen und fuhr herum. «Ihren Lefty? Wer sind Sie?»

Die Unbekannte schlug die Kapuze zurück. Eine Waschbärin. «Ich bin Rhonda. Lefty und ich sind ein Paar.»

Veras Angst legte sich, denn jetzt witterte sie eine Story. «Freut mich, Sie kennenzulernen, Rhonda. Darf ich Sie vielleicht auf eine Tasse Kaffee einladen?» Einen Kaffee konnte Vera immer vertragen, und sie wusste, dass Rhonda offenherziger sein würde, wenn sie zusammensäßen und sich wie Freundinnen unterhielten.

Die beiden neuen Bekannten begaben sich zu Joes *Kaffeekanne.* Vera war neugierig auf das, was Rhonda zu sagen hätte, doch sie behielt ihre Fragen für sich, bis Rhonda mit einem großen Kaffee und einem sogar noch größeren Walnuss-Scone am Tisch saß.

«Wo ist Lefty?», fragte Vera.

«Das weiß ich nicht», redete Rhonda sich heraus und sah dabei weg.

«Keine Sorge, ich bin nicht die Polizei. Ich sage es niemandem ... falls sich herausstellt, dass Sie tatsächlich Informationen haben.»

«Ich sagte doch, ich weiß es nicht. Aber ich weiß, dass er auf keinen Fall jemanden umgebracht hat.»

Rhonda erzählte Vera sehr wenig über sich selbst. Tatsächlich war sie ziemlich angefressen, dass die Tiere in Shady Hollow nichts von ihr wussten. Sie fand es unfassbar, dass Lefty sie gegenüber seinen Mitbürgern niemals erwähnt hatte. Schließlich waren sie schon einige Jahre zusammen.

«Wieso dachten Sie überhaupt, dass Sie nach Shady Hollow kommen sollten?», fragte Vera.

«Die Nachricht von dem Pfotenabdruck, der in der Von-Beaverpelt-Villa gefunden wurde, hat sich bis zu mir herumgesprochen. Und ich habe von dem Verdacht gehört, dass Lefty für mehr als nur Diebstahl verantwortlich sein soll.» Rhonda schluckte. «Ich liebe Lefty», versicherte sie, «aber selbst ich weiß, dass er nicht der Klügste ist. Er meint es nie böse, aber er denkt die Dinge nicht immer zu Ende, wenn Sie verstehen, was ich meine.»

Vera nickte und trank einen Schluck ihres rasch abkühlenden Kaffees. Sie wollte Rhondas Redefluss nicht unterbrechen, doch sie befürchtete, die Waschbärin werde niemals zur Sache kommen. Rhonda wirkte fest entschlossen, Vera alle Einzelheiten ihrer vom Schicksal schwer gebeutelten Beziehung zu erzählen, doch das alles wollte Vera nicht hören. Sie interessierte sich nur für die Fakten.

«Was hat Lefty dann also in der Von-Beaverpelt-Villa gemacht?», fragte sie ernst. «Die Polizei hat den Abdruck einer Waschbärenpfote gefunden, das lässt sich nicht leugnen.»

«Das war überhaupt nichts.» Rhonda seufzte und beugte sich zu Vera vor, als wären sie alte Freundinnen, die Geheimnisse austauschen. «Das liegt schon lange Zeit zurück, aber die Polizei hatte bis jetzt nie einen Anlass, die Villa auf Pfotenabdrücke zu untersuchen. Lefty hat sich in der Villa umgesehen. Er war einfach nur neugierig, verstehen sie. Er ist kein Mörder.»

Vera mochte im Allgemeinen Zweifel an Leftys moralischen Standards haben, doch sie musste Rhonda zustimmen; er war kein Mörder.

Wer also war es dann?

Während Vera die Waschbärin reden ließ, verlor sie sich in einem Tagtraum. Darin erhielt sie für ihre Story über die Aufklärung von Mordfällen in einer Kleinstadt einen renommierten Preis. Doch weiter kam sie nicht. Ihre angenehmen Gedanken wurden durch das laute Scheppern einer leeren Kaffeetasse unterbrochen, die Rhonda entschieden auf die Untertasse stellte.

Blinzelnd fuhr Vera zusammen. Ihr wurde schlagartig bewusst, dass sie noch immer mit ihrer neuen besten Freundin in der *Kaffeekanne* saß. Rhonda begriff, dass sie die Aufmerksamkeit ihrer Zuhörerin verlor. Daher suchte sie krampfhaft nach etwas, womit sie das Interesse der Füchsin neu wecken könnte.

«Möchten Sie nicht vielleicht erfahren, wie Lefty und ich uns kennengelernt haben?», tastete sie sich vor. «Es ist eine tolle Geschichte. Wir haben beide dasselbe Haus ausspioniert, in das wir einbrechen wollten, und ...»

An dieser Stelle unterbrach sie Vera. «Tut mir leid, aber ich muss noch einen Abgabetermin einhalten. Die Informationen über Lefty sind sehr hilfreich, aber jetzt muss ich zur Redaktion zurück. Ganz herzlichen Dank für das Gespräch. Falls Lefty selbst mit mir reden möchte, schicken Sie eine Nachricht mit dem Codewort *Moosbeere* an die Redaktion. Mir ist jeder Treffpunkt recht, wenn Ihr Partner eine Story für mich hat.»

Nachdem Vera der schwatzhaften Waschbärin entkommen war, beschloss sie, heimzugehen, um sich Ottos Tagebücher genauer anzuschauen. Sie war sich sicher, dass irgendwo darin ein Hinweis zu finden sein würde. Sie konnte es sich nicht leisten, noch mehr Zeit mit Leftys Liebesleben zu verschwenden. Sie war sich sicher, dass ein ganz anderes Tier nicht nur Otto Sumpf und Reginald von Beaverpelt ermordet hatte, sondern auch damals im Wald versucht hatte, sie selbst mit dem rollenden Felsbrocken zu erschlagen. Wenn Vera nur herausfinden könnte, um wen es sich handelte – bevor es zu einem weiteren Anschlag auf ihr eigenes Leben käme.

KAPITEL 26

Ohne einem anderen Tier zu begegnen, gelangte Vera sicher in ihren Bau. Als sie die schwere Eichenholztür hinter sich zumachte, stieß sie einen erleichterten Seufzer aus. Nur einen kurzen Moment zögerte sie, dann schloss sie das brandneue, glänzende Messingschloss ab.

Was für ein Selbstbetrug, dachte sie. Sowohl Reginald als auch Otto waren nicht bei sich zu Hause ermordet worden. All die neuen Schlösser, die gerade verkauft wurden, machten die Stadt kein bisschen sicherer.

Trotzdem ließ sie die Tür abgeschlossen.

Sie wandte sich dem Tisch zu, auf dem Ottos Tagebücher ordentlich auf einem Stapel lagen. Es wurde höchste Zeit, sie einmal sorgfältig durchzugehen. Mit dieser Absicht machte sie es sich mit ihrer Lesebrille, Ottos Tagebüchern und einer Schale getrockneter Feigen auf ihrem Sofa bequem.

Es gab acht Tagebücher, und anscheinend waren sie weder datiert noch auf irgendeine sinnvolle Weise geordnet, zumindest für jeden außer Otto. Die meisten Einträge enthielten irgendwelche Kommentare zu seinen Mitbürgern, Geschimpfe über verschiedene Themen oder sie hielten fest, was er zu Mittag gegessen hatte. Vera las dennoch sorgfältig und machte sich Notizen, wenn ihr etwas Relevantes ins Auge fiel.

Stunden später stand sie auf und marschierte in ihrem Wohnzimmer auf und ab, um wieder einen klaren Kopf zu bekommen. Nach mehreren Runden fiel ihr etwas auf, was sie vorhin bei ihrer Heimkehr nicht bemerkt hatte: ein zusammengefalteter Zettel, der unter der Tür durchgeschoben worden war. Sie stürzte sich darauf und entfaltete ihn, so schnell sie konnte.

Die Schrift war so krakelig, dass sie dreimal lesen musste, bevor sie die Botschaft verstand.

> FINGER WEG VOM VON-BEAVERPELT-FALL, FUCHS. DER NÄCHSTE FELSBROCKEN VERFEHLT DICH NICHT.

Die Drohung verblüffte Vera eher, als dass sie ihr Angst einjagte. Sie war schließlich eine Investigativjournalistin, und es wäre weit mehr als eine Warnung nötig, um sie von dieser Story abzubringen. Sie studierte die Schrift, um herauszufinden, wer dahinterstecken könnte. Aber es war klar, dass der Verfasser seine Handschrift verstellt hatte. Sie hielt das Papier ans Licht und musterte es, um es auf diese Weise auf weitere Hinweise zu untersuchen.

Im Licht der Laterne zeichnete sich schwach ein Wasserzeichen ab: das Bild einer Platane. Wo hatte Vera so etwas schon einmal gesehen?

Sie kramte in ihren Unterlagen. Ganz bestimmt hatte sie vor nicht allzu langer Zeit etwas vor Augen gehabt, was große Ähnlichkeit mit diesem Wasserzeichen aufwies. Wo war es nur?

Vera holte tief Luft, als sie auf einem anderen Blatt Papier dasselbe Wasserzeichen entdeckte. Mit zitternden Fingern zog sie es heraus.

Es war die Einladung zu Reginald von Beaverpelts Totenfeier, die von niemand anderem als Edith von Beaverpelt geschrieben worden war.

Wenn beide Blätter aus dem Haus der von Beaverpelts stammten – und das erschien wahrscheinlich, denn wer sonst könnte sich so hochwertiges Papier leisten –, dann wies das auf eine ganz bestimmte Tatsache hin. Gerade erst vor Kurzem hatte Edith Vera mit den Worten bedroht, wer sich mit ihr anlege, werde es bereuen.

Edith musste also diejenige sein, die versuchte, sie mit dieser Botschaft von der Story abzuschrecken. Und warum sollte sie das tun, wenn sie nicht die Mörderin war?

Inzwischen war Vera so wach, als hätte sie drei Becher von Joes Kaffee getrunken. Was immer die Verfasserin mit der Nachricht beabsichtigt hatte, sie weckte Veras Entschlossenheit nur noch mehr. Sie könnte in Ottos Niederschrift nach Hinweisen Ausschau halten, die sich auf Edith bezogen. Vielleicht hatte der Kröterich etwas Verfängliches mitbekommen und war deshalb ermordet worden.

Die Füchsin verwandte viel Zeit auf das Notizbuch, entdeckte aber nichts, was auf Edith verwiesen hätte. Es gab zudem zahlreiche Abschnitte, die sie nicht lesen konnte.

«Zum Teil hat er in einer anderen Sprache geschrieben», murmelte sie vor sich hin. «Vielleicht kann Professor Heidegger etwas damit anfangen, oder ihm fällt etwas dazu ein, was die Kritzeleien an den Rändern bedeuten könnten. Es sieht so aus, als hätte Otto eine Art Code verwendet. Die meisten Tiere in der Stadt hat er immer nur mit ihren Initialen bezeichnet. Er wollte nicht, dass ein zufälliger Leser in seinem Tagebuch herumschnüffelt, das ist sicher.»

Früher war er einmal Spion gewesen, fiel Vera ein. Vielleicht hatte er die Gewohnheit angenommen, alles Schriftliche zu verschlüsseln.

Sie beschloss, sofort mit Heidegger zu sprechen. Dafür musste sie sich in den dunklen Wald hinauswagen, doch sie war eine Füchsin mit scharfen Klauen und noch schärferen Zähnen. Sie ließ sich nicht von der Dunkelheit abschrecken ... oder vor dem, was diese verbergen mochte.

Daher steckte sie die Notizbücher in ihre Schultertasche und schloss die Haustür auf. Auf dem Weg durch den Wald blickte sie sich unwillkürlich immer wieder um, denn um sie her tauchten ständig neue Schatten auf. Nach den Vorfällen der vergangenen Woche wäre jedes Tier ein wenig nervös, und Vera kam dem Mörder oder der Mörderin allmählich gefährlich nahe.

Als sie Professor Heideggers Ulme erreicht hatte, atmete sie erleichtert auf. Er war zu Hause und saß ganz oben auf dem hohen Ast, den er als Balkon nutzte.

«Professor!», rief sie. «Hallo!»

Sobald der Eulenherr die Besucherin erblickte, glitt er mit ein paar Flügelschlägen zu ihr herab. «Wie geht es

Ihnen an diesem schönen Abend, Miss Vixen?», fragte er höflich.

«Nicht schlecht, danke der Nachfrage, Professor.» Da sie nach dem Gang durch den dunklen Wald zu nervös war, um weitere Höflichkeiten auszutauschen, zog Vera die beiden jüngsten Exemplare von Ottos Tagebüchern aus ihrer Schultertasche, die sie als die letzten in Ottos Sammlung identifiziert hatte. Das eine war nur halb gefüllt, das andere hatte zuoberst auf dem Stapel gelegen. «Die hier sind von Otto. Teilweise scheinen sie in einer Art Code oder einer Fremdsprache oder beidem verfasst zu sein.»

Sie reichte sie dem Professor. Der blätterte interessiert darin, und seine großen Augen schienen im schwachen Licht zu glühen.

«Wie faszinierend! Aber ich brauche ein wenig Zeit, um mir das hier in Ruhe anzuschauen, Miss Vixen», erklärte die Eule. «Es ist äußerst komplex.»

«Natürlich, Professor», gab Vera zurück, obgleich sie auf eine rasche Antwort gehofft hatte. «Würden Sie mir bitte Bescheid geben, falls Sie etwas herausfinden?»

«Sie hören von mir», antwortete die Eule zuversichtlich. «Ich beherrsche zahlreiche Sprachen, und noch nie wurde ein Code ersonnen, den Ambrosius Heidegger nicht knacken konnte!»

Unter Einsatz all ihrer inneren Kraft widerstand Vera dem Impuls, eine spitze Bemerkung zu machen, und bedankte sich beim Professor für seine Zeit und sachkundige Hilfe.

KAPITEL 27

Vera kehrte ohne Zwischenfall nach Hause zurück und schloss gleich nach dem Eintreten die Tür hinter sich ab. Tausend Gedanken gingen ihr durch den Kopf. Ottos Tagebücher. Der geflüchtete Lefty. Ediths besonderes Briefpapier.

Sie konnte kaum schlafen, und der nächste Morgen kam viel zu schnell. Lange nach ihrer üblichen Zeit schleppte sie sich in die Redaktion. Am Schreibtisch nickte sie erneut ein, bis sie von einer Stimme aus ihrem Schlummer gerissen wurde.

«Miss Vixen? Miss Vixen!»

«Das ist der Einstieg in die Story!», murmelte sie und wurde dann blinzelnd wach. «Hm? Was?»

Als sie aufblickte, entdeckte sie ein Kaninchen, das einen zusammengefalteten Zettel in der Hand hielt. «Diese Nachricht ist für Sie eingetroffen. Ein anonymer Hinweis.»

«Danke.» Vera griff danach. Auf dem Zettel stand:

FÜR DEN BESTEN MOOSBEEREN-PIE KOMMEN SIE ZUM MITTERNACHTSANGEBOT IN JOES KAFFEEKANNE. KOMMEN SIE ALLEIN, DIESER PIE IST ZU GUT, UM IHN ZU TEILEN.

Noch immer vom Schlaf benommen, las Vera die Nachricht immer wieder durch und versuchte, sie zu begreifen. Die *Kaffeekanne* war um Mitternacht geschlossen ... aber Moment mal, in der Nachricht stand das Codewort Moosbeere. Rhonda war wesentlich intelligenter als Lefty, und die Nachricht musste von ihr stammen. Vera sollte sich heute um Mitternacht vor der *Kaffeekanne* mit ihr treffen, wenn sie Lefty sehen wollte! Jetzt war sie aufgeregt, und obgleich in der Botschaft ausdrücklich stand, sie solle allein kommen, hatte sie vor, Lenore zu erzählen, wohin sie gehen würde. Sie hatte ihre Lektion über geheime Treffen um Mitternacht gelernt.

Als sie in der Buchhandlung ihrer Freundin von ihrem Vorhaben berichtete, sagte diese: «Bist du dir sicher? Denk nur dran, was dir letztes Mal zugestoßen ist, als du wegen einer anonymen Nachricht zu einem angeblichen Treffen gegangen bist. Bitte doch am besten Orville, die Begegnung im Auge zu behalten.»

Vera schüttelte den Kopf. «Das würde niemals funktionieren. Waschbären dürften Polizisten wohl auf fünfzig Schritt Entfernung riechen.»

«Na ja, was, wenn ich einfach über dem Treffpunkt hin und her fliege?»

«So etwas hatte ich im Sinn, ja.»

Lenore würde von ihrer Buchhandlung zur *Kaffeekanne* fliegen, und Vera würde von ihrem Bau aus dorthin gehen, nur für den Fall, dass sie beobachtet wurde.

Den Rest des Tages verbrachte Vera mit dem Versuch zu arbeiten, war aber zu abgelenkt, um produktiv zu sein. Sie ging früh nach Hause, und nachdem sie ein paar Bissen zu Abend gegessen hatte, fiel sie endlich in einen erschöpften Schlaf.

Mit einem Ruck wachte sie auf, ohne zu wissen, was sie geweckt hatte. Blinzelnd schaute sie auf die Uhr. Es war Viertel vor zwölf! Sie musste los.

Sie sprang auf und eilte zur *Kaffeekanne.* Unmittelbar vor Mitternacht traf sie dort ein.

Sie wusste, dass Lenore ebenfalls vor Ort war und von oben alles beobachtete.

Die Füchsin marschierte vor dem Café auf und ab und wartete auf Rhondas oder Leftys Erscheinen. Wenig Minuten später hörte sie, wie jemand aus dem tiefen Schatten etwas zischelte.

«Pssst. He, Fuchs. Komm her.»

Vera war nervös, doch das hier war vielleicht ihre einzige Chance, einen entscheidenden Hinweis zu erhalten. Sie huschte in den Schatten. Dort stand Rhonda in einen dunklen Trenchcoat gekleidet, die maskengleiche Fellzeichnung um ihre Augen verlieh ihr etwas sehr Unheimliches.

«Mir nach, wenn Sie mit Lefty reden wollen», sagte sie. Sie wartete Veras Antwort kaum ab und eilte in den Wald davon.

«Wohin gehen wir?», fragte Vera, während sie neben der Waschbärin herrannte. «Ist Lefty in der Nähe?»

«Er ist an einem sicheren Ort.» Mehr sagte Rhonda nicht.

Die Füchsin folgte der Waschbärin tiefer in den Wald

hinein. Schon bald war offensichtlich, dass Lefty sich nirgends in der Nähe von Shady Hollow aufhielt.

Nach einer Zeit, die Vera wie Stunden erschien, erreichten die Waschbärin und die Füchsin eine kleine Siedlung, die Rhonda als Elm Grove bezeichnete. Hier lebte sie, und hier hielt sie Lefty vor der Polizei und allen anderen, die noch hinter ihm her sein mochten, versteckt.

Sie gelangten zu einem hübschen kleinen Cottage am Ufer des Flusses. Blühende Windenranken zogen sich daran empor, und der Garten vor dem Haus war zu beiden Seiten von ordentlichen Gemüsebeeten gesäumt. Vera hoffte, dass Lenore noch immer lautlos über ihnen flog.

Als Rhonda die Haustür aufschloss und Vera hereinbat, überraschte es diese nicht, im Wohnzimmer Lefty anzutreffen.

Als die Füchsin eintrat, sprang er nervös auf. «Ist Ihnen jemand gefolgt?»

Rhonda machte ein verärgertes Gesicht. «Natürlich nicht. Ich weiß, wie man seine Spuren verwischt!»

Vera tat sehr geschäftig. Sie holte ihr Reporter-Notizbuch hervor und setzte sich neben Lefty in einen Sessel. «Ich habe ein paar Fragen an Sie», begann sie.

Lefty sah sie ängstlich an. «Ich hab es nicht getan, Fuchs!»

«Das glaube ich Ihnen.»

An so etwas war Lefty nicht gewöhnt. «Wirklich? Dann sagen Sie es dem Bären, oder?»

«Natürlich tue ich das, Lefty. Tatsächlich habe ich es ihm schon gesagt. Aber jetzt ist es erst einmal wichtig, den wahren Mörder aufzuspüren», antwortete sie. «Wenn wir beweisen können, wer Otto und Reginald ermordet hat, sind Sie entlastet ... zumindest, was den Mord anbelangt.» Sie wusste, dass Lefty bis über beide Ohren in andere kriminelle Aktivitäten verwickelt war. Juwelendiebstahl, Schwarzmarktgeschäfte mit Honig ... «Ich kenne Orville nicht besonders gut, aber ich halte ihn für ehrlich.»

Bei dieser Erklärung wirkten Rhonda und Lefty erleichtert. Lefty blieb allerdings weiter nervös, als erwartete er jeden Moment, dass Orville an der Tür auftauchte.

«Was wollen Sie von mir wissen?»

«Zunächst einmal, was haben Sie in der Von-Beaverpelt-Villa getrieben? Orville hat bei der kriminaltechnischen Spurensicherung Ihren Pfotenabdruck gefunden.»

Lefty zuckte mit den Schultern. «Das hat nichts mit dieser Sache zu tun!» Er wiederholte, was Rhonda Vera in der *Kaffeekanne* berichtet hatte. Vor einem Monat hatte er die Villa in Hinblick auf einen späteren Diebeszug ausgekundschaftet, war aber nicht weit gekommen und hatte Fersengeld geben müssen, um nicht entdeckt zu werden.

«Aber seitdem war ich nicht mehr dort», beteuerte er. «Ich hatte einen guten Job bei, äh, einem Kunden. Die Sache kam mir auch fast legal vor! Ich musste einfach nur Schmuck kaufen und dafür bar bezahlen.»

«Für wen haben Sie gearbeitet?»

Lefty schüttelte den Kopf. «Das verrate ich nicht. Ich habe meine Lektion gelernt. Keine Gelegenheitsjobs mehr! Weder mit Schmuck noch als Pflaumenweinbote ...»

«Dann haben also Sie die Flasche am Ufer abgelegt.» Vera witterte die Story in Leftys Worten. «Erzählen Sie mir, was passiert ist.»

«Das darf ich nicht sagen.» Der Waschbär machte ein verängstigtes Gesicht. «Aber das war mir eine Warnung. Ich dachte, ich erledige einfach nur einen kleinen Job für irgendein Tier – ich wusste nicht, dass der Wein vergiftet war, ich schwör's! Man hat mir gesagt, ich sollte die Flasche beim Teich ablegen, und das habe ich getan.»

«Wer hat Ihnen das gesagt?»

Lefty schloss den Mund und schüttelte heftig den Kopf. «Kommt nicht infrage, Fuchs. Wenn ich es erzähle, bin ich am Ende ebenfalls tot.»

«Er sagt es nicht einmal mir», warf Rhonda ein.

«Sie müssen mit der Sprache herausrücken, Lefty», erklärte Vera dem Waschbären energisch. «Orville will Sie wegen Mordes an Reginald von Beaverpelt festnehmen. Früher oder später wird er Sie finden.»

«Wenn es sein muss, fliehe ich», sagte Lefty.

«Nein!», mischte Rhonda sich ein. «Wenn du fliehst, werden alle dich für immer einen Mörder nennen. Dann bist du nirgends mehr sicher.»

«Aber ...»

Vera stand auf. «Sehen Sie, Lefty, ich kann Sie nicht zwingen, mit der Wahrheit herauszurücken. Aber wenn Sie nach Shady Hollow zurückkehren, sind Sie dort ein wichtiger Zeuge. Orville wird Ihnen nichts tun ... sondern Sie vor dem Tier beschützen, das Ihnen Angst macht.» Sie ging zur Tür. «Denken Sie darüber nach. Dann sind Sie kein Krimineller mehr, sondern ein Held. Wollen Sie das nicht auch?»

Lefty schüttelte seufzend den Kopf. «Nein. Ich möchte vor allem am Leben bleiben.»

KAPITEL 28

Es war ein langer Rückweg nach Shady Hollow. Als Vera bei ihrem Bau ankam, stolperte sie vor Erschöpfung, und selbst Lenore war nach dem langen Flug in geringer Höhe ermüdet.

«Schlaf dich erst mal aus», riet ihr die Räbin. «Du nützt niemandem etwas, wenn du nicht klar denken kannst! Wir sehen uns später!»

Vera schlief wie ein Stein. Als sie aufwachte, war es schon Nachmittag. Sie eilte in die Redaktion, um einen weiteren Artikel zu verfassen. SW marschierte wie ein Verrückter auf seinem Schreibtisch herum und schrie alle an, sie sollten sich sputen.

Vera schwitzte über ihren Notizen. Was hatte sie eigentlich? Nichts, das sie einfach so in Druck geben könnte. Nur Rubys Bemerkungen zu der Angelegenheit und das edle Briefpapier, das aus der Von-Beaverpelt-Villa stammen musste. Sie hatte immer wieder über ihr Gespräch mit Ruby auf dem Friedhof nachgedacht. Doch sie konnte unmöglich einen Artikel schreiben, der Rubys Anschuldigungen gegen Edith zum Inhalt hatte, denn nicht einmal die erhaltene Drohung auf Ediths Briefpapier oder Ediths Warnung am Ende des Interviews reichten aus, um diese

Vorwürfe zu untermauern. Das war einfach nicht genug. Die Zeitung schrieb über Fakten, und der engagierten Reporterin fiel es schwer, sich schlüssig zu werden, welche der vielen Fakten wichtig waren. Irgendetwas stimmte nicht.

Obwohl SW sie drängte, dazubleiben und zu schreiben, brach Vera zu ihrem Bau auf. «Ich kann hier drinnen nicht denken, SW!»

«Sie sind Reporterin, Vixen! Sie müssen an einem Ort wie der Redaktion nachdenken können! Das Klappern bringt die Gedanken auf Trab!»

«Bis morgen, SW», rief sie.

Als Vera zu Hause eintraf, wartete dort Professor Heidegger auf sie.

«Ich bin auf etwas gestoßen, das Sie interessieren könnte», sagte er.

Vera bat ihn nach drinnen, und nachdem sie Pfefferminztee gekocht hatte, setzten sie sich an den Tisch.

«Wie Sie erraten hatten, hat der Kröterich sein persönliches Tagebuch in einem Gemisch verschiedener Sprachen geschrieben und es zusätzlich noch mit einem recht gebräuchlichen Code-Muster geschützt», erklärte die Eule. «Zum Glück habe ich mich in meinen Studien mit so etwas befasst.»

Professor Heidegger war überzeugt, dass Otto das mehr zu seiner eigenen Unterhaltung getan hatte als darum, den Inhalt zu verbergen. Das erste der beiden Tagebücher war nicht sonderlich interessant, sondern bestand im Wesentlichen aus einer täglich erneuerten Liste der Speisen des Kröterichs und seinen Plänen für den Abend, die sich aber meist nur darauf beliefen, Wein zu trinken und über den Zustand der Welt zu schimpfen.

Die Eule warf das Buch beiseite und zog das andere hervor. «Dieses Tagebuch ist wesentlich aufschlussreicher. Darin steht alles über Ottos Beziehungen zu seinen Mitbürgern in Shady Hollow. Streit mit von Beaverpelt über die Nutzung des Mühlenteichs, Verdächtigungen gegen Sun Li wegen der wahren Zutaten von dessen Gemüsepfanne und eine Auseinandersetzung mit Lenore über den Zustand einiger gebrauchter Romane. Der Kröterich ist anscheinend mit jedem aneinandergeraten.»

«Na ja, das ist kein Geheimnis», sagte Vera. «Über Mrs. von Beaverpelt haben Sie wohl nichts gefunden?»

«Nicht direkt», antwortete Professor Heidegger. «Otto Sumpf und Ruby Ewing waren befreundet, und zwar weit besser, als sie jemals hat durchblicken lassen. In seinem Tagebuch hat Otto ausführlich geschildert, dass Ruby ihn oft besuchte und mit ihm über ihre Probleme sprach. Beide Teile des ungleichen Paars fühlten sich als Außenseiter in der Stadt, wenn auch aus ganz verschiedenen Gründen. Otto war genau die Sorte Querkopf, der sich nur wegen ihres schlechten Rufs mit Ruby zusammentat. Der Kröterich beschwerte sich über die letzte Kränkung, die ihm von einem Mitbürger zugefügt worden sei, und Ruby teilte ihm mit, dass die Besitzerin des Lebensmittelladens sie von oben herab abgefertigt hätte.»

Professor Heidegger blätterte in den Seiten, die über Ottos und Rubys Freundschaft berichteten. «Hier», sagte er. «Da steht Reginald von Beaverpelts Name. Anscheinend hat Ruby Otto einiges über ihre Liebesaffären anvertraut. Wie wir von der Beerdigungsfeier wissen, hatte Ruby eine Affäre mit Reginald von Beaverpelt, und die als Täterin verdächtige Mrs. von Beaverpelt wusste darüber Bescheid.»

«Ja, das hat Ruby mir später auf dem Friedhof anvertraut. Machen Sie weiter.»

«Ottos Notizen zufolge war Ruby heftig in den verheirateten Biber verliebt und wollte mit ihm zusammen weglaufen. Als von Beaverpelt das ablehnte und die Beziehung mit ihr abbrach, erpresste sie ihn, um sich zu rächen. Sie drohte damit, die Affäre nicht nur vor Edith und ihren Töchtern offenzulegen, sondern vor der ganzen Stadt.»

Vera nickte langsam. «Das passt! Chitters wusste, dass in der Sägemühle Geld fehlte, das an einen oder eine S. S. gezahlt worden war: *schwarzes Schaf!* Von Beaverpelt hätte seine geachtete Stellung in der Stadt verloren, und so musste er bezahlen. Doch er war erbost. Was auch immer Ruby glaubte, ihm war klar, dass er Edith niemals verlassen würde. Ihr gehörte das Vermögen des Paares, und sie hatte die Kontrolle über den Geldbeutel. Daher hatte sie auch ein Interesse daran, für Ruhe zu sorgen.»

Die Eule trank von ihrem Tee. «Das Tagebuch ist ein Beweismittel. Es zeigt, dass Ruby Ewing von Beaverpelt erpresst hat.»

«Aber wie soll das dazu beitragen, einen Mord zu beweisen?», fragte Vera. «Erpresser neigen normalerweise nicht zum Mord an ihren Opfern. Denn bei einer solchen Tat würde ja die Geldquelle versiegen. Wir haben vielleicht eine Erpresserin ertappt, doch der Mörder kommt bisher ungestraft davon. Oder war doch Edith die Mörderin? Aber warum, wenn sie von der Erpressung wusste, hatte sie dann nicht Ruby umgebracht, sondern ihren Ehemann?»

«Vielleicht gibt es noch einen weiteren Hinweis.» Der Professor, der normalerweise gar nicht zu starken Emotionen neigte, hatte das Gefieder gesträubt und hüpfte aufgeregt in Veras Wohnzimmer herum. «Hier ist der Absatz, in dem Otto Rubys Bericht wiedergibt, sie besitze eine Versicherungspolice, die sie in einem hohlen Baumstamm im Wald versteckt habe. Das passt so gut zu mir, sagte sie zu Otto, doch er erklärt nicht, was sie damit meinte. Dahinter muss etwas Aufschlussreiches stecken. Vielleicht könnte Orville es schaffen, das zu ermitteln.»

Nicht Orville!, dachte Vera. Sie selbst würde die Verbindung aufdecken.

«Danke fürs Zurückbringen. Ich übergebe die Tagebücher der Polizei», sagte sie und behielt ihre Gedanken für sich.

Heidegger flog davon, und Vera marschierte im Wohnzimmer auf und ab. *Das passt so gut zu mir.* Dieser Satz kam ihr bekannt vor. Wo nur hatte sie ihn schon einmal gehört? Was war die Wahrheit? Hatte Edith die Affäre ihres Mannes entdeckt und ihn, wie Ruby behauptete, aus Wut ermordet? Und was für eine Versicherungspolice könnte das Schaf besitzen? In Goody Crows *Haus Abend-*

sonne verdiente sie nicht besonders gut ... Vera blieb unvermittelt stehen.

Natürlich. Das erpresste Geld! Es war zu viel, als dass ein Tier es ohne Hilfe hätte verstecken können, es sei denn, es wäre in etwas Wertvolles umgetauscht worden. Etwas, das in einen hohlen Baumstamm passte. Etwas Kleines.

«Das passt so gut zu mir», stieß sie hervor. «Rubine!»

Was könnte es sonst sein? Offensichtlich hatte Ruby den zwielichtigen Lefty beauftragt, mit dem erpressten Geld Rubine zu kaufen. Es war bekannt, dass er Edelsteine stahl und mit ihnen hehlte, und er hatte von einem derartigen Auftrag erzählt. Doch als Lefty in Verdacht geraten war, für zwei Morde verantwortlich zu sein, hatte er die Flucht ergriffen, weil er Angst vor der Polizei hatte. Derzeit war Vera außer Ruby wohl das einzige Tier der Stadt, das ahnte, wo sich der geheime Hort befinden könnte, den das Schaf mit dem Erpressungsgeld angelegt hatte. Hielte Vera ihn in Händen, könnte sie Ruby zwingen, ihr alles zu erzählen, was sie über die Affäre wusste, und auf diesem Wege würde sie vielleicht die Beweise entdecken, die Edith als Mörderin überführen würden.

Vera linste nach draußen. Am westlichen Horizont ballten sich dicke, drohende Wolken. Der Himmel schien minütlich dunkler zu werden. Ein Unwetter zog auf. Wenn sie sich beeilte, könnte sie das Beweismittel vielleicht finden, bevor sie völlig durchnässt wäre.

Sie rannte durch den Wald zu dem hohlen Baumstamm, der im Tagebuch erwähnt war. Sie wusste, wo er sich befand. Für eine Reporterin wie Vera war es wichtig, alle interessanten Stellen im Wald zu kennen. Als sie auf der betreffenden Lichtung ankam, fegte eine Sturmböe über sie weg. Durch die aufwirbelnden Blätter sah sie im nachlassenden Licht die unverkennbare hohle Birke, in der der Beweis vielleicht versteckt sein würde. Sie beugte sich vor, schob eine Pfote hinein und tastete nach den vermuteten Steinen.

Hinter ihr brach ein Zweig.

«Da steckt eine mal wieder ihre hübsche Nase in Dinge, die sie nichts angehen. Sie haben meine Warnung also nicht beachtet. Drehen Sie sich um, Fuchs.»

Langsam wandte Vera sich der Stimme zu. Es war die Stimme der Mörderin.

Die Stimme von Ruby Ewing.

KAPITEL 29

Los, Vera», sagte Ruby. «Sie haben keine Alternative.» Sie hob das Messer in ihrer Klaue ein Stückchen höher, um ihre Worte zu betonen. Irgendwo schlug ein Blitz ein.

Vera starrte auf das Messer, das in der Dunkelheit matt schimmerte. In einem weiteren Blitzstrahl leuchtete die Klinge plötzlich auf. Ohne zu überlegen, wich Vera ein paar Schritte zurück.

Ruby kam näher, ihr ruhiger, kühler Blick lag unverwandt auf Vera. «Weiter, Vixen. Wir haben einen Weg zurückzulegen.»

«Wohin gehen wir?»

«Zur Hohen Klippe. Dort steht eine Hütte. Sie wird eine Weile Ihr neues Zuhause sein.»

«Was haben Sie vor?»

«Ich verlasse die Stadt, und ich kann nicht gestatten, dass Sie mir die Bären auf den Hals hetzen. Ihnen geschieht nichts, wenn Sie tun, was ich Ihnen sage.» Ruby klang so gelassen, als planten sie gemeinsam eine kleine Überraschungsparty.

Da Vera nichts anderes übrig blieb, ließ sie zu, dass Ruby sie im Sturm durch den nächtlichen Wald zur

Hohen Klippe dirigierte. Der Wind ließ die Äste heftig schwanken, riss Blätter von den Zweigen und wirbelte sie wie einen grünen Nebel zwischen den Bäumen herum. Blitz um Blitz ging nieder, und der Donner wurde immer lauter, je mehr das Gewitter sich näherte. Die Luft war drückend und machte das Atmen schwer.

Ruby schlug ein brutales Tempo an. Der Weg zur Hohen Klippe war weit, aber Vera konnte nicht sagen, ob Ruby einen anderen Grund zur Eile hatte als den, dem Unwetter zu entkommen.

Lange bevor die beiden Tiere den Abhang am Fuß der Hohen Klippe erreichten, prasselten dicke Regentropfen auf die Erde. Vera stolperte, und Ruby pikte sie mit dem Messer ins Bein.

«Keine Fehler, Fuchs. Aufpassen.»

Das Schaf war wachsam; Vera würde ihr unmöglich entkommen können. Oh, warum nur hatte sie Lenore nicht erzählt, was sie vorhatte? Oder sonst jemandem? Die nahende Dämmerung, das heraufziehende Unwetter und das brandheiße Thema hatten sie wider alle Vernunft zur Eile getrieben. Nun bezahlte sie den Preis für diese törichte Entscheidung. Das Schaf führte sie immer weiter von allen weg, die ihr helfen könnten. Trotz allem, was Ruby ihr versichert hatte, fragte Vera sich, ob sie die Hohe Klippe jemals lebend verlassen würde.

Selbst für die Verhältnisse im Wald war diese Klippe ein abgelegener Ort. Sie erhob sich an der höchsten Stelle eines langen Bergkamms, dessen Hänge zum Fluss hin abfielen. Bei klarem Wetter hatte man von hier eine fantastische

Aussicht. Doch der Aufstieg war nichts für Ängstliche. Ein schmaler, holpriger Pfad führte einen steilen Hang hinauf, der von alten, verwitterten Felsbrocken übersät war. Es war die einzig gangbare Seite der Klippe. Auf der anderen Seite fiel der Abhang fast senkrecht hinab.

Vera eilte so schnell voran, wie der Weg es zuließ, denn Ruby hielt sich mit dem Messer nicht zurück und ließ nicht zu, dass sie langsamer wurde. Der Regen fiel immer heftiger und stürzte schließlich wie aus Kübeln herab. Als sie endlich auf der flachen Kuppe des Bergkamms anlangten, war Vera bis auf die Haut durchnässt, und das Wasser troff aus ihrem roten Fell. Tief unter ihr toste der Fluss – der Name Hohe Klippe war vollkommen angemessen.

Ruby versetzte der keuchenden Füchsin einen leichten Huftritt. «Los, Fuchs. Dort rüber.»

In der Dunkelheit und durch den Regen zeichneten sich die Umrisse einer Hütte ab. Das Strohdach reichte so tief herab, dass die Fenster zum größten Teil verdeckt waren. Selbst die Tür war niedrig. Ruby zwang Vera, sie zu öffnen, und stieß sie zu Boden, bevor sie ihr nach drinnen folgte.

Vera hörte das laute Rumsen, mit dem die alte Tür verriegelt wurde, und sah dann ein Streichholz aufflammen. Sie war so erschöpft, dass Ruby eine Laterne entzündet hatte, bevor Vera sich wieder erheben und ihrer Entführerin entgegensehen konnte.

Ruby Ewing stand da, überraschend trocken und gefährlich ruhig. Sie betrachtete Vera mit einem Ausdruck des Mitgefühls.

«Sie dummes, dummes Tier. Ich habe Sie gewarnt. Aber sie mussten mich ja unbedingt wegen der Story verfolgen. Das alles ist Ihre Schuld. Sie haben verdient, was Sie bekommen.»

«Wie können Sie das behaupten, wo doch Sie das Tier sind, das Otto und Reginald ermordet hat!»

«Reginald hat es verdient», erwiderte Ruby, und nun endlich wurde ihr Tonfall hitziger. «Er hat mich benutzt. Ich habe ihn geliebt, er aber wollte mich wegwerfen, nur um den Schein zu wahren.»

«Sie waren keine Unschuldige, Ruby. Sie haben ihn erpresst.»

«Er konnte es sich leisten. Er wollte ein Leben als Reicher und dazu noch ein kleines Techtelmechtel. Warum sollte ich ihn nicht dafür bezahlen lassen? Wäre er kein solcher Spießer gewesen, hätten wir abhauen und irgendwo neu anfangen können. Aber er war ein Sklave seiner biestigen Frau. Er wollte nicht auf ihr Geld verzichten!» Ruby gestikulierte wild mit dem Messer.

«Und da haben Sie ihn ermordet.» Vera trat behutsam einige Schritte zurück, tiefer in die Hütte hinein und weg von der Klinge.

«Er wollte reden», sagte das Schaf. «Er wollte an die Presse gehe. Und zur Polizei!»

«Und so haben Sie versucht, ihn mit dem Pflaumenwein zu vergiften.»

«Reggie war ein Geizhals. Er lehnte nie etwas ab, was er kostenlos bekommen konnte. Ich dachte, ich lege eine Flasche Wein auf seinen Weg – zur Sägemühle nahm er immer denselben Pfad. Er würde sie aufheben, sich freuen, dass er ein paar Cent gespart hatte, und sie trinken. Dann wären alle Probleme gelöst. Ich wollte nicht mit der Flasche gesehen werden, und so bezahlte ich Lefty dafür, dass er sie am Teich zurückließ. Doch der Waschbär hat sie an der falschen Stelle abgelegt. Statt Reggie fand Otto sie. Als ich von Lefty erfuhr, wo er die Flasche deponiert hatte, wurde ich so wütend, dass ich ihn beinahe an Ort und Stelle umgebracht hätte. Hätte ich es bloß getan. Stattdessen habe ich Otto gesucht, um die Flasche heimlich an mich zu bringen, bevor er den Wein trank. Doch es war schon zu spät. Ich fand ihn lang ausgestreckt auf dem Teichufer, tot.

Nun, niemand durfte wissen, dass in der Flasche Gift gewesen war. Lefty hätte an der Todesart erkannt, was gelaufen war, und alles verraten! Daher nahm ich ein Messer und versetzte Otto damit einen Stich, damit es so aussah, als wäre er an dieser Wunde gestorben.»

«Das war Ihr großer Fehler», merkte Vera an, die die Puzzleteile zusammensetzte. «Hätten Sie ihn einfach liegen lassen, wäre die Polizei gar nicht von einem Mord ausgegangen. Otto war nicht mehr jung. Sie hätten einen Herzanfall vermutet oder aber geglaubt, dass er nach einer durchzechten Nacht ins Wasser gefallen und ertrunken sei. Wäre das Messer nicht gewesen, hätte Gladys nicht wegen eines Mordes Alarm geschlagen. Und der Gerichtsmediziner wäre gar nicht erst gekommen. Der hat dann aber das Gift entdeckt. Und alles wegen nichts. Otto hat Ihnen niemals etwas getan.»

«Es war ein Fehler», räumte Ruby ein. «Ich wollte Otto nichts Böses. Und ich hätte Lefty diese Aufgabe nicht anvertrauen sollen. Wenn etwas richtig gemacht werden soll, muss man es selbst machen! Doch der Schaden war schon geschehen, und mein ursprüngliches Problem blieb bestehen. Reggie hatte immer noch vor, mir mein Leben kaputtzumachen.»

«Und so haben Sie versucht, ihn in seinem Büro zu vergiften.»

Das Schaf nickte. «Ich besaß einen Schlüssel, weil wir uns dort häufig nachts trafen. Seine Frau glaubte dann, er arbeite länger. Es war ein bisschen riskant, aber eines Nachts schlich ich mich hinein und gab das Gift in seine Lieblingskaffeekanne. Er benutzte immer dieselbe. Aber er hat nicht genug davon getrunken.»

«Und dann wusste von Beaverpelt, dass Sie hinter ihm her waren», erriet Vera. «Nachdem er mich am Vortag praktisch aus seinem Büro geworfen hatte, schickte er mir plötzlich eine Botschaft, ich solle zu einem Gespräch zu ihm kommen.»

«Er hätte Ihnen alles über mich verraten», sagte Ruby. «Und so musste ich ihn beseitigen. Ich schickte ihm eine Nachricht, die ich so aussehen ließ, als käme sie von Howard. Dann folgte ich ihm. Ich glaubte, ich könnte ihn endlich doch noch überreden, mit mir zusammen wegzulaufen. Wir hätten auf der Stelle verschwinden können. Ich hatte das Geld versteckt, und wir hätten glücklich sein können.

Aber er hatte eine Heidenangst. Er ließ nicht zu, dass

ich mit ihm redete oder ihm etwas erklärte.» Die Augen des Schafs waren rot von nicht vergossenen Tränen. «Ich habe ihn gestoßen. Er war noch vom Gift geschwächt, fiel hin, schlug sich den Kopf an einem Stein an und glitt dann in den Teich.»

«Sie haben ihn unter Wasser gedrückt», warf Vera ihr vor.

«Nein», widersprach Ruby. «Ich habe einfach nur ... ich habe ihm nicht rausgeholfen. Er zappelte herum und jaulte wie ein Welpe. Es war wirklich jämmerlich. Ich hatte Angst, jemand könnte ihn hören und herbeieilen, aber es dauerte nicht lange, da war er ertrunken. *Dann erst* habe ich ihn nach unten gedrückt, damit die Leiche nicht hochtrieb und die Sache zu früh verriet.»

«Und dann sind sie zur Arbeit im *Haus Abendsonne* gegangen wie an jedem ganz normalen Tag. Sie haben unauffällig mit ihrer Schicht begonnen, als wären Sie schon die ganze Zeit da gewesen.» Als Vera begriff, wie absolut berechnend Ruby war, wurde ihr angst und bange.

«Es war einfach.» Das Schaf zuckte mit den Schultern. «Keiner in dieser Stadt ist besonders helle. Außer vielleicht Sie, Vixen.» Ruby fasste sie scharf ins Auge. «Daher werden Sie verstehen, warum ich Sie nicht gehen lassen kann.»

Vera begriff, dass ihre Zeit zu Ende ging. Sie suchte krampfhaft nach einer Frage, mit der sie das Schaf ablenken könnte. «Warum haben Sie nicht gleich nach dem Mord an von Beaverpelt die Flucht ergriffen?»

«Ja, das wäre sicher das Beste gewesen. Aber ich habe

wohl etwas von einer Spielernatur. Ich habe mich gefragt, ob jemand es schaffen würde, mich mit dem Mord in Verbindung zu bringen. Inzwischen war Lefty klar geworden, dass sein kleiner Botenauftrag etwas mit Ottos Tod zu tun hatte. Aber da war Orville schon von seiner Schuld überzeugt, und so sagte ich mir, wenn Lefty die Stadt von sich aus verließe, wäre das ebenso gut, wie ihn beiseite zu schaffen.»

«Sie hätten zugelassen, dass Lefty für Ihre Verbrechen bestraft wird.»

«Er war ohnehin ein Verbrecher!»

«Aber er hat niemals jemanden ermordet. Sie dagegen schon! Sie haben sogar versucht, mich im Wald mit diesem Felsbrocken zu erschlagen.»

«Sie waren zu neugierig. Das gefiel mir nicht. Warum können die Leute mich nicht einfach in Ruhe lasse?»

«Vielleicht, weil Sie sie auch nicht in Ruhe lassen!», brach es aus Vera heraus. «Sie hatten niemals die Absicht, mich am Leben zu lassen, Ruby.»

«Sie wissen zu viel. Sie haben viele Freunde in dieser Stadt, Fuchs. Mehr als ich, das ist gewiss. Sobald auffällt, dass Sie verschwunden sind, wird man anfangen, Sie zu suchen. Ich glaube kaum, dass man länger als eine Woche brauchen wird, um Ihre Leiche zu entdecken. Bis dahin habe ich meinen Schatz geborgen und bin auf und davon!»

«Dann werden alle wissen, dass Sie die Mörderin waren.» Vera sprang zur Seite, als Ruby sie zu packen versuchte.

«Das ist mir völlig egal. Alle in der Stadt hassen mich, weil ich so lebe, wie mir der Sinn steht. Wenn ich erst weg bin, kann mich keiner mehr finden.»

«Und warum haben Sie mich den ganzen weiten Weg bis hier getrieben? Sie hätten heute Nacht auch ohne all das entkommen können.»

«Als Reggie und ich noch verliebt waren, haben wir uns manchmal hier getroffen. Es kam mit als ein guter Ort für einen Abschluss vor. Was soll ich sagen? Tief im Herzen bin ich sentimental.»

«Sie sind irrsinnig.»

Ruby schüttelte den Kopf. «Das zu glauben, wäre für Sie einfacher, nicht wahr? Die verrückte Ruby, von ihrer Gier nach Geld und Liebe in den Wahnsinn getrieben. Am Ende wird man das ohnehin sagen. Aber tatsächlich ist es so, dass ich jeden Schritt bedacht und ihn sehenden Auges getan habe, weil ich keine Angst vor den Folgen hatte. Mord ist nicht angsteinflößend, weil er verrückt ist, sondern weil er unumkehrbar ist.»

Sie warf Vera einen betrübten Blick zu. «Deshalb habe ich Sie gewarnt, die Finger von dem Fall zu lassen. Ich wollte Ihnen nichts Unumkehrbares antun.»

Ruby wollte sich erneut auf Vera stürzen, doch die Füchsin huschte rechtzeitig weg. Ruby setzte nach. Sie jagte Vera durch die Hütte, die einen Tisch umwarf, dann einen Stuhl und noch einen. Doch Ruby fegte die Hindernisse beiseite, kam näher und stach mit dem Messer zu. Sie erwischte Vera am Ohr.

Die Füchsin heulte so laut auf, dass Ruby instinktiv die

Pfoten auf die Ohren legte und dabei das Messer fallen ließ. Taumelnd stieß Vera die Laterne um. In der Hütte wurde es stockfinster, und nur das Licht der Blitze zuckte noch durch die kleinen Fenster. Hektisch versuchte Vera, zur Tür zu finden, um dort den Riegel zu öffnen und nach draußen zu entkommen.

Das Klirren von Metall sagte ihr, dass Ruby das Messer gefunden hatte. Dann spürte sie das Schaf dicht hinter sich und schoss im selben Moment zur Seite, in dem Ruby mit dem Kopf die Tür rammte. Vera begriff, dass nur eines der Fenster ihr die Chance auf eine Flucht bot. Sie kauerte sich zum Sprung zusammen, schnellte hoch und jagte direkt in die Scheibe hinein.

Sie presste die Augen zusammen und spürte Dutzende kleine Schnitte in ihrer Haut, als sie die Scheibe durchbrach. Sie traf auf dem Boden auf, rollte sich ab und versuchte, den plötzlichen Schmerz zu verdrängen. In ihrem Fell und in ihrer Haut steckten überall Scherben. Inzwischen hatte Ruby die Tür entriegelt und stürmte heraus.

«Untersteh dich, Fuchs!», schrie sie, fest entschlossen, Vera nicht entkommen zu lassen.

In diesem Moment bemerkte die Füchsin etwas Sonderbares. Vom Fuß des Berges näherten sich ein Dutzend flackernde Lichter zwischen den Bäumen hindurch. Im Schein der Blitze zeichneten sich mehrere dunkle Gestalten ab, die zur Hütte unterwegs waren. Für einen Augenblick wurde Vera leicht ums Herz. Hilfe nahte.

Doch als sie hörte, wie Ruby mit grollenden und zischenden Lauten auf den Anblick reagierte, verließ sie erneut der Mut. Sie kommen zu spät! Das Schaf war nur wenige Schritte von ihr entfernt.

Mit einer Rolle zur Seite versuchte Vera dem nächsten Angriff Rubys zu entkommen, doch vom Schmerz wurde ihr schwindelig. Das Messer traf ihre Pfote. Vera schrie auf.

Sie raffte all ihre Kraft zusammen, konnte den nächsten Stich abwehren, doch Ruby wirkte rasend, als ob sie nichts und niemand aufhalten könnte. Das Schaf hob erneut das Messer, Vera entwischte auch diesmal wieder, rollte hin zur steil abschüssigen Seite des Bergs. Das Schaf folgte ihr, das Messer auf Veras Herz gerichtet. Als Ruby vorstürzte, täuschte die Füchsin einen Sprung nach links an, schoss aber nach rechts. Das Gras war vom Regen glitschig. Vera entschlüpfte zur Seite, und Ruby konnte ihren wahnsinnigen Lauf nicht mehr stoppen. Mit einem erschreckten Blöken schlitterte sie auf den Rand der Klippe zu.

Vera packte instinktiv zu und erwischte Ruby gerade noch am Vorderbein, als diese über die Kante abrutschte. «Festhalten!», schrie Vera.

Doch Ruby versuchte wild zappelnd, sich Veras Griff zu entwinden. «Weg von mir, Fuchs. Lass mich los! Ich brauche niemandes Hilfe. Loslassen!»

Sie riss ihr Vorderbein frei. «Nein!», schrie die Füchsin.

Einen winzigen Moment grinste Ruby triumphierend, als sie in der Luft schwebte. Dann stürzte sie schreiend in den Abgrund.

Entsetzt beobachtete Vera, wie Ruby in der Dunkelheit verschwand. Sie konnte sich vor Erschöpfung nicht mehr bewegen, ihre Pfoten baumelten über den Rand der Klippe. Keuchend versuchte sie, wieder zu Atem zu kommen. Sie war zu stark verletzt, um zu gehen oder aus eigener Kraft den Berg hinunterzukommen.

Sie schloss die Augen und fragte sich, ob der Regen irgendwann aufhören würde. Alles tat ihr weh, und jedes Mal, wenn sie sich ein wenig bewegte, bohrten sich Glasscherben in ihre Haut. Sie atmete ein und aus und versank in einen Traum. Sie meinte, in weiter Ferne Lenores Stimme zu hören, dazu die von Orville und vielleicht auch die von Joe und Sun Li. Aber sie konnte den Kopf nicht heben. Der Regen prasselte auf sie herab, und sie verlor das Bewusstsein.

KAPITEL 30

Das Unwetter erreichte seine volle Stärke. Peitschender Regen prasselte auf die Bürger Shady Hollows nieder, als sie zur Kuppe der Hohen Klippe hinaufhasteten. Die tapfere Reporterin war beinahe bewusstlos, vollkommen durchnässt und hatte unzählige Schnitte. Der Panda untersuchte sie sorgfältig und überprüfte ihren Puls. Er versicherte den aufgeregten Umstehenden, dass sie am Leben bleiben würde, doch sie müssten zurücktreten.

Vera öffnete ihre zitternden Lider. «Ruby ... ist in den Abgrund gestürzt.»

«Wir werden sie finden», knurrte eine tiefe Stimme. Es war Orville, der eine finstere Miene machte, schwer zu sagen, ob er wütend oder besorgt war. «Oder das, was von ihr übrig ist.»

«Wir suchen sie», sagte Lenore und forderte Gladys und Heidegger mit einer Geste auf mitzukommen. Die Vögel flogen über den Rand der Klippe zu den Felsen hinab, dort entdeckten sie Rubys zerschmetterten Körper. Ihr war nicht mehr zu helfen, aber auch Kritik konnte ihr nichts mehr anhaben. Lenore sprach ein kurzes Waldlandgebet für Ruby Ewings Seele.

Oben am Hang hatte Vera schon wieder die Augen geschlossen.

«Wir sollten uns bitte beeilen», sagte Sun Li mit seiner leisen Stimme. «Die Füchsin muss so schnell wie möglich ärztlich versorgt werden.»

«Verstehe», sagte Orville. Er hob Vera auf und trug sie zum zweiten Mal nach Shady Hollow zurück.

Als Vera sich endlich rührte und die Augen aufschlug, entdeckte sie als Erstes Sun Li, der geduldig an ihrem Bett saß. Er hatte ihre vielen Schnitt- und Schürfwunden sorgfältig gesäubert und verbunden. Die meisten waren nur oberflächlich, doch das galt nicht für einen tiefen Schnitt im Polster ihrer linken Vorderpforte. Als ihr wieder einfiel, was geschehen war, geriet sie in Erregung.

Der Panda beschwichtigte sie und bat sie, ruhig zu bleiben. «Sie befinden sich in Sicherheit, Sie sind zu Hause», sagte er tröstend. «Das Schaf ist tot, und Sie werden wieder ganz gesund.» Einen Moment lang zögerte er, dann fuhr er tadelnd fort: «Sie haben sich für einen Zeitungsartikel in Lebensgefahr gebracht. Vielleicht werden Sie das nächste Mal jemanden um Unterstützung bitten. Sie müssen nicht immer alles allein machen.»

Vera gab darauf keine Antwort, betrachtete jedoch ihre verbundene Pfote. «Sie sind ein ziemlich guter Arzt, Sun Li. Und Shady Hollow könnte eine Arztpraxis gebrauchen. Vielleicht ist es Zeit für einen Berufswechsel?»

Der Panda lächelte. «Aber wer würde dann für meine Stammgäste kochen? Ruhen Sie sich aus, Miss Vixen. Ohne Schlaf gibt es keine Heilung.»

Vera nickte matt, und Tränen traten ihr in die Augen. Sie drehte sich zur Wand. Sie war noch viel zu schwach, um sich mit irgendetwas auseinanderzusetzen. Der Panda tätschelte ihre unverletzte Pfote und ging.

Als Vera das nächste Mal aufwachte, saß zu ihrer Freude Lenore an ihrem Bett. Die Räbin erzählte ihr sanft, wie sie Rubys Leiche gefunden hatten. Da sie spürte, dass die Füchsin noch nicht imstande war, von den letzten verzweifelten Minuten mit Ruby auf der Hohen Klippe zu berichten, erzählte sie ihr stattdessen von Professor Heidegger. Er hatte Vera und Ruby dabei erspäht, wie sie kurz vor dem Unwetter durch den Wald wanderten. Er begriff, dass etwas an dieser Szene faul war, und flog zu *Joes Kaffeekanne,* weil er wusste, dass das Café noch geöffnet hatte. So holte er Hilfe.

«Wenn ich den Professor sehe, kann ich ihm gar nicht genug danken», sagte Vera.

«Das ist jetzt schon das zweite Mal in einer einzigen Woche, dass du beinahe getötet worden wärest», erklärte Lenore. «Mit so viel Stress komme ich nicht klar. Mir fallen schon die Federn aus.»

Vera lächelte ihrer Freundin zu und überlegte, wie knapp die Sache ausgegangen war. Sie hatte wirklich Glück, noch am Leben zu sein. Sie konnte es nur mit Mühe fassen, dass Ruby tot, die Verbrechen aufgeklärt und die Gefahr vorüber waren. Sie würde einen Exklusivbericht für die Zeitung schreiben müssen, doch danach wäre sie mit allem fertig. Sie wollte diese schreckliche Erfahrung hinter sich lassen. Die Füchsin döste erneut ein, und Lenore wünschte ihr flüsternd eine gute Nacht.

Am nächsten Tag fühlte Vera sich gut genug, um sich im Bett aufzusetzen und einige Notizen für ihren Artikel festzuhalten. Lenore hatte als selbst ernannte Krankenschwester und Betreuerin bei Vera übernachtet. Viele Tiere wollten die Genesende sehen, doch die Räbin schickte die meisten von ihnen weg. SW Stein war am schwersten in den Griff zu bekommen. Das Stinktier drohte damit, Lenore zu besprühen, und schrie Vera von draußen etwas zu.

«Vergessen Sie nicht, Fuchs, Sie arbeiten für mich! Die Deadline ist morgen Mittag! Lassen Sie kein einziges Detail aus! Wir drucken eine doppelte Ausgabe!»

Vera hörte es aus ihrem sicheren Bau und lachte leise, antwortete aber nicht.

«Vixen?», schrie SW. «Sind Sie da drin?»

«Shady Hollow hat eine Lärmschutzverordnung, Stein», knurrte eine Stimme. «Wollen Sie Ihren Leitartikel aus einer Gefängniszelle schreiben?»

«Klar», gab SW zurück, kein bisschen eingeschüchtert. «Das würde die Verkäufe nach oben treiben!»

«Verschwinden Sie!!!», brüllte Orville und verletzte damit höchstwahrscheinlich ebendieselbe Lärmschutzverordnung, die er angeblich verteidigte.

Vera wusste, dass Lenore den Bären einlassen würde. Niemand schickt die Polizei weg. Und außerdem hatte

Orville Vera den ganzen Weg bis nach Hause getragen. Zweimal.

Die Füchsin schaute in den Spiegel und strich sich nervös das Fell zurecht. Ein großer Teil ihres Körpers war von Verbänden umhüllt, diese Schlacht hatte sie also von Anfang an verloren.

«Vera?» Lenore streckte den Kopf durch die Tür. «Orville ist hier.»

«Ja, natürlich», rief Vera in betont gelassenem Tonfall. «Schick ihn rein.»

Der Bär tappte ins Zimmer. Er sah jetzt weniger selbstbewusst aus, als er gerade eben noch geklungen hatte. Außerdem hielt er einen Blumenstrauß in der Hand.

«Sind das Gänseblümchen?», fragte Vera.

«Ich denke schon», antwortete Orville. «Die sind für Sie.» Er streckte sie ihr hin, nahezu schüchtern.

«Oh! Danke!» Vera errötete. Seit einer Ewigkeit hatte ihr niemand mehr Blumen geschenkt. «Das ist äh ... sehr nett. Ich liebe Gänseblümchen.»

Verlegen trat er von einer Tatze auf die andere. «Nun, Sie haben eine Mörderin überführt und so. Das war gute Arbeit. Und sehr mutig.»

«Danke», wiederholte sie. Von einem Bären mutig genannt zu werden, war wirklich ein großes Lob.

Orville zog die Augen zusammen. «Allerdings war es gefährlich, allein loszugehen. Sie hätten jemanden informieren sollen.»

«Glauben Sie mir», sagte Vera und hielt ihre verletzte Pfote hoch, «ich habe meine Lektion gelernt.»

Orville ließ sich schwerfällig auf dem Stuhl neben Vera nieder und machte sich an die Befragung für den offiziellen Bericht. Sie informierte ihn über die Tagebücher und das Briefpapier, von dem sie zunächst angenommen hatte, dass es Ediths Schuld bewies. «Das war jedoch letztlich bedeutungslos – der Briefbogen war vielleicht gestohlen, oder aber Edith war nicht die Einzige, die dieses Papier verwendet hat.»

Dann berichtete sie ihm von der Entdeckung, dass Ruby von Beaverpelt erpresst hatte, und erklärte, was sie dazu veranlasst hatte, auf der Suche nach dem Edelsteinversteck in den Wald zu gehen. Schließlich schilderte sie, wie Ruby im Wald zu ihr gestoßen war und sie mit dem Messer bedroht und gezwungen hatte, zur Hohen Klippe mit der einsamen Hütte zu gehen.

Sie gab dem Bären Wort für Wort wieder, was Ruby vor ihr zugegeben hatte: ihre Affäre mit von Beaverpelt, die versehentliche Vergiftung Ottos, den absichtsvollen Messerstoß in seine Leiche und ihre Untätigkeit, als von Beaverpelt ertrank. Mit einem Beben in der Stimme beschwor sie den schrecklichen Kampf in der Hütte noch einmal herauf. Als sie Orville schließlich erzählte, wie Ruby im Schlamm und nassen Gras ausgerutscht und über die Klippe geschlittert war, wurden ihre Augen feucht.

«Ich habe versucht, sie zu retten», beteuerte sie unter Tränen. «Aber sie hat es nicht zugelassen.»

Orville klappte sein Notizbuch zu. Offensichtlich war er zu dem Schluss gelangt, dass die Zeugin erst einmal genug hatte. «Es ist nicht Ihre Schuld, Vera.»

«Nein? Ist die ganze Sache nicht auch unser aller Schuld, zumindest ein bisschen? Ruby hatte fast niemanden, mit dem sie hätte reden können. Sie wurde von der ganzen Stadt schlecht behandelt.»

«Das ist keine Entschuldigung für einen Mord», schnaubte Orville. «Zivilisierte Tiere tun so etwas nicht.»

Vera fiel ein, dass sie wichtige Beweismittel in Händen hielt, und bot ihm Ottos Tagebücher an.

«Sie haben der Polizei erneut Beweismittel vorenthalten! Das ist ein Gesetzesverstoß.»

«Sie sind sich der Regeln ja plötzlich ganz genau bewusst.»

«Na ja», erklärte er. «Dem Chief haben die Vorfälle der vergangenen Woche ganz und gar nicht gefallen, und er denkt laut über den Ruhestand nach, weil er den ganzen Tag angeln will. Vielleicht lasse ich mich bald für die Wahl zum Chief aufstellen, und das bedeutet, dass ich die Gesetze kennen sollte. Daher pauke ich sie im *Großen Buch der Polizeiarbeit.*»

«Das wäre einmal etwas erfrischend Neues», erwiderte Vera. «Eine sachkundige Polizei. Ich höre gern mehr über diesen Plan.»

«Nun», antwortete Orville nervös. «Vielleicht könnte ich Ihnen einmal bei einem Abendessen mehr davon erzählen … natürlich erst, wenn Sie sich besser fühlen.»

Vera errötete bis zu den Ohrenspitzen. Erst Gänseblümchen und dann eine Einladung zum Abendessen? «Das fände ich schön», sagte sie.

«Ja, wirklich? Also. Äh. Gut!» Orville grinste verlegen.

«Dann erholen Sie sich schnell. Und jetzt muss ich, äh, zurück an die Polizeiarbeit.»

«Wir sehen uns bald», versprach sie.

Epilog

Vera erholte sich bemerkenswert schnell. Nun, sie musste ja auch ihren Artikel schreiben. Eine Reporterin kennt weder Rast noch Ruh! Sie warf die Story so schnell sie konnte aufs Papier, und ein Kaninchen des *Herald* beförderte die schriftliche Version mit gebührender Eile in die Redaktion.

Dann klopfte Esmeralda von Beaverpelt an ihre Tür.

«Könnten Sie vielleicht zur Sägemühle kommen, Miss Vixen? Mama ist dort und hat speziell darum gebeten.»

Vera witterte eine Exklusivmeldung, und so folgte sie Esme dorthin.

Edith von Beaverpelt marschierte in Reginalds altem Büro auf und ab. Als sie Vera erblickte, nickte sie ihr knapp zu. «Miss Vixen. Sie sehen schrecklich aus.»

«Danke, Ma'am», antwortete Vera. «Bevor wir anfangen, habe ich kurz eine Frage an Sie.» Sie hielt ihr beide Briefbögen des edlen Papiers mit dem Wasserzeichen hin, die sie mitgebracht hatte. «Auf dem ersten Blatt steht Ihre Einladung, das zweite war eine Drohung, die an mich verschickt wurde. Haben Sie eine Vorstellung, wie Ruby an Ihr Briefpapier gelangt sein könnte?»

Edith betrachtete beide Blätter. «Ach herrje. Ja. Vor ein

paar Monaten habe ich Goody Crows *Haus Abendsonne* einige Dinge gespendet – darunter auch einen Packen Platanenpapier. Sie muss es aus diesem Stapel genommen haben.»

«Damit hätten wir das also geklärt», stellte Vera fest. «Wieder einmal hat sich der Zufall zu Rubys Gunsten ausgewirkt.»

Edith nickte und wies dann ihre Sekretärin an: «Holen Sie Chitters herein.»

«Worum geht es bei diesem Treffen?», fragte Vera.

«Halten Sie einfach Ihr Notizbuch bereit», sagte Edith.

Howard kam und blieb nervös in der Tür stehen. Er rang die Pfoten, bis Edith aufblickte und ihn dort sah.

«Zum Kuckuck, Howard», sagte sie. «Kommen Sie rein und setzen Sie sich. Ich beiße nicht.»

Howard hatte unübersehbar Angst, seine Stelle zu verlieren. «Ja, Chefin?», piepste er.

«Ich habe festgestellt», begann Edith in einem förmlichen Tonfall, «dass Sie hier in der Mühle sehr gute Arbeit leisten. Sie haben den Betrieb wieder zum Laufen gebracht, als ich Sie darum gebeten habe, und alle hier sind mit Ihrer Leitung einverstanden. Ich möchte Ihnen daher eine Beförderung anbieten. Ich wünsche mir, dass Sie der Geschäftsführer der Sägemühle werden, und zwar ab sofort. Ich bleibe die Vorstandsvorsitzende und treffe die wesentlichen finanziellen Entscheidungen, aber ich möchte, dass Sie das Tagesgeschäft der Mühle leiten. Was sagen Sie dazu, Chitters?»

Eine ganze Weile sagte Howard nichts, er war sprachlos, doch da er kein Dummkopf war, erholte er sich schnell wieder und nickte.

«Danke, Mrs. von Beaverpelt», brachte er heraus. «Es wäre mir eine Freude, die Position des Geschäftsführers der Sägemühle anzunehmen.» Er richtete sich auf und bemühte sich, wie ein bedeutender Wirtschaftsführer auszusehen.

Vera lächelte breit und zwinkerte Howard zu, bevor sie sich einige Stichworte notierte. «Ich habe ein paar Fragen an Sie beide», begann sie.

Die Füchsin war von Ediths Schritt beeindruckt. Die Witwe wusste, dass Shady Hollow nach so vielen Tragödien gute Nachrichten brauchte. Das hier wäre die perfekte Story.

Am nächsten Tag überflog Vera eine druckfrische Tagesausgabe des *Shady Hollow Herald.*

Unmittelbar über dem Mittelfalz prangte die Hauptschlagzeile:

GIFTIGE LEIDENSCHAFT:
das vollständige Geständnis der Ruby Ewing
Von unserer Reporterin Vera Vixen

Die Ereignisse, die das Städtchen Shady Hollow seit Wochen in Atem halten, haben endlich ihren Abschluss gefunden, mit einer Tragödie, die eine Serie von weiteren Tragödien beendet, von denen manche unglücklichen Umständen und andere purer Berechnung geschuldet waren. Ruby Ewing,

die die Morde an Otto Sumpf und Reginald von Beaverpelt gestanden hat, gibt eine überzeugende Schurkin ab. Doch die Geschichte enthält auch etwas Tragisches. Ruby klagte die Gesellschaft an, die ihr mit Vorurteilen begegnet war, während sie doch nach ihrem Wohlwollen gehungert hatte ...

In der Seitenspalte stand jedoch noch eine andere Notiz:

CHITTERS STEIGT AUF;
VON B. BLEIBT AN BORD

Mrs. von B. erklärt «vollständiges Vertrauen in den Mäuserich.» Sehen Sie den ganzen Artikel im Wirtschaftsteil, B1.

Vera überflog beide Artikel und lächelte ein wenig betrübt. Große Nachrichten für eine kleine Stadt. Sie hoffte, dass bald wieder normalere Tage kommen würden.

«Wann ist der nächste Rechtschreibebienen-Wettbewerb», fragte sie eines der Redaktionskaninchen.

«Nächsten Monat, am vierten! Mein Sohn ist in der Runde der Acht- bis Zwölfjährigen!», antwortete der Angesprochene.

«Tragen Sie mich für diese Story ein!», sagte Vera. «Ich kann es gar nicht erwarten.»

«Jawohl, Miss Vixen.» Das Kaninchen musterte sie genauer. «Hören Sie, Sie sehen heute sehr hübsch aus. Sehr elegant.»

«Oh, wirklich?» Vera sah an ihren neuen Kleidern hinunter. «Aber doch hoffentlich nicht so, als hätte ich mir zu viel Mühe gegeben, oder?»

«Zu viel Mühe wofür?»

Ein weiteres Kaninchen rannte herein. «Miss Vixen, Deputy Orville ist da. Er sagte, Sie hätten eine Verabredung – das heißt, ein Interview! Ja, er sagte, Sie hätten ein Interview!»

«Danke! Ich komme sofort.»

Vera schnappte sich ihre Schultertasche und warf einen strengen Blick auf die beiden Kaninchen. «Kein einziges Wort an diese Klatschspaltenkolumnistin. Verstanden?»

Beide Tiere nickten heftig mit wippenden Ohren. «Aber sicher. Kein Problem. Das würde uns im Traum nicht einfallen.»

«Gut.» Vera eilte nach unten, wo sie von einem gewissen sehr elegant aussehenden Bären erwartet wurde.

Die Kaninchen sahen ihr nach, dann schauten sie einander an. «Um die Wette zu Gladys' Schreibtisch?», fragte der eine.

«Au ja. Auf die Plätze ... fertig ... los!!»

ENDE

Ian Moore
Mord & Croissants

304 Seiten

Wo ist Monsieur Grandchamps? Wer hat etwas zu verbergen im Val de Follet? Und was hat das Huhn mit alldem zu tun?

Eigentlich will Richard einfach nur seine Ruhe. Er ist Engländer, und seit ein paar Jahren führt er eine kleine Pension im Loire-Tal – dort passiert absolut nie etwas, und das findet er ganz wunderbar so. Bis eines Tages einer seiner Gäste verschwindet: der alte Monsieur Grandchamps. Was er zurücklässt, ist ein blutiger Handabdruck auf der Tapete.
Fast zeitgleich bezieht die beeindruckende Madame Valérie d'Orçay aus Paris eines von Richards Zimmern. Erstaunlicherweise interessiert sie sich sehr für das Verschwinden des alten Monsieurs. Obwohl Richard am liebsten schnell zur Tagesordnung zurückkehren möchte, ist er plötzlich Teil eines absurden Ermittlungsduos. Und spätestens als es seiner Lieblingshenne Ava Gardner an den Kragen geht, wird es auch für ihn persönlich ...

Ein herrlich komischer Krimi. Rasant und wild wie sein Ermittlerduo!